主编　凌翔

人的美丽是心底的明媚

汪彤 / 著

民主与建设出版社
·北京·

图书在版编目 (CIP) 数据

人的美丽是心底的明媚 / 汪彤著 . —北京：民主
与建设出版社，2021.11
ISBN 978-7-5139-3727-6

Ⅰ. ①人… Ⅱ. ①汪… Ⅲ. ①散文集－中国－当代
Ⅳ. ① I267

中国版本图书馆 CIP 数据核字（2021）第 220915 号

人的美丽是心底的明媚
REN DE MEILI SHI XINDI DE MINGMEI

著　　者	汪 彤	
责任编辑	周佩芳	
出版发行	民主与建设出版社有限责任公司	
电　　话	（010）59417747　59419778	
社　　址	北京市海淀区西三环中路 10 号望海楼 E 座 7 层	
邮　　编	100142	
印　　刷	三河市金元印装有限公司	
版　　次	2021 年 11 月第 1 版	
印　　次	2022 年 3 月第 1 次印刷	
开　　本	710 毫米 ×1000 毫米　　1/16	
印　　张	15.5	
字　　数	240 千字	
书　　号	ISBN 978-7-5139-3727-6	
定　　价	69.80 元	

注：如有印、装质量问题，请与出版社联系。

序

王宗仁

　　我从散文诗创作转入散文创作，好像是 20 世纪七八十年代的事。不久又痴恋报告文学创作，轰轰烈烈地写了大约十年，《历史，在北平拐弯》《青藏风景线系列》就是这个阶段的主要成果。后来就一心扑到散文创作上了，至今一直把散文写作当成我生命的一部分，酷爱得渗入心髓。所以总有一些青年人让我给他们写序，散文集居多。说句心里话，有些序是不得不写，身不由己。倒不全是人家的作品写得不够好，主要是我不善于也不乐意对别人的作品说长道短。文学创作，绝对没有一个固定的模式，各人有各人的人生经历和认识生活的视角、深度，在文学作品里呈现出来的风格也必然是"这一个"。我不愿意用自己的好恶把刚从事文学创作的年轻人引到沟里去。事情总有例外，对于汪彤寄来她的散文集《人的美丽是心底的明媚》嘱我写几句话，我很快就答应了。甚至在半年前，她还在着手准备出版这本散文集时，我就承诺作序。

　　今年夏天，汪彤在鲁迅文学院学习期间，和我有过书信往来。读她的来信，我不但看到了她对文学的执着酷爱，而且那淡雅、宁静、清丽的文字，也让人欣喜。她用小楷黑墨与碳素笔混合体写的一封信，开头就打破常规这样写道："我的忘年朋友，提笔写信已是深夜，但鲁院的夜总是不深，因为这里握笔写文字的人们总是睡得很晚。"文中并没有一丝灯光，但是读这样的文字，我们会不由自主地看到鲁院一扇又一扇醒着灯光的窗口。"鲁院的夜总是不深"，这是一句留着阔大空白的文字。留白和谐，简练而不简单。它把我引领到最内在的鲁院中去。夜静吗？静到只剩下一个意识，就是夜的整个鲁院都醒着，作家们以梦的畅想在赶路。

也是在这封信中，汪彤工工整整地给我抄录下玄奘法师的《心经》，她写道："随信寄去我描红的《心经》，祈愿您和阿姨身体健康、心情乐畅。"我能想象得出，她抄经时，纸是新鲜的，墨和笔也喷着清香，随经语登高望远。为此，不曾读过《心经》的我，小心翼翼地展开这份手抄经卷，认真读了一遍。我十分明白汪彤的用心，在眼下这个躁烦的世界里，她要用《心经》这个大智慧滋养内心，让情绪安宁下来，做自己喜欢的事情，做一个真实干净的人，以达到彼岸。人的美丽是心底的明媚，汪彤勤于读书，用心修行，充实自己的智慧，难能可贵！

我联想到了作家知识的积累。每个文学人的生活再丰富，学识再圆满，知识欠缺总是难免的。尤其是在当下，一个又一个新浪潮奔涌而来的年代，作家的智慧和力量不断被撞击。作家要想使自己的精神食粮和物质食粮储存得丰盛些，捷径就是做有心人，敞开胸怀，如饥似渴地学习，向生活学习，向书本学习。即使对那些看似"无用"的知识或事情，都要有一种心甘情愿揽入囊中的贪婪，存入自己的智库。在学习上，总有一些人以"有用"为标尺，有用学之，无用弃之。其实，世界上许多美妙都是由无用之用赐予的。人的生命包括肉体和精神，前者是基础，后者是升华。只有基础，没有升华，就谈不上文学。我们常说的文学艺术既源于生活又高于生活，就是这个道理。"登山则情满于山，观海则意溢于海"，这是升华才可以抵达的美妙境界。所以，在一味地追求有用之物的同时，不妨再静下心来细细品味无用之物带来的静怡美妙。

汪彤专益多学，博采众长。她从小就热爱集邮。"小小邮票里有大世界，在我们那个没有通电话，只通信的时代，邮票就是我们了解外面世界的一个窗口。从这个窗口里，我手指着地图，去过大海，去过名山，看过火箭升空揽月，也钻进地下探过油田，一张张小小的邮票，丰富了我的知识，也给我成长的幻想增添了许多丰富多彩的颜色。"(《集邮琐记》)。心怀对生活深爱的梦幻，她才可以从方寸之间的邮票里，看到了大世界。

汪彤在《痴心石》一文中，开卷就说："石头是我喜欢的东西……'绿宝石'，拿到岸上，太阳一晒，转眼工夫，石头上的花纹和图案，还有颜色，就不太清楚了……石头里藏着什么，那些说不清的东西。"她还列举出她从黄河滩捡到的那块像"烙饼"一样的青色石头："中间微微凸起，凸起处明显地有一扇黑色发亮的门。黑色发亮的部分，大概是化学矿物质的聚集，门旁边，又是一只黑色发亮的小鹿。小鹿似乎要穿越时空，从那扇黑色的山洞门里走来，又欲从石头上走下来。"汪彤笔下这只"烙饼鹿"活灵活现，我的心神一直随着活泼的小鹿蹦跳。我心里生发出一种抑制不住的意境："衣带渐宽终不悔"的向往，"众里寻他千百度"的求索。汪彤仿佛给"烙饼鹿"赋予了生命。由此，我联想到，我们不但要勤于积累书本知识，还要善于积累生活知识。这个过程其实就是学习、思考和实践的过程。只要你用心地热爱生活，细微地观察事物，每抬起一次头，天空的云彩就多了些，每俯下一次腰，四周的喧闹就静了一些。

还有一件事，我不得不提。那次我和汪彤见面时，顺便提及了我读青年作家马小淘散文集《冷眼》的感想。小淘的作品写得很随意，有时甚至有点随心所欲。她很精妙地把一些看来很复杂的事情，用蛮有生活味道且幽默的语言表现出来，很是耐读，深刻。没想到，说者无意，听者有心。后来汪彤特地给马小淘打电话请教写作，这件小事很让我感动，处处留心做学问的汪彤！我想起一位名人讲过的话："未来的文盲不是不识字的人，而是没有学会怎样学习的人。"

散文是美文。像鲜花一样美。散文是经过一次又一次锻造、淬火的美，是有生命形式的美。愿汪彤的散文像她种的花和枝一样，都生在枝节之外。

2018 年 12 月 19 日于望柳庄

（王宗仁：当代著名散文家）

目 录

第一辑　游记篇

邓园往事

一

兰州，传说初次筑城时挖出金子，故取名"金城"。然而这固若金汤的边城之地，每条街巷，每个宅院，都有自己的故事，为"金城汤池，不可攻取"增加了一个个有生命力的印证。

"邓园"是兰州广武门后街 4 号邓宝珊将军纪念馆，最早是东稍门外的一片郊区，这里果树成林，麦田茵绿，明清时是金城的先农坛。

"坛于田，以祀先农。"每年开春，远在北京的皇帝，带领文武百官祭祀神农，而边陲之地的金城，也会在城郊的先农坛"春时东耕于籍田"。直到北洋军阀时期，省政府因地方财政困难，将先农坛以闲置公产拍卖。民国八年（1919 年），甘肃督军张广建的副官韩仰鲁购得先农坛，辟为私家花园，取名"仰园"。

据说韩仰鲁最先是一位凉州商人，生性机敏、见多识广。1918 年秋，重金从西安请来电影放映师，在兰州皖江会馆（今城关区山字石中街 18 号）

放电影。金城的第一场电影，放映的是第一次世界大战期间，欧洲战场实况片段，当放映机的一束光线打在银幕上，呼之欲出的人物，让金城的遗老遗少们目瞪口呆，连声叫绝。就连镇定自若的甘肃督军张广建观看电影后，也兴致勃勃地提笔，为韩仰鲁题了几个大字："大光电影。"

韩仰鲁为交通闭塞、观念落后的金城，引进了第一部无声电影，他也因放映电影而名利双收，不久便上任甘肃督军公署副官。应该说韩仰鲁确实是一位有眼光的人，他购买的这座祭祀的"圣坛"，后来成为人们心中真正永久怀念和纪念的丰碑。

二

仰园所在的位置，在民国时的金城，属于郊外偏远的庭院。却偏偏因离城远，接近大自然，这里极安静和敞亮。十多年后，民国二十二年（1933年），土坯墙，灰瓦顶，日益凋落的仰园，被国民党西安绥靖公署驻甘行署主任邓宝珊将军和夫人崔锦琴女士，从韩氏后人手中购来。

崔锦琴夫人先前一直生活在北京，来到荒凉的大西北，在金城郊外的果园旁，有了她"世外桃源"的庭院。她时常与邓宝珊将军一起布置规划园子。他们在园中修葺假山、池塘、照厅、佛堂，还购置了珍品牡丹和芍药等，将一座宅园，建成一处修性养生的花园，这便是后来的"邓家花园"。从那时起，广武门后街4号，便成为一处具有记载历史和承载历史的"圣园"。

邓夫人崔锦琴知书达理、善解人意，她受丈夫的影响非常爱国。抗战时期，邓宝珊将军任晋陕绥边区总司令驻守陕西，崔夫人在兰州也发起并组织成立了中国妇女慰劳前方将士会甘肃分会，并担任副会长。那时，前后三个庭院的邓园，虽是一处私邸，却也参与到抗日斗争的最前沿。崔夫人受邓宝珊将军之托，将邓园前院无偿借给了国民党空军，作为第四陆军司令部办公驻地。邓园里进进出出的空军官兵，让以往安静的宅院热闹起来。

邓园的主人邓宝珊将军虽远在陕西、山西，但他时常写信给邓园里的家人，他告诉妻儿：珍爱建设自己的小家园，但更要重视祖国大家庭的安危。而崔夫人也秉承丈夫的愿望，教育孩子们，让他们从小懂得"先天下之忧而忧"的道理。或许崔夫人并没有想到，自己要用一生守护西北这片贫瘠的土地。而这个温暖的家园，也是自己最终要把灵魂安顿的地方。

三

抗日战争时期，远离战场大后方的金城兰州，地处西北腹地，却是中苏交通的咽喉，苏联援华物资都要经过兰州运往抗日前线，因此兰州炮火连连，屡遭日军轰炸。据《档案》杂志记载："到1941年，多次遭日军狂轰滥炸的兰州，已经千疮百孔，无一处街道完好。兰州修建机关和个人地下室120个，防空洞100多个，露天防空壕258个……"

1941年6月22日，黄河还像往常一样静静地流淌着，忽然，一阵凄厉的警报声，响彻天空，撕扯着人们刚刚平静的心。日军飞机像成群结队的乌鸦，伴着轰鸣的马达声，刹那间，一颗颗炸弹铺天盖地落下。但见金城内外，房舍一片片倒塌，平地上烟土弥漫，到处是苦难中逃离呻吟的人们。

头一天，邓宝珊将军的爱女倩子，在邓园的书房里做课录。书桌上干净的白纸，墨迹斑斑，整齐地抄录着杜甫的《绝句漫兴九首》：

糁径杨花铺白毡，点溪荷叶叠青钱。
笋根稚子无人见，沙上凫雏傍母眠。

多愁善感的女儿，早被父母忧国忧民的情怀感染，倩子思念远方的父亲，真切地感受到这首诗的深意。特别是诗中描写的小凫雏们，在漫天飞舞的杨花中，偎依在母亲身边安然入睡，就像远离父亲的她和哥哥们，时常伴在母亲身旁的样子。

没想到一首课录，竟然成了孩子的遗愿。第二天，日军轰炸兰州，崔锦琴夫人一手领着儿子允文，一手拉着儿子允武，女儿倩子紧紧拽着母亲的衣角，他们在烟火弥漫中逃出邓园，踏着尘土飞扬的土路，过了黄河，向枣树沟的方向躲避。防空洞里，母亲将三个孩子揽在怀里，头顶是警报长笛和不断落下的炮弹轰鸣声，脚下是潮湿的泥土，突然，一阵轰隆隆的震塌，生命便到此终结。崔夫人和三个孩子顿失生命，全部遇难。

此时镇守榆林的邓宝珊将军，也在炮火连天的水深火热中。当他听到亲人遇难的消息，顿感阵阵晕厥，然而失去妻儿揪心的悲痛，并没有让他倒下，国恨家仇，增加了将军与日寇决战到底、将侵略者彻底赶出家门的决心。他虽然悲痛，却仍坚守在战争的最前沿，保卫国家，守护人民，他不能亲自赶到兰州料理丧事，他嘱托亲友，将崔夫人和三个孩子葬在他们曾经朝夕相处的邓园。邓将军的悲痛和眼泪没有挂在脸上，却在胸中如浪潮一样久久涌动、翻腾……

四

1941 年 10 月，时任监察院长的于右任先生，到金城视察，此行堪称先生一生重要活动之一。一是视察，向中央提出"十年万井计划"，设立敦煌艺术学院的议案；二是留下 20 首风格壮伟的诗词。于右任先生此行诗词《题慈爱园》题记中这样写道："兰州城外邓宝珊园中吊其夫人崔锦琴女士及其子女，为题名曰慈爱园。"赋诗为：

百感茫茫不可宣，金城到后更凄然。

亲题慈爱园中额，莫唱兔雏傍母眠。

诗后有文云:"宝珊女倩子,最后窗课录写杜诗……翌日,与母及两弟避敌机同罹难,皆葬园中。"

遥想,在那个被日机狂轰滥炸后破败不堪的金城,白发苍苍63岁的于右任先生,走进萧条、沉寂的邓园。虽是金秋时节,灰蒙蒙的天空落着雨,也为逝去的人们默默哀悼。一处新坟,一块墓碑,一片荒草。于右任先生肃穆地在冷风里站了很久,在崔锦琴夫人和孩子们的墓前,他想起老朋友邓宝珊将军。他们是并肩作战的战友,也是志趣相投的兄弟。而此时,远在抗日前线的邓宝珊将军,也一定很想念兰州的邓园,这里应是驰骋疆场、热血男儿内心最伤痛的地方,这里应是邓宝珊将军时时思念,却不忍心碰触一物、一景的地方。前院里允文、允武与父亲的欢笑声才刚刚落下;书房里女儿握过的毛笔,似还有余温;果园里将军与崔夫人散步的脚印,才被一阵风沙掩盖。然而,这一切,终将成为邓园抹也抹不去的旧事。然而,这一切,终将在情感中留下历史记忆最深刻的烙印……

于右任先生沉默思索着、哀痛着,大笔一挥,为墓碑题字"邓夫人及子女合葬之墓"。又将原"仰园"改题为"慈爱园"。这一题,为兰州抗战历史做了永恒的见证,又为人们一遍遍述说着金城一角邓园里一段充满温暖、慈爱和悲凉的故事。

1943年,在邓宝珊将军50岁大寿时,于右任先生祝寿,用不同的字体写下一百个"寿"字,百字百样,无一重复……

五

老北平人提起邓宝珊将军,都要竖大拇指说:"邓将军是我们的恩人。"北平《新民晚报》发表过标题为"北平和谈的一把钥匙——邓宝珊将军"的文章。1948年,解放战争时期,解放军兵临北平郊外,大战在即,邓宝珊将军奔赴北平,解开了傅作义的心结,保护了北平数百万人民的生命和财产安全,使这座世界级文化遗产古都免于毁损。

老兰州人提起邓宝珊将军，会说："他是我们的好省长。"新中国成立后，邓宝珊将军成为第一任甘肃省人民政府主席、省长，在艰难的建国伟业中，邓宝珊将军尽管公务非常繁忙，但在邓园附近的田间地头，总能看到他的身影。

20世纪50年代，邓园一带是农田，在夕阳下碧绿的田畦旁，总能看到一位高大魁梧的人，穿着白色的汗衫，千层底的布鞋，在田间散步或蹲在地头，与农家聊天。邓宝珊将军关心人民的疾苦，邓园附近的农民，总是他了解民情最好的去处。

邓宝珊将军在甘主政18年，重视农业发展，兴修水利，兴建铁路，投入资金保护和修缮敦煌莫高窟、天水麦积山石窟、临夏炳灵寺石窟。许多建设甘肃、发展甘肃、为老百姓谋利益的重大决定、决策，都是在邓园的书房里，在一夜一夜不灭的青灯下思索完成的。

在邓园的书房，邓宝珊将军每有闲暇，便会阅览经、史、子、集。他还特别喜欢读地方志，了解许多地方的风土人情和各类掌故。他博览群书，对祖国悠久的历史传统文化深爱不已。他不但喜欢读书、爱好书画和戏曲，因为人平和，还结交了很多文化艺术界及各界朋友，他常常请朋友们来邓园一起切磋、讨论对文史的见解，听取大家对甘肃政治、经济、文化的意见和建议。

六

1957年8月的一天，邓园热闹非凡，新砌的烤炉炉火通红，烤肉的清香阵阵扑鼻。花繁叶茂的树荫下，中国京剧院院长、京剧大师梅兰芳先生偕夫人福芝芳、儿子梅葆玖及昆曲曲艺家、笛师许伯遒，戏剧理论家许源来，琴师王少卿等，与邓宝珊将军一家人品香茗、赏戏曲，邓园里其乐融融。邓宝珊将军除了喜欢戏曲，还酷爱书画艺术。当梅兰芳先生看到邓园的客厅挂着齐白石、陈师曾、陈半丁、王梦白的花卉时，他一边仔细欣赏，一边激动地说："这几位都是我的老师，特别是王梦白先生，他是我学画的启蒙老师……"

在这座建设中的西北高原城市，在邓园里，梅兰芳先生感受到了文化的气息，感受到了一座新城欣欣向荣、蓬勃发展的生机。离开兰州后，梅兰芳先生还特地写信给邓宝珊将军，在信中这样称赞邓园："佳果园蔬，郁厨味美，主人情重，令远客拳拳不能去怀……"

除了演艺界的朋友，1953 年，时任政务院出版总署署长的著名作家叶圣陶先生视察兰州时，不愿下榻招待所，而愿意住在邓园邓宝珊将军的家里，与将军一道观赏书画，吟诗写字。其间叶圣陶先生作诗一首，并亲作篆书赠予邓将军：

远访兰州胜，清辉始获亲。

问年俱甲午，同愿为人民。

园果尝新味，客斋绝点尘。

高情何可报，诗就意难申。

"1953 年 11 月抵兰州，宝珊主席留住殷勤，感不可言，敬赠一律，即求两正。"

不仅如此，1957 年 4 月，时任中共中央政治局常委、总书记、国务院副总理的邓小平同志莅兰视察工作，虽然在兰州时间安排得很紧，只有短短的两三天，但他还是特意到邓园看望了他的老朋友邓宝珊将军。当时，这里的建筑全是一些砖土结构的平房，小平同志笑着对邓宝珊将军说："你住的是茅屋草舍啊！"经此一说，后来省人民政府有关部门，为邓省长在院内修了一幢新式建筑，既作为他的居处，又作为年事已高的省长办公之所。

邓宝珊将军一生有很多朋友，邓园里还接待过朱德、陈毅、沈钧儒、张治中等人。邓园里不但去过政界、军界、文艺界的朋友，也去过农民、工人、教师等普通老百姓。

七

然而在"文革"中，1966年11月下旬，邓宝珊将军在邓园，也受到红卫兵的冲击。他们一进门，各房间乱窜乱翻，找到一把刻有"蒋中正赠"字样的佩剑，当成邓宝珊将军反动的证据。一把将卧病在床的老人，从床上拉起来，罚他跪在地上，红卫兵拔出剑，架在老人的脖子上，对邓宝珊将军进行批斗。几天后，周总理知道此事，派专机把邓宝珊将军接到北京，安排住进了医院。

自此，邓宝珊将军便离开了兰州，告别了邓园，告别了这所让他伤痛过，也让他欢乐过的园子。1968年11月27日，邓宝珊将军在北京逝世。

一座园子，旧时的先农坛；抗日战争时最前沿的阵地；新中国建设时最坚强的后盾……这该是怎样的一所家园啊！邓园，是历史的长城，在兰州人民心中树起的一座丰碑；邓园，是历史的记忆，在人们心中留下永恒的宏伟纪念。

1982年，邓宝珊将军的子女邓惠霖、邓团子、邓引引、邓成城、邓文文商定，将花园捐献给国家，了却邓宝珊将军在世时的心愿。

1985年，邓园中的花园开设为旅游公园，住宅辟为邓宝珊将军纪念馆。现如今，在高楼林立繁华的金城，邓园沉寂在喧闹城市的一角。然而，历史的丰碑上，却怎样也抹不去那些闪光的印记，在这座园子里，时间的车轮，留下一道道历史的痕迹……

大河故道

一

最初的起源，像天空刺向大地的一把利剑，亘古万年直插冰川，在青藏高原山涧，一束束金色耀眼的阳光，久久揽着一座一座冰峰，滴滴答答，涓涓成河，汇聚成川，于是一条自西向东奔腾的黄色巨龙，驰骋在华夏大地上。

最初只是微弱的流水叮咚，不知经历了多少时间的磨砺。静逸过、欢畅过；包罗万象后平坦激荡过；东奔西荡暴躁过、呻吟过。生命征程一路奔驰，从高原到大海流经5464公里，曾被人们称为黄色的"浊河"，而更长久的却是养育中华民族的"母亲河"。

"三十年河东，三十年河西"说的是黄河的一次次"变脸"。毕竟万年的事物，终究会经历各种各样的变故，才能趋向于稳定和成熟。决口和改道，黄河像一个人，某一时、某一段冲动的种种状态，生命无法克制自我，也是生命过程真实的呈现。据记载，黄河下游的决口泛滥达1500余次，大改道 26 次。于是黄河故道也以三种状态呈现于世："一种是荒芜的盐碱地，一种是水草丰美的湿地，还有一种是尚存的河道。"每当黄河决口灾难来临，"夏日消融，江河横溢，人或为鱼鳖"，千万人的生命如草芥，流离失所。当灾难过后，黄河故道便成了伤痛的纪念碑，即便如此，黄河故道又在大自然的天然巧成中，在人类勤劳勇敢的自发改造中，成为既具有实用价值，又具有观赏性的地球家园大景观。

二

任何事物发生改变，都有其内在原因和外在原因，黄河的决堤改道有自然因素，也有人为原因，然而对黄河故道的治理，人类一辈一辈如接力赛一样没有停息过。古人称黄河为"一石水，六斗泥"，黄河的泛滥因了泥沙的沉积，于是清理河道从古到今没有停息过。远古那位头戴蓑笠、身披蓑衣的大禹，嵩山的乡民们每次看到他，他的一双大脚都泡在泥水里，他用一双脚丈量过中原黄河旁的每一寸土地。

那天，大禹治水路过家门，一声婴儿的啼哭高亢清澈，大禹在雨中久久伫立，望着自家的屋舍，矛盾而犹豫。一边是天下苍生因黄河泛滥背井离乡、妻离子散、逃离奔走的苦难；一边是妻子怀抱刚出生娇儿的温柔缠绵。伫立片刻，大禹终于头也不回，大步流星奔向黄河的另一处豁口。风雨抽打在他的脸上，到底是雨水还是泪水，他尝到了苦苦涩涩的味道。然而，这样义无反顾的决然，竟然是他生命中的定数。大禹的妻子涂山氏女对于"三过家门而不入"到底承受着怎样的心理压力，暂且不论。而大禹治理黄河故道的方法，不用父亲鲧的"障水法"，而是召集百姓，询问、走访视察河道，并检讨父亲鲧治水失败的原因。大禹最终用"疏导法"，利用水向低处流的自然趋势，疏通了九河，治理了黄河故道。而妻子涂山氏的心，也早被英雄的疏导法"疏"平，她心里除了对大禹的爱恋，还有深深的仰慕。

三

中国抗战史上三大惨案之一便是"花园口惨案"。1938年5月的中原，应是牡丹争艳的芬芳时节，但日寇侵华的炮火隆隆不断，乌云笼罩着这片美丽富饶的土地。5月19日侵华日军攻陷徐州，夺陇海线进犯，郑州危急，武汉震动。此时蒋介石政府竟异想天开"以水代兵"，在离郑州市北郊17公里的花园口，将黄河挖开一个大口子。黄河决堤，奔腾的河水似脱缰野马迅速下泄，正值雨季河水暴涨，滔天巨浪，澎湃动地，呼号震天，数十万百姓猝不及防，葬身鱼腹。"其悲骇惨痛之状，亦皆九死一生，艰苦备历，不为溺鬼，尽成流民……因之卖儿鬻女更是司空见惯……"上千万人流离失所，无处安身，豫、皖、苏3省44个县30多万平方公里成为一片汪洋。

然而即便黄河决堤改道，也挡不住日军进攻中华大地的野心。日军给华夏大地留下的伤痛，是中华历史抹不去的伤痕和烙印。即便是"花园口决堤"事件，给黄河下游豫、皖和苏等地的中国百姓带来深重的灾难，但黄河故道上的人们，仍用坚强的毅力和决心，一代一代守护这片土地，治理这片土地、助力一条势不可当滚滚东去的大河。

日夜不停奔赴大海是黄河的命运，是任何人和任何事物都无法阻挡的存在。历来聪明的人类，总会选择顺应天道，在观察万事万物"大道"的规律之后，总结规律改变方法，适应自然、调整自然，从而改变自然为我所用。在黄河故道上的人民，用包容和宽容的心，去接纳一条条故道，体恤一条条故道，梳理一条条故道。直至今天，母亲河——黄河，及其历史遗存的故道风物，给予了一条河生命存在的丰富形式。

四

昔日，站在河南宁远、商丘的土地上，到处是一块块荒芜结成板的盐碱地。很少有人会想到，这里曾经流淌过浩浩荡荡的黄河。黄河改道后，带着盐碱成分的大量泥沙，裸露在空气中，极易板结成块，草木庄稼不易存活。但是人们总是向往美好的，即使被遗弃、被创伤，只要尚存一丝精神，便会为追求美好而去努力。自古人们就用勤劳和智慧治理盐碱地，不论是被改造的盐碱地林场、稻田，还是水草丰美的黄河故道湿地，或者黄河两岸风情线，都是被人类开垦过的土地。一代一代的人们不懈努力，用智慧和包容，创造了黄河故道的处处美景。

80多岁的康心玉、翟际发两位老人，每天散步总是向着黄河故道那边去，那里有自己亲手种的申甘林。人们想象不到，111120亩申甘林，是1955年民权林场规划的造林数字。那年夏天，康心玉20岁出头，从洛阳林校毕业，"回到家乡干好林业，植树造林去改变那里的穷面貌！"这是康心玉当时心里的凌云壮志。然而到了黄河故道上的民权林场，康心玉看到的土地和邻近的兰考一样，风沙盐碱肆虐，一片荒芜结板。但他毅然放下行囊，双手拿起铁锨，除沙造林，没想到这一拿，一辈子也放不下了，即便到了80岁，每次握着"铁锨把"，就会觉得心里更踏实。

"高栽洋槐低栽杨，柳树栽到坑里头，小口大肚海绵底，三埋两踩一提苗。"这是永不过时的植树经验。1984年翟际发决然地给儿子翟鲁民选择了农场的工作。孙子翟文杰在大学也报考的是园林规划设计专业，毕业后毅然到林场工作。祖孙三代把青春和一生都奉献给了民权的申甘林。这条植树经验，似乎是翟际发口中的"圣经"，他给儿子和孙子不知讲过多少遍。虽然唠叨，但孩子们知道，老人能说、能讲，说明身心健康。心里装着黄河故道上的一片片树林，生命被另一种形式传承和延续……

"民权县现在已成为让全国人民羡慕的'中国长寿之乡''中国健康小城'。黄河故道上的申甘林带来的'绿色效应'不断惠及周边，现在的申甘林附近，已成为旅游观光胜地和'天然氧吧'。"

有时候我想，一条河或许就是一种精神、一个理念，它带给人们的不只是伤痛过的记忆，也不光是如今物质上的丰厚，更多的是大河奔腾向海流的一种不屈不挠的劲头和力量。黄河勇往直前奔向大海，黄河故道上的人们也被一种精神引领着，永不停息地追求生命中坚实和辉煌的梦想。

春度柏林观

　　脚下万亩桃园。一件事物存在的最好方式，该是融入桃花的世界，却又不失自我，这是多么难的事情。然而，柏林观就仰卧在桃林之中，身披翠柏，楼台巍峨。耳边是大殿飞檐的风铃声，眼里是环抱一周的粉色世界。站在柏林观之巅，听着春天的声音，看着春天的颜色，这座四面环山，被环抱在万亩桃花中的道观，是阳春三月感受春天最好的去处。

　　柏林观位于甘肃天水市麦积区伯阳镇兴仁村，距天水市 80 公里，这里是赏桃花之美，品仙桃之香，富于盛名的地方。相传柏林观不仅仅是因了自然界的天地造化，在四面环山的一万亩土地上，春天把粉红的颜色倾倒浸染，据说，这里是尹喜故里，他勇敢地拦在了圣人西去的路上。

　　柏林观或许是为了纪念尹喜的功绩，又是为了传播圣人老子的五千言而屹立于此。渭水围绕柏林观做了一次圣洁的洗礼之后，蔚然东行。柏林观坐落于龙山，山的一角伸进渭河中，让山上的柏树吸纳渭水，在风起的时候，以阵阵涛声回应。

　　这里不是伏羲画卦的地方，却也因渭水行走之势，形成了太极图。细想，能解释万事万物的太极图，或许就是人为的缔造，谁说水流走过的路线，形成的 S 状，不是最大面积、最多灌溉土地的方式？或许一些自然界的伟大景观，又是智慧的先辈，人为的一些统筹规划。是巧合还是有意为之？这些不得而知，却有了现在柏林观脚下蔚然壮丽的景象。

据说柏林观建于元代前，位于龙山后十余里有尹道寺，称为"尹喜故里"；柏林观南面有虎头村，龙虎相对，龙山上的柏林观是驻台行道奉祀老子之地。柏林观是龙山在平川中突然抬起的龙头，川里梯田层层叠叠的走势，似覆盖着龙鳞的龙尾，浩浩荡荡在摆动。通往柏林观的道路，因龙山处在山川中央的地形，这里攀上山的路，似乎有无数条，然而通向山顶的大道，却依然要环绕山体一周，做各个朝向的顶礼膜拜，最后才可以到达柏林观。

行走中，虽然道观被山体的走势遮掩，人在其中，没有目标地在山上前行，看不到前方巍峨宫殿的召唤，却又在自然而然之中，一边浏览山下的桃园，一边踏在朝圣的大道上，不知不觉就到了想去的地方，这不正应了老子所说的那句"道法自然"。其实，世间万事万物，都在规律和自然之中，好比这朝观的大道，虽在苦苦地追寻中，又在不经意间绕山一周，来到观台之上。

或许老子也没有想到，当他在周朝的"守藏室"观天下之文，收天下之书，掌握了解世间万物的规律后，归隐西行时，他所传播的"大道"，就在他隐退的路上被千古传诵。而那位有着历史重大使命的尹喜，善天文地理，仰观俯察，莫不洞彻，当他辞去大夫之职，隐德归仁于函谷关令时，正是他表面舍弃，却最终成就自己千古美名的时候。

那一天，尹喜在函谷关楼台远望，只见东方紫气西迈，知有圣人将至，之后的事情，鲁迅先生在他的小说《出关》中描写得非常有趣：

"老子到了函谷关……

"'站住'几个人大叫着。老子连忙勒住大青牛，自己是一动也不动，好像一段呆木头。

"'哎呀'关官一冲上前，看见了老子的脸，就惊叫了一声，即刻滚鞍下马，打着拱，说道：'我道是谁，原来是老聃馆长。这真是万想不到的。'

"老子也赶紧爬下牛背来，细着眼睛看了那人一看，含含糊糊地说'我记性坏'。

"'自然，自然，先生是忘记了的。我是关尹喜，先前因为上图书馆去查《税收精义》，曾经拜访过先生……'

"'先生在城圈边遛遛？'

"'不，我想出去，换换新鲜空气……'

'那很好！那好极了！现在谁都讲卫生，卫生是顶要紧的。不过机会难得，我们要请先生到关上住几天，听听先生的教训……'"

于是作为出关的条件，老子居然一口气写下了五千字的《道德经》，也就是《老子》。

"关尹喜非常高兴，非常感谢，又非常惋惜，坚留多住一些时，但看见留不住，巡警给青牛加鞍。一面自己亲自从架子上挑出一包盐，一包胡麻，十五个饽饽来，装在了一个充公的白布口袋里送给老子作路上的粮食。并申明：这是因为他是老作家，所以非常优待，假如他年纪轻，饽饽就只能有十个。"

老子出关后去向何方？后来的故事如何？司马迁说："莫知其所终。"和鲁迅先生一样，所有关于《道德经》被传诵的故事，该是人们根据典籍把伟大而朦胧的故事做了无限的延伸吧。然而像神话般缥缈的历史，又在现实老百姓的世界里，从传说走向真实。这个真实，便是现今存在于我们眼前的柏林观。

传说，后来尹喜追随老子，精修行道，和老子一起西行，经关中，越秦岭，沿渭水行至他的故乡——天水秦州伯阳，想象中，老子来到伯阳时，或许正是山花烂漫时节，春度伯阳，老子与尹喜在伯阳龙山上驻观讲道，将被誉为"万经之王"的神奇宝典——《道德经》传诵给世人。现今，当地人对柏林观还有称呼"龙嘴子经台"的说法。

柏林观在唐朝最繁盛，民谣相诵："柏林观，八柏三石九座殿。"唐太宗尊老子为太上老君，柏林观上曾筑有戏台、钟楼、鼓楼、城门、山门等，还有一口万斤铁钟，一声一声，世世代代传诵着老子的千古大道。而如今，柏林观上有巍峨的三清殿，供奉着圣人。殿上金字的牌匾，是全国道教协会会长任法融道长题写的"奉清宫"和"柏林观"，任道长的故乡也在天水。

柏林观的存在，在伯阳人心中有着神圣的意义。这里，每年都有盛大的庙会，老子的大道世世代代被人们传诵着。或许，关于柏林观从古至今，所发生的故事和所走过的完整历史轨迹，没有人能够全部地完整看到和记录下来。这里的山川，桃花年年盛开，映红了渭水，千百年来，围绕柏林观一季一季开放。而大地的子民们，也将老子《道德经》中修身立命、治国安邦、出世入世的人类文明，永远地咏唱和传诵着。

春度柏林观，老子践行大道的脚步，人们追求人类文明的源头，探究生活的智慧，从远古的那一天，从函谷关开始，一世一世，勇往直前，从不停歇……

济南印象

济南的冬天并不冷，我却穿了足够抵挡寒冷的衣服。于是，那几日，常在暖融融的阳光里，到处走走。

专拣小巷子进去，往最深的尽头走。七拐八拐，希望走进一条铺满石板的小路。想象中，随便揭开一块石板，就能冒出汩汩的泉水。在石板下面，应有无数个泉眼，这是济南被称为"百泉之城"的由头吧。

然而，却始终没有一条想象中的巷道，也没有机会，蹲下身子，翻开一块松动的石板，去探个究竟。在济南的晚上，在梦里，我一个人，到处游走，随便闯进胡同里的一家院落。那院落里确有一方泉眼，在鸽哨响起，晴空万里的日子，院里的孩子们，正欢笑嬉闹，提着裤腿，在四处溢满泉水的青石板上跑来跑去。泉水从地下肆意涌出，青石板上映出孩子们欢快的身影，孩子们脚下的水花溅起，满身满脸满墙壁，到处都被地下冒出的泉水浸润着……

冬天，百泉之城济南，仿佛沉浸在安逸的睡梦里。这儿仿佛一座梦幻的城池，一边是小巷流水的欢闹，一边是钢筋水泥熔铸成的都市。向生活在这座城市里的人们，打听"剪子巷"，问过"英雄山"。这些地方，是这个古老城市的历史，它们在现代化都市里，总是归隐在高楼大厦深处。

走进济南中心广场——泉城广场，一条巨型长廊，仿佛把空间放大无数倍，活动的人们却被缩小了，人们像长廊中游走的标点符号。文化长廊附近，14幅浮雕组成的《圣贤史迹图》，雕刻栩栩如生。浮雕旁边，矗立着舜、孔子、王羲之、李清照、蒲松龄的塑像。这些与济南有缘的古人们，他们也仿佛济南的常住人口，永远守护在这里。

泉城广场北边，有一条东西走向的护城河，河里碧水悠悠，似被泉水注满随时会溢出来。河水由无数个泉眼涌出的水流汇聚而成，仿佛是这座城市流淌的血脉。护城河旁，倒挂着杨柳干瘦细长的枝条，一阵阵雾气，袅袅升腾，河边散步的人们，走进虚幻，在远古的历史中漫游。

穿过南北走向的一条马路，泉城广场附近，便是趵突泉公园。据说意大利著名旅行家马可·波罗也来过济南，他曾称赞济南是北方水上园林之城。

走进趵突泉公园，马可·波罗对济南的美誉，便会和人们内心的感受呼应起来。冬天北方的园林是静逸的、纤瘦的、婉约的，像一个十六七岁，刚刚进入青春期的小姑娘，活泼却又安静。仿佛是水做了她明眸善睐的眼睛，清澈得能把人的心照亮。

匆匆向趵突泉的方向奔去，那一池一池的水，被一座一座小桥连起来，水并不是静止的，水流与前行的脚步一起流动。

忽然，"扑棱棱"的一声响，岸边干枯的草丛里，飞出一只野鸭。它被我的脚步声惊起，"咕咚"一声，跳进水里。从透彻清亮的水里，能看到野鸭快艇一样的泳姿。导游微笑地打趣："这些野鸭，冬天在泉水里，就像生活在有空调的温室里。"

尝试着用手去撩拨这冬天的水，泉水在零下的温度里，竟然是温热的。这时才想起，雾气蒸腾缥缈的护城河，原来被温暖的泉水一直呵护着。

蹲在水边，抬眼望去，不远处奇石玲珑、松竹掩映着一座幽静的院落。走进去看看，再也抬不起步子去寻找别处的美景了。庭院正中的花池里，没有盛开的花朵，只有一些湿润的泥土。可我想，那泥土里，一定有海棠芭蕉、荷花、玉兰的根系。女词人李清照生前就喜欢这些花木，我也爱屋及乌，仰慕地把这些花草的名字记在心上。

这座院子，由厅、亭、轩、曲廊组成，门楼上有郭沫若题写的"李清照纪念堂"，厅内陈列着李清照塑像、蜡像、文物、著作。各种诗词著作版本，让人目不暇接。停留一会，买一本线装的《李清照诗词集》，等再回头，院落里，只剩下冬天的阳光和老树的风影，伴在李清照的蜡像旁。

嘴里念叨着"寻寻觅觅、冷冷清清……"，便已到了趵突泉旁的无忧泉。《七十二泉诗》云："槛泉西畔漱清流，酌水能消万斛愁。白叟黄童争击壤，春来有事向东畴。"相传饮了"无忧泉"的水，可以使人忘掉烦忧。停留在这里的人们，怀着各自的心事，默默凝望着这一潭无忧之水。

走过无忧泉，趵突泉奇特的景观就在眼前。一池碧波中立下一块"天下第一泉"石碑。石碑旁三股汩汩升腾的水流，在一泓方池之中腾腾翻滚。像地下有股奇特的力量，随时要奔腾跃出，却又被牵制约束。听当地人说，水势旺的一年，这三股水流要向上腾跃 3 米多高，景观甚是壮观奇特。

听说趵突泉中的锦鲤，仿佛比其他池子里的鱼儿更有灵性，更通人性。游人刚站在池边，它们便朝你的影子游过来，摇摆着尾巴，似在舞蹈。当地有这么一个传说：最大的两条红色锦鲤三尺来长，是生存在趵突泉的鱼精。有一天，鱼精夫妻找地方产卵，雌鱼、雄鱼嬉戏玩耍，不小心用身子撞翻了水底的一方玉砖。忽然，一柱水喷涌而上，两尾鱼被带到了几尺高的空中，那或许是"鲤鱼跳龙门"故事的雏形吧。待鱼儿落到水中，又去掀开另两处有玉砖的地方，再次尝试云里翻滚、雾里游走的感觉。听着传说中的故事，谁能不相信，这百泉之城里最大的三个泉眼，不是被这方池子里的鱼儿不经意地发现了呢。而它们经过三次鲤鱼跳龙门的升腾，就这样长生不老了。我趴在栏杆上，看着水中游戏的两尾大鱼，想象着万物造化的自然界，无所不有地神奇。

《水经注》记趵突泉："泉源上奋，水涌若轮。"虽然，在冬天，我并没有看到趵突泉"趵突腾空"的景象，但那三柱形如玉壶的泉水，却让我对这里的神奇流连忘返。这种神奇是天地的造化，也是泉城济南的造化。

冬天的济南并不冷，这里有明媚的阳光，这里有冒着热气温暖的泉水，这里最让人留恋的是神奇故事中的山、泉、湖、城、河，和那些曾经游走在故事中，一起牵着手欢笑的人们……

铁马秋风吴砦城

一

　　站在吴砦古城东城门，俯视四周山野碧川，吴砦骄傲自己是"城里"。

　　古时确实有城，秦州直隶州志记载："城西、南、东南三面长度各为一百零四丈。城高分别为二丈二尺，一丈八尺和二丈，北面长五十丈，高二丈。南和东南各有城门一座……"

　　历史的脚步回到860多年前，吴砦高大巍峨的城墙，腾空耸立在崖壁上。从下仰望，吴砦城呈不规则梯形，占地约120亩。地方不大，但俯视和仰视之间，就有了傲居一方的气势；在群山傍水之间，就有了伟大与渺小的对比。如今，高悬的古城，似放了一道"悬梯"，一条条用土方、石块砌成的大道、斜坡，可以直入吴砦城，而这座隐蔽在高墙里的城堡，始终自豪曾经在古丝绸之路上的显赫与辉煌。

　　吴砦古城距甘肃天水市约95公里，处甘、陕、川三省咽喉。兵家咽喉之地，乃扼住命运要脉之所。而吴砦恰恰是南依野鹤山，东、西、北三面邻渭水，是东去汉中入关，南往成县下川，北抵关山通蒙，西到天水去西域的交通要塞，是一座建在"悬崖上的抗金古城"。

二

吴砦古城是为防止金国毁约而建的。吴砦是一个敞亮的地方，渭河至此突然开阔，吴砦就站在人类文明交汇融合的丝绸之路上。古丝绸之路从西安延伸通往西域，而吴砦恰巧在这条路上，静静地等待，守候了几百年甚至上千年，直到遇到吴玠、吴璘兄弟。

当初吴砦并没有姓名，它只是山崖上一处平坦开阔之地，直到有一天，策马扬鞭从抗金战场上驰骋而来的吴玠、吴璘，他们被浩浩荡荡的渭水阻挡在岸边。虽然前方无路，必须绕上山崖而行，但吴璘心里却一阵阵喜悦，他一眼看到此处的军事战略实力：这是一处四面陡峭，顶上平宽，"进可攻、退可守"的宝地。

对于选择"宝地"，吴氏兄弟从八百里秦川的战线上一路驰骋而来，已经有了相当的经验，但是渭河边与金兵遥遥相望的野鹤山，却是他们见到的最为完美的筑城之地。后来吴璘组织当地军民，在渭河南岸高地筑城安营扎寨，就有了现在的吴砦（寨）。

凡是进行塔和台之类的修建，在古代生产技术条件落后不发达的状况下，困难重重，但人们有的是智慧和毅力。一方方土，浩浩荡荡堆积在野鹤山崖，并不马上夯土上墙，而是架起几十口大锅。树柴噼里啪啦、浓烟随风飘荡，人们开始炒熟或蒸熟一方方土，并在锅里加一些杀虫卵的中药材。

水、树、虫是城墙的三大"敌人"，"炒土"之说，目的是杀死土里的虫卵以及草籽。后来城墙屡屡被取土损坏，有取土筑房的，也有取土治病的，但毕竟过去了几百年，一道道护城、守城的巍峨墙壁，为什么最终变成一方残缺的土垒，谁又能说得清楚，谁又可能是历史真正的见证人呢？

人们总在智慧和懵懂之间，翻过历史的一页又一页。

暂且不提那土和后来残存的一隅城墙，只说这样一个崖壁上筑墙的成就，就与吴砦人的智慧分不开，谁能想到，山崖上独自突兀的崖壁，经历了多么浩荡和宏伟的工程，才得以落成。而这些，对于驰骋疆场的吴玠、吴璘兄弟来说，在他们的人生中，在渭河沿岸筑起一座座抗金城池，可能是他们垂名千古最直接的历史印证。

三

历史上有两位南宋名将曾杀得金兀术"割须弃袍"，这便是抗金名将吴玠、吴璘兄弟。他们在和尚原、仙人关战役中，重创金兵，使金兵死伤累累，尸横遍野。连金兀术也身中两箭，为了逃命，金兀术竟然剃掉胡须，换上汉服，才得以逃走。史称，金兀术"自入中原，其败衄未尝如此也"。

吴玠为人"深毅有志节，知兵善射骑，读书能通大义，凡往事可师者，皆录于座右，墙牖皆格言"。

吴璘"少好骑射，善读兵书，智勇双全"。绍兴九年秋，宋金初次议和成功，吴璘认为："金人反复难测，不可不防，我军最好还是以主力留屯蜀口，建策依山为屯，控扼险要，以防金军突袭。待金军力疲，渐图进据。这样，进则有依托，退则可据守，方为万全之计。"吴璘认识到"守川陕"就是"保江南"，"保江南"就要"筑城垒"。

在宋金议和期间，吴璘筑城与敌对垒数年。相传，以渭河为界，吴砦古城与渭河对岸金朝的"赤蜡城"，隔河相望。"赤蜡城"是否真的存在过，遥遥八百年，只能靠想象去臆测。遥想，久远的过去，每天清晨，朝霞映照着清澈的蓝天，吴璘的军队必在吴砦东西河滩操练兵马。队伍前进、后退整齐划一，行军的口号声，响彻谷地。而渭河对岸，金人留驻的岗哨、堡垒，炊烟也袅袅升起，他们偷窥着，隔岸观望，一座崖壁上的城池，让他们只能望而叹息。

到今天，吴砦当地群众还一直把这一带的河滩叫东、西校场。曾经，在吴璘将军的引导下，为减轻民众负担，在吴砦屯田植树，发展农业，深得吴砦人民的爱戴。直到今天，吴砦人一提起吴玠、吴璘将军，就像敬仰爱戴自己的家神一样，他们眼里有崇拜、有敬畏。而那漫山遍野的花椒树，或许还是那时吴将军为防守金兵而植起的"带刺的卫士"。

如今，吴砦城里，很多人家的院落，也用花椒枝条围栏护院，筑起篱笆。更可观的是，一到七月，吴砦城每家门前、院后，庙旁、街道，只要有空地，到处晾晒着火红的花椒。"大红袍"花椒已经成为吴砦城有代表性的经济作物，而这个七八月晒满花椒的红色古城，似乎是在纪念吴玠、吴璘将军，也在炫耀自己走过的辉煌历史。

四

除了抗金的将军，吴砦人提起"三岔厅"，眼里也满是自豪。吴砦城曾拥有过"至高无上的权力"，一位当地老人告诉我们，吴砦城的"三岔厅"可以先斩后奏。

历朝历代的法律，当统治者赋予特殊的权力时，一定有更高机构的监督，而"三岔厅"拥有如此权力，可想它当时虽处于西部边远地区，却与中央集权保持着非同一般的密切联系。

"三岔厅"的设立，是因为吴砦城地形复杂、地理位置偏远，且在陕、甘、川交通要道上，少不了叛逆和土匪经常出没，为了加强地方统治，清政府便在情况复杂的特殊地区和新开辟需设防的地区建立厅制。

当地曾流传着"有本事去敲响三岔厅的鼓"，百姓们说，三岔厅的权力大，除办理正常的案子外，若抓到土匪，押送进京，容易被劫，朝廷特批了"三岔厅"的生杀大权，可以先斩后奏，"三岔厅"级别高于一般的县衙。吴砦城老人们嘴上还挂着自豪的佳话："吴砦老爷到了州府，和知州一样，州府要亮中门，不走偏门。"而吴砦城"三岔厅"的县衙也的确与众不同。"天下衙门朝南开"，但"三岔厅"的衙门坐南向北。据说"三岔厅"的衙门很气派，占地 15 亩，有六道院落，有大堂、二堂、东西小院，衙舍 30 间，吏役 50 人，而这些曾经的辉煌，已随历史的烟尘，隐没得无踪无影。

自从设置三岔厅，吴砦变为县级建制，成为真正的"城里"。于是，吴砦城迅速发展起来。古城东门旁建了水陆寺，为祈求渭水河神，保佑一方平安，使百姓们免遭水灾、水患。沿着东城门的斜坡向西，又有一处高大的牌坊，牌楼一面的匾额上题着"三岔镇"，一面的匾额上题着"和风甘雨"。后来吴砦城陆续修建了城隍庙、戏楼、娘娘庙、春台观、火神庙、龙王庙等。三岔厅驻留在吴砦城时，人口繁多，贸易繁荣，南北贯穿的街道，商铺的山货异珍琳琅满目，客栈中四面八方的商贾进进出出。在这个丝绸之路的山城，同时存在着佛教、伊斯兰教、基督教。其中春台观，与宝鸡的金台观、天水的玉泉观，合为西域古道三座名观。从此，南来北往、东进西出，吴砦城从一座抗金的关口，变成一座西部经济文化交流的中转站。曾几何时，一座建在山崖上的袖珍小城，成为丝绸之路重要的经济和文化交流重镇。

五

如今，走进崖壁上的古城，如果是炎炎夏日，还未入城，满地火红的花椒便扑入眼帘，空气里弥漫着淡淡的麻味清香。入了吴砦城，便会感受到这方城里人们的质朴、谦和与儒雅。"三岔乡"的乡长，也是这座城的父母官，他与以往吴砦的行政首脑一样，不论故乡在哪里，都把吴砦城当作自己要为之奉献热情和生命的地方，他始终拿着话筒，在烈日炎炎下带着来到吴砦城的人们，踏遍这方土地的角角落落，尽管他已经用脚丈量过这座城池无数遍，但似乎一遍一遍地行走，是他守护这方城的使命。

吴砦城应是冥冥中有着一种力量，这种力量让你踏上它的土地，就会感觉有一种为之倾倒，而随之去奉献热情的能量。这方城早将自己800多年历史悠久的文化和高山大川的精髓，融化到一方土、一脉水之中，当你踏上这方城，你便也会变得"居处恭，执事敬，与人忠"，就像这个城里所有的人一样。

来到吴砦古城，城西入口大道上的四棵古柏，像吴玠、吴璘将军留下的坚挺士兵，与历史一起驻留，看照、守护着古城的祥和吉瑞。来到古城，一定要先去东城门，观赏渭河东流而逝的景象。东城门牌楼上写着"紫气东来"，只有进入城楼里，才知道"紫气东来"，原来是一阵小风，一阵祥瑞之风。一列列火车跟着一阵祥瑞之风，蹚着渭水，在一座高架桥上，在横贯东西的陇海线上奔驰而过；一辆辆东来西往的大小车辆，跟着祥瑞之风，从古城脚下310国道上迎来送往。它们将东到大海、西去高原的"信息能量"撒播在渭水河中。而渭水波光粼粼，把散落在水中的"信息能量"与天上的朝霞、晚霞一起聚拢收来，送到山崖上古城人们的眼中。

来到古城一定要在一户人家驻足。吴砦城因吴玠、吴璘将军而建立，但这里留住最多的却是阎、秦两姓人家，其中阎姓家族是抗金后代，他们用文字，用族人家谱中的故事，一辈一辈记录下这座城的盛荣兴衰。有家谱的阎家，堂屋里供奉着佛龛和祖先的牌位，还有一本纸质发黄即将风化的阎姓家谱。他们也保存着祖宗留下的帽架、帽盒、官帽，但更多的却是一本本佛经和易学书籍，他们承接祖训，用文字传承一个家族，甚至一个城的精神与文明。

来到古城，一定还要前往吴砦初中。中学的操场里保留着800年前的古城墙，高6米，厚4米，是一段长约30米的南城墙。其余的城墙都去哪了？不得而知。暂且就把这座中学，想象成城墙古土夯起的另一座腾飞的堡垒吧。

这座中学是我见过的最有内涵的学校。一进学校大门，一张大标语，猩红的大字叩问每一个人："迎着晨风想一想，今天该怎样努力？"

走进学校，前院的草坪里，有一块据说是远古流传下来的"风水石"，石头上天然刻画着一道一道痕迹，据说，是远古人们记载事情时最早使用的文字。草坪后一只巨大的司南，每时每刻为学子们指明前进的方向。教学楼上的标语一面写着"严谨、重德、乐教"，一面写着"勤学、善思、活泼"。从一个学校的建制和标语上，我们看到了一座城几百年辉煌历史的缩影和传承。

"两个将军、一座城、一个厅"，所有的历史的缩影，每天都承载古风、传承未来，在校园琅琅的读书声中传诵。一座建在崖壁古城里的学校，凭着这座古城的文明与历史，会有将军的荣耀、会有精神的升华、会有力量的传承，更会有让人们永远惦念的思考与向往。一座拥有未来和明天的城池，经历再多时间的洗礼，将依然是一座永恒和不朽的城池……

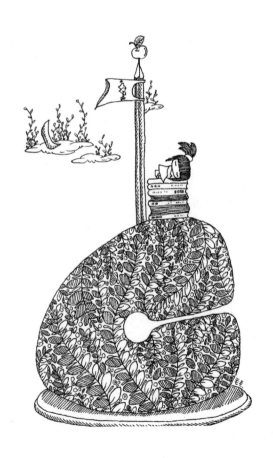

岱山的灯塔

一

我心里一直亮着一座灯塔，这灯塔比钢筋水泥的铸造更加牢固。这灯塔在我心上，日日普照，即便白天昏沉，电闪雷鸣、乌云遮日将白昼浸染成黑暗，心海上摇摇曳曳的灯盏也彻夜透亮，为我启迪方向，照明心路。即便在黑夜我走不到尽头，无力自拔，奄奄一息只剩微弱的存在，瞬时便又看到那灯塔的亮光，催醒我，引领我，为我燃起些许温暖，让我的身体和灵魂，顺着光亮的地方继续前行。

这灯塔十几年如一日，每每发着光亮，永恒地在我心上停驻，如哈里希岛爱尔克的灯盏，永恒地在靠海一侧的窗前点亮，为航海的亲人引航指路，盼望归来。我因为心中的那盏灯塔，踏上了去岱山的路，而这样一条路也是纯属偶然的巧合。没有想到2006年，我一个人在海边，席地而坐，拿着笔记本，一边感受，一边记录下的一些思想，酿成的一段"因"，便有了若干年后，去岱山参加"第五届海洋文学大赛"的一个"果"。更没想到，在岱山，我看到了心中"灯塔"的模样，也把现实中形形色色的灯塔尽收眼底。

二

那是初次的暗夜，第一次来到离海不到 300 米的海景房住下，暗夜里的海，依旧有魅力，发出召唤的声音。海潮一次次翻滚而来，又一阵阵顺势而去，一声接一声的海涛，仿佛为我初次住在海边孤寂的内心，响起一些陪伴的声音。人们是因为有了孤独，才能够独立思考过去、现在和未来。站在二楼小阳台上，端着一杯茶，柔波样的长裙，在风中飘摇，我远望着暗夜里的海，沉思许久……

在最静怡的深夜里，因为有了海，夜空喧闹不安，不安的还有天上一颗颗闪着亮的星星，暗海的远处也有一些忽明忽暗的灯影。那些灯影，有时是几个，有时是一颗，忽而消失了，却马上隐现在远处。接连两个晚上，那些灯影都在暗海的远处闪闪烁烁。过一天，遇到海边晒成古铜色的捕鱼人，刚好想起夜里的灯影，问问他，他说：那是海上的灯塔，会发光的航标……

真正近距离看到一座座灯塔是在陆地上。在浙江省舟山群岛，这里是全国灯塔最多的地方。若仅仅是将一座座高耸的灯塔，作为人类文明的航标，那么宇宙的暗夜忽然来临，舟山星星点点，布满点燃希望、指明方向的光亮。而我所前往的岱山，却又是全舟山灯塔最多的县。自古岱山便出灯塔工匠，而舟山的灯塔工匠中，岱山人几乎占了多半。在全国无数座暗夜里指引方向的灯塔上，留着岱山人的汗水，而岱山人对于光明的奉献精神，却不仅于此。

岱山，这个孕育着中国海洋文化最深的海边城市，国内第一个以灯塔为主题的专题性博物馆，邻海建于岱山竹屿新区。在这里几乎包含了中国海域所有灯塔雏形的故事，以及世界上为人们指明方向的最古老的灯塔。这些灯塔，有与法国埃菲尔铁塔相似制造工艺的阿姆德灯塔；有被誉为德国铸铁灯塔代表作的佩尔沃姆灯塔；被列入世界历史遗迹的南非罗本灯塔，以及加拿大的卡夫灯塔、挪威的考弗特斯灯塔、乌拉圭的克罗尼尔灯塔，美国的波特兰灯塔等。它们是来自不同国家、不同建筑风格的著名灯塔。而中国灯塔博物馆的整个建筑，又是仿照美国著名的波特兰灯塔造型，以1∶1的比例建筑而成的。在人类文化的传承上，从来都是这样，没有国度、没有边界、没有时间的界限。灯塔博物馆里也曾传诵着这样一句话："各种各样形态繁多的灯塔，照亮的不仅仅是海洋，也照亮了人类历史的文明……"

似乎人类所有的灯塔都是以塔架结构高耸矗立，而马斯洛需要层次塔形图，和埃及金字塔权力象征的塔形结构，却也恰恰印证着人类最终的努力方向，始终是以顶尖状态的形式存在着。

无论是海岸、港口或河道，灯塔大部分都以塔的形状存在，透过塔顶，将光芒射向海面四周。最初的光源，或许仅仅是一盏鲸油灯、猪油灯、煤油灯、蜡烛……最终它们为人类智慧发明创造的电石乙炔气灯、电灯、航标灯所代替。一束束跳动的微弱的光亮，延续成为持久、永恒的强大照明，仿佛也展示了人类穿行在时光隧道之中，一步步艰辛却勇于攀登的前进步伐。

三

在岱山，参加海洋文学盛会的作者们，曾有一天的时间在海上游览、捕鱼、竹排宴会的经历。当游船离开海港，或者游船到达海港，我们总会在海岸线不远的礁石，或者岩石筑成的堤坝上看到一座座颜色、图案不同，高耸坚守在海岸线上的灯塔。这些灯塔，让我们无论在海上行驶多远，都会在漫无尽头的游历之后，再回到灯塔附近的海岸，海岸让游船有了远行后依靠的港湾，海岸旁的灯塔则让游船在寻找依靠时，有了明确的方向。

若这样的方向指引，是一股强大的意识流源，那么"岱山文学现象"便是中国海洋文学的一座奇特的灯塔。巴金先生说："灯，不仅给航船指向，还可给人的心灵引路。"这是灯塔的魅力，也是岱山海洋文学始终坚守和执着引路的魅力。

岱山海洋文学的灯塔，其代表便是岱山县作家协会，创建于1984年，是舟山市成立的首个县区级作家协会。30年里，岱山作家协会不但逐步树立起"群岛创作群体"的形象，受到全国文坛的关注，而且开展各种全国性的文学创作活动，营造着浓郁的海洋文学创作氛围。"群岛"文学，不仅仅是一个字眼，一本文学杂志的名字，更是一个响亮的口号，一座耸立在文字海洋里的精神灯塔。

30年前，岱山高亭古镇狭长弄堂的一座石屋里，小窗的灯光彻夜长明，几个年轻人，在光亮微弱的夜里，成立了野草文学社，以"正惟其幼稚，才有可能成长"的愿望，在海洋文学深蓝的海域中，点亮一座"灯塔"。而这样一个小屋里微弱的灯光，最终成为了岱山文学追梦者的梦想，也最终成为了全国作家圆一个"海洋梦"的胜地。

岱山县作协在东沙古渔镇建有"群岛作家陈列室"和文心茶坊，走进这里，几间木屋，以图、文、集并茂的形式，展示着岱山作协近30年的创作活动成果。它是海洋文学初期人们思想火花碰撞的地方，它是海洋文学的灯塔，一路照亮了文学前行的方向。同时这个建在古屋里的茶坊，也成了全国文友品茶赏文、交流海洋文学的平台，继而又成为古渔镇旅游参观的一座精神文化阵地，在这里"盛产着挖掘反映海洋人文精神和人类共同命运的海洋文学作品"。

岱山文学现象，一切的根源，始终离不开发掘探索海洋文学的领军人物——岱山作协主席李国平先生。在阳光下看他，国平主席依然是身上闪着光亮的人，不只是他的深度眼镜，反射着光亮，他周身似乎也有一个强大的光环，他就是一座自然发光的灯塔。然而他始终默默地、低调地，用文字发声，站在文学创作者和爱好者的身后，做着强大的力量支撑。几十年如一日推荐新人，挖掘海洋文学优秀作品，组织全国性的海洋文学盛会，奖励、鼓励为海洋文学创作的优秀作者。他点点滴滴的作为，何尝不是文学海洋里，一座精神世界的灯塔，引领海洋文学的创作者，脚踏实地向着有光亮的地方前进。

"文心茶坊"应是在现实世界中，可以看得见的精神灯塔。而李国平先生精神的引领，又是文字海洋中一座点燃人们内心追求的心灵灯塔，这两座灯塔在文学的海洋里，为热爱海洋、热爱文字的人们普照光明。岱山县作协与中国散文学会、浙江省作家协会、岱山县政府每年举办"岱山杯"全国海洋文学大赛，参加盛会的全国知名作家之多，大赛奖励之丰厚，大赛内容之丰富，使这座文学的灯塔璀璨而耀眼，深深地吸引了研究海洋文学创作的人们。

四

当从大海上游历一番，踏上岱山的土地，真正去接近一座文学灯塔的光亮时，我却异样地头疼难忍。记得那天，从游船上下来，登上岱山的陆地，我便不能自我，头痛欲裂让我无法好好欣赏这座心中向往已久滋生光亮的地方。世界精神导师克里希那穆提曾说：每一次痛彻心扉的头痛，或者是针扎的心痛，都是人精神世界的一次升华。我暂且把这样的解释，当作自己对岱山文学灯塔的一次近距离的膜拜吧。或者只有痛，才能体会到那座灯塔几十年光亮的温度，才能感受到那座灯塔光源力量的所在，才能以自己的身心默许这座灯塔的指引。岱山灯塔的光亮，恰是十多年来，我一直追求的文学道路精神世界的光源，恰是我最终将灵魂朝向的所在……

会宁纪事

一

1400 多年前，丝绸之路上一座座驿站，像一盏盏点亮的明灯。

后周西魏丞相郭威西巡的队伍浩浩荡荡。西行历程，每到一处都热闹欢腾。这位后周开国皇帝，效仿秦始皇、汉武帝西巡一座座边陲重镇。行至祖厉县，军士万众会合于此。"土人张信馨资犒劳大军，郭威大悦，因置州以会宁为名。"这是《元和郡县志》对会宁县得名的最早记载。

"纸衣瓦棺"是后世对后周太祖郭威充满敬意的赞扬。这位给"会宁"赐名的开国明君崇尚节俭，仁爱百姓，曾对宰相王峻说："我是个穷苦人，得幸为帝，岂敢厚自俸养以病百姓乎！"他临死叮咛臣子：陵墓务必从简，只要纸衣装殓，瓦棺作椁。

想必后周时的会宁，依然以"苦"为患，会宁的苦在于缺水，水对一个靠天吃饭的西北县镇尤为重要，而郭威作为明君应是能够体谅到会宁的苦的，他的赐名满怀希望：愿这座城池的百姓丰盈康泰"会聚于宁"。

二

历史的发展往往让人不可用常规去估量和评判。越是繁华越遭损毁，而"苦"，或许是会宁得以坚持，得以在历史浪潮中存在的一个原因吧。似乎从"苦"走过的人们，他们的包容性和接纳性更宽厚、更稳妥。

1400多年之后的1930年冬，在疾苦仍然弥漫中华大地的岁月里，正当革命发展壮大时期，蒋介石却立即着手对中国共产党革命根据地进行"围剿"。

或许是苦难把人们逼到了会宁，"会宁，好地名啊，好地名，红军会师，中国安宁。"毛泽东主席预言般的警句，把希望带给了更多在苦难中煎熬的人们。

1936年10月2日凌晨的会宁，黄土连绵的远山沟壑纵横，在隆隆的炮火声和烈焰中，一支从宁夏同心城昼伏夜出、长途奔袭的神速队伍——红一方面军15军团直属骑兵团，以出其不意、全歼守敌的勇猛，攻克了会宁县城西津门（后改名会师门），拉开了三军大会师序幕。

10月10日，明代建筑西津楼、文庙大成殿和四面的城墙上，高高低低的山洼里，人山人海、锣鼓鼎沸、红旗飘扬，这里会聚着从"长夜难明赤县天，百年魔怪舞翩跹"中走来的红军战士。

四渡赤水的红军来了；巧夺金沙江的英雄们来了；突破乌江天险的战士们来了；飞夺泸定桥的胜利者们来了；翻越夹金山、梦笔山、雅克夏山、昌德山、达古山五座大雪山的将士们来了；越过罕无人烟的草地，激战腊子口、翻越六盘山英勇无畏的红军战士们来了……四面八方的红军战士，遍布这座千年历史古城的每一个角落。

会宁在历史上的两次会师，一次得名，一次闻名。就在这一天，当夕阳染红大地，会宁文庙大成殿里洒满了金色的阳光。战士们用几张门板搭起一座主席台，又抬来一张大供桌当讲台，主席台上挂着"庆祝红军三大主力会师联欢大会"的红色横幅。中共中央西北局、红军总司令部、总政治部、总供给部，在会宁文庙大成殿举行了隆重的庆祝会师联欢会。这次会师意义重大，标志着艰苦卓绝的两万五千里长征胜利结束，掀开了革命的新篇章。

从硝烟战火中走来的红军，经历生死，久别重逢后的人们紧紧握手和拥抱，尽管他们身上的伤口还在流血，他们也为刚刚失去战友失声痛哭和愤怒，但此时人们手里挥舞着枪支、号角、红旗，欢呼声一阵一阵沸腾。

文庙大成殿里席地坐满了红军战士，大殿外数千名战士和群众举着红旗，点着火把，人们会聚在胜利喜悦的欢乐海洋中。忽然鸦雀无声，人们安静地聆听朱德总司令代表党中央、中华苏维埃人民政府、中革军委宣读《中央为庆祝一二四方面军大会合通电》。这封贺电如今以一面墙壁的形式，雕刻陈列在会宁红军长征纪念馆。贺电的开头很特别，中共中央和毛主席把营、连、排班长称为"首长"，这是中央文件、通电第一次这样称呼，这一独特的称呼是党中央和毛主席礼贤下士、虚怀若谷的宽大胸怀。"民为上、社稷次之、君为轻"似乎让我们看到了新政权、新中国的曙光。

三

有这样一组数字不得不让人们对中国红军长征再次惊叹："红军长征中，红军指战员的平均年龄不足25岁，战斗员的年龄不足20岁，14岁至18岁的战士占红军的40%以上，历任师长都只有20岁，师政委萧华上任时仅17岁……"

诚然，苦难的磨砺是最能让人成长的磨刀石。然而，就在会宁会师的前一天，在黎明到来的前夜，无数红军战士，却在炮火硝烟中为革命牺牲了年轻的生命。当红一方面军攻下会宁城不久，国民党军队便从兰州派来一架架飞机，轮番轰炸小城。

10月9日，就在会师的前一天，当又一阵轰鸣声从远处传来，在街头贴标语的14岁无名小红军看到炮弹落下，义无反顾地扑向正在街头玩耍的一个3岁小孩身上。硝烟过后，孩子得救了，小红军却永远地闭上了眼睛。雪山没有挡住他，草地没有淹没他，枪林弹雨中他是铜墙铁壁。但这次，小红军用自己的血肉之躯换来了会宁百姓的安宁。

为了报答小红军，得救小孩魏煜的父亲把小红军埋在了自家的祖坟，定下规矩，祭奠小红军要像对祖先一样，抔一把土，点一根香，焚一叠纸钱……这位被救的魏煜长大后，给自家的三个孩子起名继征、续征、长征——"继续长征"。

继续长征……万里长征的历史，如今被一座高33.33米的会师塔纪念着、颂扬着。到了会师塔跟前，你需抬头仰望，仰望便是一种致敬。会师塔高33.33米，是无限循环的意思，象征红军三大主力会师后的胜利一个接着一个，直到新中国成立，会宁会师成为中国长征胜利的代名词。

四

一座从苦难中煎熬过却依然屹立威武的城池，必定有它厚重的承载力量。据《会宁县志》记载：仅明清两代，会宁考中进士有20人，名列甘肃省第三。文武举人131人，贡生396人。然而后辈的会宁人，更是继承长征精神和会宁会师精神："坚定信念、艰苦奋斗、团结一致、敢于胜利。"自新中国成立恢复高考以来，会宁已向全国各大专院校输送大学生7万多人，其中博士1000余人，硕士5000余人，考入清华北大的学生达58名。会宁曾以奇特的"会宁现象"被全国看齐。一个农民家庭走出"双博士""三博士"已不足为奇，会宁是全国闻名的"状元县"。会宁似乎就是这样一个能汇聚力量、走向辉煌的地方。

然而会宁这座古老的城池，始终期盼子孙后辈有"会（汇）聚于宁"的更多会师。这座在"苦"中煎熬过的城池，成就了大事，滋养了英才，这块贡献过的土地，理应盼望更多的获得。荣光照耀的不仅仅是从一个地方走出去的一个人，更多的是走出去之后，再回报这块土地的高尚而伟大的付出。

甘肃是一块贫瘠的土地，会宁更是贫瘠中的贫瘠。从孕育着 8000 年中华文化的甘肃大地上，走出了无数佼佼者。怎样将会师精神代代传承，让人类的智慧回馈生养的土地，让这块因天时与环境，在贫瘠土地上坚守的人们，彻底结束"苦"的日子，这需要有创新精神的一次次大"会师"，这需要遍布全国以至全世界优秀的会宁儿女，一次一次奉献"会师"的力量，这是一种值得深思和值得付出的"反哺"。

"会宁，好地名啊，好地名……"愿这座成就了中国安宁的好地方，成为中国幸福指数最高的城池之一。

厦门风情

一

厦门在明朝时属嘉禾里,一个远离中央集权的岛屿。晨曦和黄昏的海岸线,一群群白鹭栖息、飞翔;一尾尾渔船在港湾停泊、荡漾;一片片海滩,晾晒织补的渔网,透过南来北往的风。

几百年前的厦门岛,是渔民们休养生息代代居住的地方。日出海波点点的浪潮中,渔民们捕捞收获;日落繁星点点的夜色里,海浪拍打礁岸,伴随半岛经历着时间的冲蚀。

洪武二十七年,筑厦门城。永历九年(清顺治十二年,1655 年)郑成功为这片岛屿赋予新的名字"思明州"。这位民族英雄吟有警句:"欲国家富强,不可置海洋于不顾,财富取之海,危险亦来自海上……一旦他国之君多得海洋,华夏危矣!"

历史的警醒石将厦门岛、鼓浪屿、浯洲(大金门)、烈屿(小金门)像一粒粒纽扣,紧紧钉在华夏大地的衣襟上。公元 1662 年郑成功收复被荷兰侵略者侵占 38 年的台湾，台湾人民尊他为"开台圣王"。300 年后的 1962 年，厦门人民为纪念伟大的民族英雄郑成功收复台湾，在鼓浪屿修建郑成功纪念馆。1985 年 8 月在郑成功诞辰 361 年时，鼓浪屿东南端的覆鼎岩上，屹然矗立起一座高 15.7 米，宽 9.2 米，重 1400 吨，由 625 块白色花岗岩雕凿而成的郑成功塑像。

来到厦门的人们，无不仰视这座站在三面临海、一面衔接鼓浪屿土地的高大塑像。民族英雄在人们心中，也像"妈祖神"护佑厦门一方土地。郑成功雕像面朝北方而立，北方是华夏民族的中心，在祖国最远的海岸线上，"遥望北方"是从古至今无数驻守海防线将士们内心的朝向。

二

鼓浪屿是厦门最大的岛屿，隔 600 米的鹭江，与厦门半岛的世贸大厦、厦门大学白城海滩隔海相望。郑成功在鼓浪屿屯兵扎寨、操练水师，想必鼓浪屿最高处的日光岩，也是郑成功鸟瞰整个厦门城的地方。至今鼓浪屿犹存寨门、水操台等遗址。哪一口井，郑成功坐在井边石墩上歇过脚；哪一片海滩，迎着风浪曾是千人的练兵场，这些都不曾被人们淡忘。抬头仰望鼓浪屿郑成功雕像，内心总会随着海浪拍打礁石的声响更加振奋。据说郑成功采用切断水源、围困孤立的方法打败荷兰侵略军，荷兰侵略军曾试图用 10 万两白银，换取郑成功的军队退出台湾，郑成功不假思索断然拒绝。一心为国、大气凛然、视金钱如粪土是千百年来中华良将的气节。一个民族英雄的大英勇、不畏惧和不为利益所动摇的大气概，在浩瀚的大海面前，人类似乎也不再显得那么脆弱和渺小。在人们的创造和辛勤耕耘中，远古的小岛，如今的鼓浪屿，已成为厦门的"海上花园"。

繁华的龙头路上，贩卖各式商品的小店应有尽有；石板路的街巷两侧，一座座中外风格各异的"万国建筑"庄严而辉煌。鼓浪屿虽然占地面积仅有 1.91 平方公里，却在改立门庭的"万国建筑"中新建、改建了若干个博物馆，如故宫鼓浪屿外国文物馆，厦门市鼓浪屿钢琴博物馆、厦门鼓浪屿风琴博物馆、观复博物馆（为马未都先生创办的中国第一家私立博物馆）、厦门市鼓浪屿林巧稚纪念馆、厦门郑成功纪念馆等。这些纪念馆踞山面海，一年四季在花草繁秀的绿色中，绽放着文化遗存的光芒。旧时主人花费巨资在宅邸建筑中的精巧用心，已成为后世人们赏心悦目、久久思索逗留之处。

一棵巨大的榕树遮天蔽日，一排排高大的椰树直耸云霄，错落的景致，对比的震撼，似乎更能触动人心。在鼓浪屿马约翰广场，塑有中国第一位体育教授马约翰的雕像。他早先学医，却认为"医只能治标，体育才能固本"，他与很多人一样，在不断探索中寻找人生道路的意义。马约翰出生在鼓浪屿，我国最早的足球场就在马约翰广场旁，绿茵的足球场是全国足球爱好者向往去踢一场球的去处。

鼓浪屿出文人、出球星还出音乐家。在一座红砖墙围绕的铁门前，曾进进出出不知多少音乐天才，鼓浪屿上有全国闻名的钢琴学校"中央音乐学院鼓浪屿钢琴学校"，使"音乐之乡""钢琴之岛"屡屡走出享誉全世界的音乐天才。据说鼓浪屿岛上的居民，大多数家庭都有一架钢琴，若有人相约，所有的家庭同时刻弹奏一曲，或许那也是一场不同凡响的音乐盛况。

2019 年 11 月 17 日第 28 届中国金鸡百花奖即将开幕之际，在厦门会展中心前的海滩上，金色的灯光映照金色的沙滩，200 架钢琴同时奏响《鼓浪屿之波》《我和我的祖国》。或许在几百年前的这片海滩上，保家卫国操练士兵的呐喊声与海潮同鸣，而几百年之后，不同的时空，不同的表现形式，依然是中华民族震撼响亮与海潮共鸣的声音。

三

郑振铎先生曾写过一篇游记《移山填海话厦门》，其中有一段说在厦门看到了"精卫填海"。那时在"密集着帆船的海湾，有无数人在搬运大大小小的石块，往海水里抛下，无数只手，无数块山石，不停地实现着精卫填海的故事"。那时，"正是修建连接集美与厦门之间的一道长堤，使厦门不再是一个岛屿，将厦门岛与大陆连接起来"。

厦门人常说"岛内""岛外"，如今，厦门已经建起很多桥梁如厦门大桥、集美大桥、杏林大桥、海沧大桥、翔安隧道等，这是现代版的精卫填海，实现了厦门岛与内陆的相连。

坐在汽车或者高铁上，在跨海大桥上穿行，蓝色的海湾荡漾着片片舟帆，这时耳边会响起一首轻盈的歌《亲爱的旅人》，其中的歌词："水上的列车就快到站，开往未来的路上……在那大海的彼端，一定有空蒙的彼岸，做最温柔的梦……"人们有了很多的梦想，才能去实现梦想。在厦门，从古至今，似乎就是梦不断实现的地方。

人们想靠海更近一些，于是世界上离海平面最近的桥梁"演武大桥"，便实现了人们离海更近的愿望。当夕阳的余晖洒满海面、沙滩，延伸进海湾的演武大桥被涂成金色。鱼腹式桥梁的构造，使岸向海里延伸扩张，从岸边走向观景台，人走进海的怀抱，却又是踏踏实实地站在自己的陆地上。

离海更近去探索海的奥秘，去感受海的神秘，似乎永远是人性中不会改变的本能。在离海最近的地方，更会感受到海的包容。"唯有大海不悲伤"，大海的澎湃与浩瀚，让置身于它面前的人类自我开阔、自我升腾。站在演武大桥上观景，仰头回望，便是身披金色夕阳的世贸双子塔，双塔高大矗立，隔海眺望郑成功塑像和鼓浪屿。演武大桥是厦门伸向海湾的臂膀，这里夕阳包裹的海滩，是厦门最浪漫的风情。

厦门大学白城海滩便在演武大桥附近的环岛南路。无论是"白城"还是"演武"都与防御有关。白城是为防倭寇而筑起的石头城墙，"演武"是郑成功演练士兵的海滩。从白城细软的沙滩上赤脚行走，这里沙质的细软，是被无数次海潮磨蚀而成的。白城海滩"滩长景美"，沿着海边环岛木栈道，路过珍珠滩，一直能走到胡里山炮台。明朝时为防御倭寇，在这片海滩上构筑了一道土石城墙，"白城"因城墙呈白灰色而得名。据说"白城"范围很广，包括厦门港沙坡尾，与大海的浪花连接，犹如一条坚固的白色长带横亘在海岸线上，几百年来守护着厦门和华夏民族。

1926年，鲁迅先生在厦大执教时，给许广平的信中这样写白城："我对自然美，自恨并无敏感，所以即使恭逢良辰美景，也不甚感动，但好几天，却忘不掉郑成功的遗迹。离我的住所不远就有一道城墙，据说便是他筑的。"白城海滩上的炮台曾击退过1840年英国战舰对厦门的袭击，白城上有白石炮台和磐石炮台等炮位，坚如磐石。

如今的白城，更多让人感受的是在白城浴场亲近大海的随波畅游；漫步在海滩上，更是一些闲情与舒爽。我曾几次游走在白城海滩上，一次，带着8岁的儿子，10年后又一次，带着70多岁的父母。人生的游走，似乎到了厦门就圆满了。厦门，我穿梭在时光的记忆里，与旧时的你，现在的你，交替呼应，将梦想变成生活中的一次次现实。

第二辑　记人篇

铁凝印象

一

父亲早就说过：鲁院开班的时候铁凝会来，我却觉得不大可能。铁凝是中央委员，是中国文联主席，又是中国作协主席，她为文艺界、文学界的事操劳，她那么忙，怎么会来呢？

可是，72岁的父亲，作为老辈的文学爱好者，20岁读鲁迅，购买二角八、三角五分钱的《呐喊》《彷徨》，订阅了大半辈子《人物》，60岁到70岁还像愤青一样，每年订阅文学界的先锋杂志《人民文学》《收获》《十月》，父亲常常美其名曰：是给写作的女儿订的。但他看得比我多，比我细，从中掌握的信息量比我全。我渐渐相信，他不仅仅是因为要跟女儿分享文艺知识，让我了解更多的文学动态，更重要的是父亲压根就是一个超级文学爱好者。

没有到鲁院之前，父亲已经将新环境的细枝末节，帮我从网络上搜寻得清清楚楚。他像个侦察员，打电话时，兴奋地告诉我："开学典礼上，铁凝主席会出席。我每天翻阅往届高研班的博客，去年就是这样。"

去年这样，今年可能不是这样。不知为何，想起铁凝主席，我总感觉她很近，却又离我那么遥远，我是远在大西北热爱她文字和人品的普普通通的作者。

二

我此生也没有想到，能够真真切切见铁凝主席一面，却又是无时无刻不想着能看到她。有时候电视上出现铁主席的身影，丈夫会马上大声召唤我："铁凝，快来看铁凝……"我和儿子会在第一时间，从各自的房间，快步走到客厅，站在电视跟前看铁凝。我脸上是喜悦，心里是兴奋，我幻想着自己的笑容，也和铁凝主席的一样好看。我细心听她说的什么话，认真看她穿的什么衣服，搭配什么鞋子，她的头发，我早从她的散文《关于头发》中知道，她将会长久保持微微烫卷的短发不再变了。儿子也盯着电视看一阵，他不理解，却又习惯了我的状态。这时候，谁跟我说话，我都不会理他，我的心思，全在铁凝主席出现在电视镜头的那几分钟。

儿子三四岁上幼儿园开始，就知道铁凝。那时，铁凝还不是中国作协的掌门人，不会经常在电视里出现。那时，儿子知道铁凝，并不是幼儿园的孩子会读铁凝的书，而是刚刚接触文学的妈妈，床上放着铁凝的书；吃饭的餐桌上，放着铁凝的书；炒菜的厨房里，也放着铁凝的书；出门带的包包里，还是铁凝的书。甚至睡觉的时候，我本应该胳膊揽着儿子，好好地哄他睡觉，却抽出一只手，拿着封面上有铁凝照片的书翻看着。有时候给儿子读《一千零一夜》，读着读着，就想蒙混过关。儿子微微闭上眼睛，我马上放下手里的书，拿起身边的"铁凝"看，尽管嘴里还嘟嘟囔囔的，但读的却是铁凝写得干净、利索、从不拖泥带水的文字，这些文字表达事物准确到位，场景刻画似乎就在眼前，我一会儿就沉浸其中。

三

我最初喜欢文学的时候，文学界的前辈努力地向我推荐张爱玲、萧红的文字，但这并不妨碍我更喜欢铁凝的书。我在 2005 年左右，搜罗买全了所有出版发行的铁凝的书。《哦，香雪》《孕妇和牛》《没有纽扣的红衬衫》这几本书我曾爱不释手，甚至有些书，重复着书名，版本不同，我也会买下来。

我从来没有对哪位女性如此着迷过，不仅仅是文字，甚至她内在的灵魂深处，不为人所看到的光亮与褶皱，我都想要尝试去感受和理解。那种着迷的强烈感觉，是深埋在心里发了芽的种子。就像在无意中用眼光交流时，不小心擦出火光的爱恋，那种感觉，是大自然人性最自然的流露，却又是深埋在内心深处的甜蜜和苦涩。我似铁下心要研读铁凝字里行间语言感觉和文字章法的人，又似一个无微不至去关心她生活一举一动的人。我的痴迷，影响到了我的家庭生活，有那么一阵子，我吃饭的时候看铁凝，睡觉的时候看铁凝，与人交流嘴里说的还是铁凝文章里的故事。记得那时，公公刚去世，接婆婆一起住，快 80 岁的婆婆和上幼儿园的孩子，都知道铁凝长得什么样，他们在屋子里随处可见的地方，总能看到封面上温柔含笑的铁凝。

四

虽然现在的我，喜欢铁凝主席的心情，往年和去年不一样，去年和今年也不一样，但那种深埋在心里的"感觉"，却刻在骨子里。

我和每个初来鲁迅文学院的同学一样，既感觉陌生，又感觉好奇，到处看看，每个角落走走。开学典礼还没开始，我们便去会议室里观摩了一圈。当我的眼睛看到主席台最中间的两个名字，马上光亮起来。"铁凝""莫言"，这该不是梦吧。

来到北京、来到鲁迅文学院，我一直感觉自己在做梦。我常常问自己，这是鲁院吗，这仿佛是我曾无数次来过的一个熟悉的地方。对，梦里是来过的。

真喜欢习主席关于"梦"的说法，"中国梦"一经提出，不断地实现像我这样普普通通的人，一个又一个梦想，梦也能成为真实。

看着主席台上"铁凝"两个字，我又激动又兴奋，对着空桌牌，拿着手机，拍了一张又一张，我心里坚信，一个在纸片上的空名字，是一个真实存在的证明。我心里一阵阵的激动之后，想马上打个电话，告诉父亲："铁凝真的要来。"

我来上学的时候，父亲从西部遥远的凉州（武威），我的原生家庭所在的城市，赶到了天水。来到我现在的家里，给我的丈夫和儿子做饭。72岁患糖尿病20年的父亲，用这种方式默默支持着他心里喜欢的文学，支持着他爱着的女儿。我用微信发了几张自己与"铁凝"桌牌的合影，我告诉爸爸，我坐在第一排的最中间，我和铁凝主席面对面，我与她的距离，就隔一个走廊。

五

我想恐怕此生，这是我和铁凝主席最长时间面对面地坐着吧。我和自己喜欢的人，总会保留距离，那种距离中间，是一些单纯而美好的感觉。而对于铁凝主席，我又是那么冲动地想要靠近一些，再靠近一些。

我似乎第一次真正理解了一个追星族内心既兴奋又矜持、既热烈又害羞的感觉。即便是这么近的距离，我却也装作若无其事，我不敢用眼睛直视她的眼睛，甚至我们是可以对视的相互笑笑。我看到她似乎与很多陌生或者不陌生的眼睛，互相地对视打招呼笑了笑，而我却不敢。我像一个西藏人，对自己心中圣洁的向往，总谦卑地低着头。或者我会间或深切地注视一眼，却又马上会把目光移开。

我不想那样呆呆地、没有礼貌地看着她。自己心里崇拜了那么多年的偶像，我怕我目光里有一丝一毫礼节上的不合时宜，会让她难堪。我觉得那一刻，坐在铁凝主席对面的那一刻，我眼睛里应该有一种很奇特的光，一种对向往事物，喜爱到一定程度，发出的一种像珍宝一样闪着亮的光。

　　即便那么近，我也不敢在铁凝主席的脸上多看几分钟，那喜欢了十多年的情感，让我一瞬间变得羞涩了，似乎怕我眼里热烈而锋利的光，会伤害到了我喜欢的人。可是我始终等待着，等待着那样一个机会，这个机会应该在最后，开学典礼的最后。我想莫言先生发言之后，铁凝主席应该会给我们讲几句，但是，当邱华栋院长说会议到此结束时，我就震惊了。

　　我差一点就站起来，或者举手，我想要说一句："铁凝主席，您还没有讲，该您了。"

　　我一直在等待，等待铁凝主席的讲，她讲的时候，我就可以礼貌地好好看看她，看她曾经写字时注视文字的深邃目光；看她遇到问题时，微微皱起的眉头；看她唇的笑容，像一朵阳光下开着的小花；看她沉静的时候，脸上若有所思的坚定。或者，她还会说一些激励我们对文学更高追求，更持之以恒完善创作之路的话语。然而，这一切我都没有等到。

　　当我还在沮丧中发呆的时候，开学典礼结束了。却有像我一样的同学，拿着手机递给我，他们也要和主席台上有"铁凝"字样的空桌牌合影留念。他们是一个又一个像我一样深切地热爱铁凝主席的人，热爱到了一个红纸黑字的名字，就可以满足内心热切而强烈的渴望。

　　当我帮同学们拍完照片，当我若有所失地最后一个走出会议室，在鲁迅先生铜像的注视下，走向院子的时候，铁凝主席的身影，从旁边的小会议室里，一下子跳进了我的眼里。这样的小会议室，是来宾休息的场所，人们不会随便进去打扰。不知为何，我朝铁凝主席靠近的那一瞬间，忘记了随便进入小会议室的不礼貌。我径直向离我最近的莫言先生走去，轻轻地问候一声："莫言老师，能跟您合个影吗？"之后，我又马上像漂移一样，走到铁凝主席的跟前，温柔地说："铁凝主席，我想和您合个影。"

六

当铁凝主席微笑着站起身，与我并排站立照相时，我几乎自然而然地同时握住了她的手，并且用一只胳膊挽住她的整个手臂，放在胸前，用另一只手的食指，轻轻勾着她的大拇指。我轻轻地挽着，又似轻轻地捧着，像是生怕瞬间的拥有便会失去了。我真真切切地握住了那只手，写出无数安慰我心灵文字的手，这双手在无数的白纸上，留下了可以温暖一代人又一代人甚至几代人数百万铅印的黑字。这双写下《哦，香雪》《孕妇和牛》《没有纽扣的红衬衫》《对面》《麦秸垛》的手，我以前幻想它应该是骨感而松弛的。因为这双手创作的散文集《女人的白夜》曾获得中国首届鲁迅文学奖；这双手创作的中篇小说《永远有多远》曾获第二届鲁迅文学奖；这双手创作的《哦，香雪》改编成电影，获第 41 届柏林国际电影节青春片最高奖；这双手创作的《没有纽扣的红衬衫》改编的电影《红衣少女》，不但获 1985 年中国电影"金鸡奖""百花奖"，而且这个影片里的"红裙子"，是 1985 年中国大地上最美的一道风景。大江南北，河东河西，少女们最时髦的服装，就是一条红裙子。这件因一部作品改编成电影，使中国风靡一时的"红裙子现象"，不仅仅是文字对社会生活现象的引领，更重要的是，让一代又一代的人们，对人性中的纯真和美好，有了更多向往。

对铁凝主席深深的喜爱，和与她合影一瞬间的定格，这一切应该都是因缘，是因了这双手的书写吧。然而，那一刻握住它时，却是绵软、光滑而温柔的，几乎就是我想象中她作品里一只软暖的"棉花"。这让我又觉得自己握的是那样不真实，是否还在梦里，梦里我是无数次握过这双手的，因为握到，我被传递了一种力量，拿起自己手中的笔，为最广大的老百姓而书写，书写他们的欢乐和疼痛。

然而当我真真切切握住她的手时，也终于知道，能写出温暖人们心灵作品的这双手，却并没有因为艰辛而劳累的创作，而失去了一双手的温暖和柔软。

记得集体合影之后，她弯着腰，用这双手去搬动她的椅子，为的是方便让站在后面几排的鲁院莘莘学子，更容易走出来。我想在文学的道路上也是如此，铁凝主席一次次用双手，为中国作家搬动着眼前阻挡的障碍物，方便他们走出来，走出去，走得更长、更远、更久……

铁凝主席坐车要离开我们的时候，我突然感觉到一个追星族对于自己热爱的"星"，要分别时候的不舍。恨不得那一瞬间，让她的整个人，都永远地留在我自己的眼里和心里，永不分离。她的眼神，她的微笑，一丝丝轻轻的呼吸，我都愿意永久地完全装进眼里，装进心里……

当铁凝主席黑色的小车要开动的时候，我依依不舍地紧跑几步，站在送行的人群中，车窗缓缓降下，我们同时挥手，再见……不，不是再见，是再见……

七

我原以为，恐怕这一生再也见不到铁凝主席，除非我的创作成绩达到超常的程度和水平，然而平庸的我，想在文学上超越自我，的确是一件非常困难的事情。

可是没想到，在鲁院学习的几个月，想见的人，只有想不到的，没有见不到的。后来我见到过王蒙、白桦、梁衡先生，写《乔家大院》的朱秀海先生，这些都是我读过的那些好书的作者。

我这一生也没有想到，会见到他们，然而不止这些优秀的作家、学者，很多我根本就不了解的全国研究某个领域的顶尖专家、学者，他们也会出现在鲁院的课堂，为我们讲授知识，开启智慧。

然而，我更没有想到在"第十届全国优秀儿童文学奖颁奖典礼"那一天，当鲁院组织鲁三三高研班全体学员去参加颁奖晚会，当我走进现代文学馆，踏进中央少年广播合唱团演唱《大鱼》的歌声里，一眼看到阶梯会议室中间的座椅，椅背上贴着"铁凝"的名字。

　　我的心猛地一紧，喜悦地攥起自己的拳头，想找个同学，用力拍她一下，传递自己的激动。我想告诉她"铁凝主席要来"。

　　我的座位在后面，我远远坐定，即便很远的距离，但我的眼睛，始终没有离开过铁凝主席的座位。我脑子里似乎安装了一个罗盘，我清清楚楚地知道中间一排的哪一个座位是铁凝主席的。

　　从铁凝主席走进颁奖大厅，我的眼睛一刻也没有离开过她，甚至我拿起手机拍摄她缓缓、优雅地走到座位上的一举一动。她始终微笑着，向人们打招呼，不时伸出手，握一握那些熟识和不熟识的人们。而人们也因为她的到来，掀起了一次小小的波动。此刻我觉得，她不是我一个人的热爱，她几乎是所有在场人们的爱戴。

　　我的眼睛跟着铁凝主席落座，这个晚上除了好听的歌曲《大鱼》在我耳边回响，剩下的时间，我几乎是跟着铁凝主席一起站起来，一起与中国作协副主席束沛德先生互相谦让，一起轻快地走向讲台去颁奖……当然，和她时刻在一起的是我的注意力和我的眼睛。

　　颁奖典礼结束的时候，我的身体是和铁凝主席一起离开座位的。我从后排快步走到讲台跟前，看着拥挤的人群，一拨又一拨热情地与铁凝主席合影。在鲁院我曾与铁凝主席一起合过影，此时，我更希望把合影的机会，让给更多热爱她的人。我就在旁边默默地看着她，便觉得很好。

　　我的眼睛一刻也没有离开过她，我微笑着，我幻想着自己嘴角的微笑和她的一样阳光，自己朴素优雅的举止和她一样得体。我看到铁凝主席转头向后，向秘书轻轻点点头。等人们与其他人合影的时候，铁凝主席的身影很快离开了，她的离开，那样从容，那样自然，似乎就是轻轻地走到一旁。而我的脚步，也已经紧紧跟随其后，或许铁凝主席感觉到有人在后面跟着她的步伐，我却始终与她保持着距离，她快一点，我也会快一点，她碰到熟人握手，我便将步子移动得慢些。

一会儿，到了现代文学馆门口的台阶上，铁凝主席与我熟识的一位老师握手，她握过手，正好我走下台阶，她也与我握握手，我看着她明媚的双眸，悄声而大胆地说："铁凝主席，我是鲁三三学员，我……写了您……"

我不知自己含糊其词说了些什么，但是我真切地听到，铁凝主席说："我看到了……秘书转给我了。"

我紧紧地盯着铁凝主席的眼睛，我不知自己笨拙的文字水平，有没有表达清楚我内心对她人格魅力的崇敬之情。我更怕自己拙陋的文字，入不了铁凝主席的眼。我看着她的眼睛，也仅仅是几秒钟，她微笑地看了我一下，没有说好，也没有说不好，依旧是安详的笑容，转身轻快地上了车。

我心里早就对自己许下过承诺，每次见到铁凝主席，无论何时，我都会送她。我依旧站在离人们稍远一些的台阶最高处。许多人都在送铁凝主席，我站得远一些，但我觉得自己的心离她很近。

她依旧放下车窗，挥挥手，她看看大家，似乎也看到了我。黑色的小轿车缓缓离开，我心里是患得患失，又喜悦又忧愁，心里默默向着铁凝主席离去的地方说："再见……再见，期待再见……"

吴青先生

一

我没告诉她，已经离开北京。可我刚落地天水，却收到了她的微信，她说："这期《文艺报》上登了你们学习班结束的消息。你已经平安到家了。甘肃很冷，多多保重。我一切都好。放心吧！"

我向她承诺过：在北京，每个月都会去看她一次。我说过的话，总不会爽约，我给她说这些话的时候，她已是孤单单的一个人，我想尽自己最大的可能去关心她，照顾她。我能想到老年丧偶的痛苦和孤单，一边是自己和爱人共同走过的人生道路，一边是等待自己与爱人重逢的天堂。在不能预测生命未知的时间里，苦熬着日子，这些日子，对于生命个体来说，是短暂的，而对于一个失去伴侣的老人来说，孤零零难熬的日子，又是漫长而不知归期的。

陈恕先生离开吴青先生时，吴青先生已是 80 岁的高龄。走进解放军304 医院密集的楼群，我在大楼里横来竖去地行走，不知道她在哪里，我急切地想见到她，边走边打听。医院的每一座大楼之间，似乎都有秘密通道，这些通道，只有穿白大褂的医务工作者清楚，他们在这里看过太多人间的生死病痛。堵在他们面前问话，他们也只是轻描淡写，或左或右顺手一指，我穿过长长的走廊，来到地下告别室，走向吴青先生。

地下室的走廊漫长而又安静，一眼望不到头，走向吴青先生的路，如此漫长却可以抵达，我们每一次的相遇，似乎是隐秘宿命的安排，我本不该在布置好的灵堂与她相见，我本该早早地去看她。

二

我和吴青先生相识在 2014 年的济南，在第六届冰心散文颁奖大会上，我穿着暗红色的旗袍，手里拿着照相机到处拍。我没有见过这样大的盛会，我感到新奇。拍完会场，还给会场侧旁穿着红色礼服的模特们拍，当我把镜头对准一条充满阳光的走廊时，一位穿青花布衫，挺直腰杆，步履轻盈，花白头发的老人走了过来。我早知道她是谁，她和几位文坛前辈是这个盛会的焦点。早有人悄悄指给我，她就是冰心的女儿。她胸前戴着红色的"出席证"，眼神里的目光坚定而温和。我没有思考，径直走到她跟前说："能跟您合个影吗？"她微微地笑，只说了一个字："好。"我便有了第一张与她的合影。合影中，她笑着与我交流，皱纹从脸颊两旁，向上翻卷，像一朵盛开隆起的花瓣，而我的身体转向她，微微颔首，恭恭敬敬地守在她身旁。

三

吴青先生是北京外国语学院英语教授，多次被评为优秀研究生教师，多次获得"北京外国语学院优秀教师奖""基础阶段外语教学陈梅洁奖"，曾多次被选为海淀区人大代表、北京市人大代表。母亲冰心送她一本《中华人民共和国宪法》，于是她被人们称为"手握宪法的人大代表"，也被媒体称为"最犀利的人大代表"。她常常说："作为人大代表，首先要学习宪法，研究宪法，中国必须要实现法治，而不是人治。"她关注公民的权利，是以《宪法》维护权利的人大代表；是全中国第一个设立"选民接待日"的人大代表；还是一个不定期向选民汇报工作的人大代表。她尤其关心妇女权益，成立北京农家女文化发展中心。2001年荣获"拉蒙·麦格赛公众服务奖"，2003年被瑞士"施瓦布基金会"提名为世界杰出的社会活动家，2003年被《改革》杂志农村版评为最关心"三农"问题的二十人之一。

或许吴青先生做过许多轰轰烈烈的事，但无论走到哪里，去向哪里，那些介绍她的词条、标签总是这样写道："中国著名作家冰心和社会学家吴文藻的幼女。"冰心先生的女儿吴青，她身上的光辉，与母亲投射给世界的光亮，一起闪耀，而母亲辉映世界的光环，同时包裹、包容着她。每次吴青先生走近我们，我们都会觉得，冰心先生离我们那么近，吴青先生血脉中的气息让我们觉得冰心先生就在身旁。对吴青先生而言，无论做任何事，"真"是母亲冰心先生教育她做事、做人的准则。"而'真'也是冰心坚持一生的文学观，冰心先生曾提出自己对文学的理想：这其中只有一个字'真'"。

四

在第六届冰心散文颁奖会上，我与台前很多单腿跪地的摄影追随者，不停地按动手中的快门，我们尽可能蹲得很低，让更多热爱冰心先生的人们能听得到、看得到冰心先生的女儿。吴青先生眼里流着泪，脸上闪着泪光，她从讲述母亲告诉她"养一只小狗和一只小麻雀"的态度开始，告诉人们："从小妈妈就对我说，我首先是一个人，然后才是一个女人。在妈妈的影响下，我一直意识到要做一个独立的人，要自爱、自强，要做对人、对社会负责的人。"冰心先生通过女儿吴青，深情地一遍遍地对世界说："有了爱就有了一切。"

会场上，静悄悄的，人们流着眼泪听着"妈妈对我的影响，冰心教我怎么做人……"，闪闪的泪光中，我们仿佛看到伟大母亲冰心就在我们眼前，她此刻离我们是如此的近。

颁奖会后乘车，又遇见吴青先生，我按捺不住内心的激动，向她询问："吴老师，您在台上讲爱，讲女性自爱、自强、自我解放，那么女性应该如何去爱？"吴青先生笑笑，没有立刻回答我，我们被热爱她，与她合影的人群冲散了。

在济南乒乓球主题宾馆自助餐厅，吴青老师手端一杯红酒，径直走到我吃饭的桌旁，我有些受宠若惊，紧张而恭敬地赶忙站起来。吴青先生虽然微笑，却郑重安静地对我说："我想和你谈谈，女性如何去爱的话题，我们去那边……"当我万分荣幸地跟着她，被她带着走的时候，我身后有无数羡慕的、好奇的、不解的目光关注着我们。而也正是这些目光，我们的谈话断断续续，一次次被打断。和我一起获得冰心散文奖的一些熟识的女作家，她们不时走到我们桌前与我搭讪，为的就是与吴青先生再近一些地交流，吴青先生与我谈论的话题也只开了个头，便定格在应接不暇的合影留念中了。

陈恕先生已提前回房间，我送吴青先生时，她递给我一张名片，之后的几年里，逢年过节，我会照着名片上的电话号码，发个短信问候她，偶然也打个电话。吴青先生的话语方式，是不容易立刻与旁人的思想达成共识，然而她心里的爱是真实和真诚的，让人时时刻刻能感受到。

五

穿过地下告别室煞白而悠长的走廊，人们已排成长队，队伍最前头，面对大家站着的是吴青先生。我没有任何顾忌和顾虑，径直向她走去。她哀愁得像孩子一样无辜的目光，让人怜惜得心痛。我一边告诉她："吴老师，我是汪彤。"一边张开双臂，与她紧紧地拥抱。她像个孩子一样柔软而服帖，她在你怀里，似乎马上便与你的身体合二为一，两个拥抱着的身体，成为彼此延伸的一部分，她没有任何排斥或者防备，她心里童真、童稚的爱，瞬时便淌进你的身体，与你的脉搏一个节拍跳动。

吴青先生问我："你从甘肃来的吗？你怎么那么远赶来了。"我没有回答她的话，只是紧紧拥抱着她。她身边没有孩子，那一刻，我感觉自己就是她的孩子，我想给她亲人陪伴的力量。然而，她又在神情迷茫和柔弱之后，坚定而坚强起来。她愁苦着、哀愁着，却镇定地为了陈恕先生把追悼会开得尽可能完整和圆满。她没有无助的恸哭，她脸上始终淌着擦不干的泪水。吴青先生在追悼会最后发言，谈的依旧是爱。她说：感谢陈恕先生的陪伴，今天陈恕先生穿着母亲冰心用毛笔写的"有了爱就有了一切"的背心走了，他虽然走了，但他依旧希望人们知道爱是一种责任，人要做真、善、美的人，爱人类、爱自然，用心去爱，有了爱就有了一切……

六

冰心先生静静坐在绿色冬青之中，依旧拖着腮，安静地沉思。她生前应该非常喜欢花，她面前，汉白玉的花瓶里时常插满鲜花。这是坐落在现代文学馆小树林里冰心先生的雕像。

这是一个特殊的坟冢，人们常常看到冰心先生年轻时优雅地坐在那里沉思，雕塑旁一块白色长方形塔基上写着："有了爱就有了一切。"但很少有人转到白色塔基之后，它的另一面嵌着一方铜质墓碑，赵朴初先生题字："吴文藻、谢冰心之墓"。

我去看吴青先生，离开文学馆时，在冰心先生的雕像前深深地鞠三个躬，我心里默默告诉冰心先生："放心吧，我去看吴青老师，她会很好，不要挂念。"

记得追悼会之后几天，我常常惦记吴青先生，想到她，心里不时有些说不出的痛。我打电话安慰她："过几天我就来看你，你要保重好自己，吃好一些，多休息。"我怕陈恕先生走了之后，她不会照顾自己，她始终不喜欢与保姆打交道，她喜欢安安静静的生活。

我常常怀着内疚，本来一个星期之内要去看看她，却拖了很久，我总想她需要有人陪一陪，说说话。经常与老人打交道，我知道自己能够陪伴好她，而我却是俗事、杂事缠身，终于在一个星期天，从鲁迅文学院出发了。

我怀里捧着香水百合、菊花和康乃馨，敲开了一扇棕色的门。这应是一处有象征意义神圣而圣洁的地方，这里客厅的音响柜上，供奉着冰心先生的遗像，高颈的水晶玻璃花瓶插满了鲜花。我甚至不敢仔细打量屋子里的家具和摆设，我怀着惴惴而崇敬的心，不敢没有礼貌地窥究和探寻。就像到了一座庙宇的佛像前，这里似文学殿堂的庙宇，让我只能虔诚地祭拜，只能低头颔首地恭敬，而任何环顾四周的打探和窥视，似乎都是不礼貌的。

坐在沙发上，我的眼睛始终看着前方，一条黄色绸缎围绕着冰心先生的遗像，遗像前又立着两个镜框，一个是白发苍苍的吴文藻先生的单人照，一个是吴文藻先生与冰心先生的合影，合影照片的背景，是梁启超先生给当时正在美国留学的冰心先生的撰联："世事沧桑心事定，胸中海岳梦中飞。"这副对联的两句是冰心先生自己从清代诗人龚自珍《己亥杂诗》中选出来的。冰心先生当时虽身在国外，但仍眷念黎民，胸怀海岳，向往自由之志。如今，虽然冰心先生已在天国，但她热爱祖国的情怀总会通过女儿吴青先生，传递给无数热爱她的人们。

我沉思的时候，吴青先生却在客厅外的餐桌上，用一些淡紫色的纸张，包裹一对白瓷茶杯，她边包裹边说："小汪，这是我妈妈的遗物，一对茶杯，送给你做留念吧。"我听到吴老师的话，心里震颤一下，我的感激大于喜悦，并且有一种悲喜交集，却无以言表的矛盾心理，我沉默许久，不知该说什么，我低声对吴青老师说："我受不起……"可我又是一个俗人，能够得到冰心先生生前的遗物，这对于一个平凡的我来说，是太大的荣幸，我难以推辞说不要。

这次与吴青先生交流了些什么，我已记不太清楚，只记得我们说起过斯诺先生。我们出去散步，走在一条铺满金黄落叶的小道上，路旁长长的围墙，铺满了爬山虎深红色的叶子。我搀扶着吴青先生，但她似乎并不需要搀扶，她的一条腿，因股骨头移植而疼痛着，但我似乎始终被她轻轻带着往前走。吴青先生说："一定要从世界的角度看问题，我们中国人不能觉得自己有什么特殊……"我陷入深深的思考，我感觉到：她的身心，一直有着忧国忧民的沉重压力，她总想将母亲爱人民的心愿，表达得更彻底，更完善，更清楚……

中午吴青先生有午休的习惯，散步回来，送她上楼，我没再逗留，我说："累了好好睡一觉。"吴青先生说："希望能睡着……"我鼓励她："能睡着，想点美好的，别想那么多……"我们说着"谢谢"再见了。

七

手里提着冰心先生生前用过的两只茶杯，我脚下的方向，好像早就安排好了，我朝着北大未名湖走去。我一直想在未名湖畔的椅子上坐一坐。我想在阳光里，拿一本书，静静地看上一天，我想陪伴那些曾经把青春的光和生命的热奉献给祖国，又将生命最后安顿在这里的前辈们。当我刚落脚湖畔，手里的布袋子，也同时落在地上，我叫一声"坏了"。只听一声清脆的碎裂，我连忙打开包裹的纸张，一只杯子碰到草地里的石头，破碎了。我心痛无比，怨恨自己不小心，但又马上安慰自己。我想任何事物，一定不能太满，任何事物的存在，都有恒定的宿命，先辈们或许需要用一只杯子碎裂的声音，去祭奠他们曾经暗无声息的离去。我郑重地提着剩下的一只杯子，和那些曾经完整的生命碎片，一个人绕着未名湖走一圈。我用藏族人转经的方式，朝拜北大一隅的神圣。我甚至不知不觉离开大路，爬上一座自己也不知为何要上去的小山，那里有一座坟墓安静地躺在夕阳里。我非常惊讶，墓碑上写着埃德加·斯诺，这正是吴青先生非常崇敬的国际友人。据说埃德加·斯诺曾在上海，见到了宋庆龄和鲁迅，引发了他对记录中国人民苦难与向往的中国新文艺的兴趣。后来他对萧乾讲："鲁迅是教我懂得中国的一把钥匙。"而斯诺先生将生命的最后一刻，安放在中国的土地上，他传承的依然是冰心先生所倡导，吴青先生所继承的："有了爱就有了一切。"

八

再见吴青先生是 2017 年的最后一天，那天早上，我曾这样写日记："没想到，2017 年最后一天，会在北京度过。我从鲁迅文学院出发，去追求文学梦的路上行走，我的去处有方向，那里有一位老人在等着我，老人供奉着另一位老人的照片，她们是我心里的两盏灯。"

依旧敲开 3 单元 34 号门，门上多贴了一张白色的纸条："1:00—3:00 午休时间，医嘱谢客。"我心里一紧，担心正在发生的流感。门开了，吴青先生穿着浅白色的牛仔裤，宝石蓝高领毛衣，花白的头发，闪着银色的光。她的身材修长而挺拔，不像 80 岁的老人，却像个女学生。一首轻柔的钢琴曲，环绕屋子四周，像一只温柔的手，抚摸每一个角落。窗外淡淡的阳光，洒进屋里，柔和而温暖。这次我终于大胆地环顾四周，客厅阳面的窗台上，有两尊小型的冰心先生雕像：一个是冰心先生怀抱着小猫，和蔼而慈祥。一个是冰心先生沉思静坐年轻时的风采，这与现代文学馆的雕像一样。音响柜上，放着两只白色的小蜡烛，和一个圆玻璃罩，里面是永远盛开的红色绸花，鲜艳而美好，这是永恒的祭献。吴文藻先生和冰心先生从照片里微笑地看我，他们慈爱而安详。旁边是一张陈恕先生与吴青先生挽着手，坐在湖边的照片，他们脸上的笑，洋溢着幸福与欢乐。

听着舒缓的音乐，看着吴青先生恬静的生活，我心里安慰许多，我即将离开北京，不知何时再能与她相见，这次似乎是我们又一次长时间、远距离的分别。我们相约挽手出去走走，她穿一件大红色棉衣，像寒冷冬天里的一团火焰，又像一朵盛开的红梅。吴青先生虽然一个人生活，但冰心先生早已教给她勇敢面对生活一切困难的能力，她始终以真实的自我，面向热爱冰心先生和热爱她的人们，她始终将自己最真的爱奉献给人们。我们互相挽扶着，走在冬天最后的一天，我们挽扶着，向新的一年，新的一天走去，怀揣着我们心里一颗滚烫的爱人的心。

给王宗仁先生的三封信

信一

宗仁老师：

我的忘年朋友，提笔写信已是深夜，但鲁院的夜总是不深，因为这里握笔写文字的人们总是睡得很晚。

王老师，毛笔字我写不好，也写不快，因此这封信就是小楷黑墨与碳素笔的混合体，请您看到后莫怪。随信寄去我描红的《心经》，祈愿您和阿姨身体健康、心情愉快。

那天在北京万寿路 28 号您家里，我和妈妈过得非常开心，我一直感受着您带来的文学和文艺的力量。在您眼里、心里，文学始终是轻松和美好的。尽管我在您家里的各个房间，都看到如小山一样垒得很高的书堆，这些对于平常人来说是足够的压力，但在您眼里和心里，这些是珍宝。您能随手就从书堆里选出一本让您充满乐趣的书，比如马小淘的《琥珀爱》，您一边夸这女孩善良，一边随手翻开书，从里面挑出那句让您默诵过几十回的经典句子，您又读一遍，大笑的样子真开心，那些文字组成的句子，是您心里跳动的欢乐音符。

王老师，自从 2014 年我去济南领冰心散文奖与您相识，虽然短短几天的时间，但命运却让您和我同时坐在大明湖里同一条船上，并且您就坐在我的对面。而我，一个无知，也无所畏惧的文学青年，在您这座"大山"面前，似乎并没有感觉到"压力"。因为您虽然是全国知名作家，但您身上没有不可让人靠近的傲气，您身上没有无视一切的官气，您身上唯独有的是对文学精力旺盛的热爱，和探索文学乐趣的快乐精神，还有对文学青年不倦的教导和帮助。当时，我也被您鼓励得越发对文学充满了更加浓厚的兴趣和热爱，那些热爱源自于您讲的文学故事，您把自己思想火花碰撞的美妙故事讲给我听，这些故事让我感觉文字的力量是那么宽广、有吸引力，有厚厚暖暖博大的爱。如《藏羚羊跪拜》，这篇您写的被选进中学课本的文章，在《朗读者》的节目里，给全国人讲述了一个猎人面对生命博大的爱，放下屠刀悲悯万物的故事。我感觉您心里有一眼清泉——"文学不老泉"，这口文学的泉，源源不断地给人们浇灌着爱的美好，生命的力量，活着的勇气……这些足以鼓励我，鼓励我像一个西藏的朝圣者，匍匐在通往文学圣殿的路上。而今天，当我到达一座心中渴望已久的圣殿——鲁迅文学院，我因热爱文学而来到这里，因来到这里而能够看到想念已久的王老师。或许是缘分吧，终于在朝拜这座文学高峰的路上，能够再一次见到您。

能够再次见到您是我心里长久以来的向往。我想看看您每天看书的那个东、北、西三面通透的小屋，我想看看您堆满书和稿件的书桌，我想看看装满您自己文学作品的书架。我没有想到，一个人从 15 岁开始写，开始发表，写了 60 年，还能够对文学充满着像孩童一样快乐单纯的爱，和浓厚饱满的创作精神，而正是这种精神，感染着我，熔炼着我，鼓励着我……

写到这里，已是清晨了，王老师莫嫌我的字迹难看，莫嫌我涂鸦一样勾勾画画。另推荐一篇文章《磨心山的梵谷清音》，作者陈晨是一位人品优秀，文字美好的作家，请您也像喜欢马小淘和我一样喜欢她。

不辍　颂安

汪彤

2017 年 10 月 7 日清晨于鲁院

信二

敬爱的王宗仁老师：

您好！

收到您的信却迟迟没有回信，从北京鲁院到甘肃天水，我这个小朋友，把对您的尊敬一直沉淀在心里。每次想到您，便觉得欢欣鼓舞，特别是在写作上，无论有多少磕磕绊绊，或者想而难以下笔的文字，都会因为想到您，而又努力振作起来。我常常想到您堆满桌子的文稿，常常想到您早上四五点起来，对着曙光写作，常常想到您把一个稿子写了改，改了写，不厌其烦。我听说，您有时会持续写一个月，可您毕竟已经是个 80 岁的老人了，却那样认真有耐心地对待写作这件事。您是一个每天开开心心的人，或者您心上也有惆怅，可是您却从来不露于言表，我觉得您在文字堆里，或者在书堆里，不是文字让您快活起来，而是您让那些文字活泼起来。

王老师，此次给您写信，除信之外，我又将 6 年以来写的文章，汇集成册《思若琴弦》或者《情若心弦》（书名请您给我定），我把这本书稿，寄给您。书稿目录，还需要调整，还有些文章，没有完全整理出来，还需要增添或者删减，特别是有一篇写您的文章，还没写好，但是我相信，我们忘年的真情谊，我会认真地把这篇文章当杰作来写。因为您是那样可敬，想起您，我总会有一股自己在早晨看到太阳普照大地那一瞬间的快乐。写您的文章，我空着，但我会尽快完成，我不能很快进入状态，对于厚重的人物写作，我总是磨磨蹭蹭，不逼到山穷水尽的地步，能拖则拖。原因很简单，是怕，怕自己的笔，不能完全地将现实生活中我所感受到的真情，完全地表达出来，我觉得自己的能力，会辜负了我想要表达的感情，我怕自己写不好那份我看重的情谊。特别是王老师——您，我从 2014 年磨蹭到 2018 年，一晃 4 年过去了，我还在游离于我们之间的情谊，不能让它完全落纸成文，我开过很多个头，都不满意，便停下来了。这您不能怪我，您想，我能不想写吗？我真的怕，我怕写不好，写不全，我怕一写就把我想象中，我们之间的那些过往的片段，那些我们情谊的细节表达得不充分，这还不如不写。但这是什么态度呢？我时常问自己："写不好，还不能写坏吗？"为什么要追求完美，而不留遗憾呢？于是我又在酝酿写您的感觉中了。

王老师，您一定不知道，自从鲁院回来，我收拾行李，收拾了包里的各种物品，但是我把您给我的那封信，郑重地从皮箱里取出来，放进了每天随身的包里，我要每天带着王老师的信，上班下班，下班上班。因为我要让您文字的温度陪伴我。虽然单位很忙，但我想：只要有一点点较长的空闲时间，我会掏出信来，再读一遍，或者突然就有一些好的灵感，好的句子，我能补充到写您的文字里去。

王老师，你可能不知道，我的工作是监狱理论研究，和文学一点关系都没有，我自己那么热爱文学，我希望我内心的文学像一棵树，常绿常青。我不想写完公文，就不会写散文了，于是您信上的鼓励，是一段时间内，陪伴我的一份好礼物。我会因为穿不同的衣服，搭配随身的布包，而不断地将包里的东西取出来，但您给我的信，我却一次次地换到随身带的包包里，我就要这样不厌其烦地背着这封信，到处走。我在最无助、最孤寂、对自己最没有信心的时候，就会随时随地掏出这封信，看一遍，再看一遍，直到我在泪水涟涟的思念中，飘出带着泪花的微笑。

王老师，给您寄的书稿，大约 20 万字，有些厚，解放军报社的凌翔老师，让我把字打印大一些。我打印完了才想起来凌翔老师的叮嘱，他是多么热爱您，一个我不太熟识的老师，但我们热爱您的心，却一个节奏热烈地跳动。

王老师，这本书稿，我分了六个部分，分别装订，第一部分是目录，第二部分是游记篇，第三部分是闲情篇，第四部分是亲情篇，第五部分是人物篇，第六部分是读书篇。和我上一本书《心若琴弦》结构差不多。

王老师，又要让您劳累看稿子了，我内心很矛盾，但又想让您的金笔为我留着。人生每每就是这样，左右为难，然而，在为难中，又有了不一样的生活经历和美好时光。

王老师，人家说给写序的老师，要送一份大礼，我不知道给您送什么好，我把我最喜欢的《安徒生》集邮册送给您，这是我的挚爱，我一共两本，我想送给我最敬重的人，现在看来，送给王老师是最合适不过了，因为您有一颗与我一样的童心。

您的小友：汪彤

2018 年 6 月 27 日于碧翠阁

信三

敬爱的王老师您好：

收到您的信已有数月，我一直催着您为我写序，没想到，收到您的大作之后，兴奋之余却不敢下笔，唯恐自己写不出好文字。

回想我们的忘年友情，那种默契，竟然就是两个孩童的天真和童趣，但旁观者不一定会体悟到我们一老一少，相差近 30 岁，却能够纯真无邪、坦诚相待的感情。王老师，每每想到您，我总会开心一笑，虽远隔千里，一个在世界文化中心北京，一个在偏僻的大西北天水，距离遥远，却阻隔不了我们之间心有灵犀的默契和融洽。虽然微信也很便捷，瞬间就能与对方视频沟通，但我们却总是默默牵挂，我们很少把多余的时间，用在微信上的相互问候上去。我们也不去打扰各自除写作之外剩余的时间，我们只是在心里互相牵挂，这似乎更觉得弥足珍贵。但是，我有时会反省，或许，我还是做得不好，我习惯了一个人独立行事，即便是非常孤寂，也不喜欢联系任何人，长期形成的习惯，得罪了很多师友，但唯有您，我们只要联系，您总会很宽厚地理解和接纳我，给我至诚的安慰，这点我要感谢您，也感谢上苍让我们2014年相识。与您的忘年友情，我要单独成文，独立写一篇，题目便是《与王宗仁先生的忘年友情》，就这么大胆和心无顾忌，全因我们之间的这份友情纯真而美好，像一条缓缓流淌的小泉，清澈而简单。

今天给您写信，是我写给您的第三封信了，记得在鲁院，我写了给您的第一封信，那时候虽然都在同一座城市，但是我们也只能隔一段时间才见一次面，正如我的计划，在鲁院学习4个月，我们平均每个月见一次面，一共见了4次。第一次我带母亲去您家里，我母亲和您夫人互认姐妹，又互认扶风老乡。第二次是在一家包子馆，石英老师和其他几位老师在店里等您，而我却心急如焚，我非要站在门外，远远地看着您缓缓走来的样子。那天，您穿着一件红色的外套，脸上带着微笑，在北京秋天的风里，大步流星地走来，您的气场形成的艺术风骨，成为马路上的一道风景。第三次，我们在中国散文协会年会上，拍了很多照片。第四次，我和彩峰专门去看您，那时我即将离开北京，我舍不得离开您，但是每一次见面，都是一种欢乐的留念，因为您有一颗孩童纯真的心，我们这些您的小朋友，虽然一个个也都步入中年，但我们也与您一样，保持着童心，我们的心弦在思想中共鸣，弹奏着美妙的友情乐章。这时，我想起俞伯牙和钟子期，我们比他们幸福，我们想交流就能马上打开心路，迎接各自的到来。

王老师，给您写这封信时，我在回忆中想起了以往那些交往中美好的事情，一个一个像电影镜头，在我脑海里过了一遍。对了，让我谈谈您给我写的序。这是一篇厚重而深情的文章，特别是题目——《人的美丽是心底的明媚》，让我每每看到，都会欣喜一阵，我觉得王老师是真正透彻洞见了我的内心，这些了解也源自我们一老一少像孩童一样，无拘无束交往中的真诚和美好。

王老师，在您文章的开始，有一句富有哲理而经典的话语，我琢磨了好几遍："文学创作，绝对没有一个固定的模式，各人有各人的人生经历和认识生活的视角、深度。"这句话解决了我在创作中存在的很多问题，给了我足够的信心和勇气。很多时候，写到一定的状态，人总会有畏惧，怕自己写的"不是个啥"，这样的心理状态，不知毁掉多少人，很多人写着写着就停止了，以至于终究成为在文学的天空划过的流星。而王老师的这句话，应该会鼓励无数文学创作者，给他们一次次再生的力量。比如我，我觉得自己眼前马上亮起一盏灯塔，彻夜照亮我前行的路。

王老师，还有一句话我却没有琢磨透彻："我想到了一句话：年轻的作家们活着是要为生命活着，不为没命活着。"我想王老师是要表达："写作最终的个人目的，也是幸福地活着，而不是痛苦地耗尽生命。"王老师，您说我理解得对吗？

王老师整篇序言都包含着您对晚辈小友的深情，从我的文章里透彻地看清了我内心表达的根本意思，这里我就不再赘述。有一个事情想给王老师澄清一下，那天您给我谈起马小淘，一个她姓马，我母亲也姓马，因此倍感亲切，另一个是因为看到王老师如此喜欢小淘老师的文笔，更激起我的好奇，并且您说她心地善良，乐于帮助人的故事，我觉得这个女孩子不简单，于是心生仰慕。后来我没有机会去找马小淘，我便"特地给马小淘打电话请教写作"。这句是我修改了您在序言里说去"找她"，我至今也没有见到马小淘，这里更正一下，特告知王老师。

王老师，序言最后一段我也调整一番，您赠给我的小诗，我留在心里了，因为谈到了大去大留的问题，我总不想见诸于出版的书本上，于是最后一段按照您的意思这样陈述："散文是美文。像鲜花一样美。散文是经过一次又一次锻造、淬火的美，是有生命形式的美。愿汪彤的散文像她种的花和枝一样，都生在枝节之外。"

这是您对我的期待。您是我缘分中的朋友，又是在济南大明湖中，一条小船上对面相坐偶然认识的朋友，我们虽然是在碧波悠悠的小船中闲聊几句，却注定了今生深厚的友情。王老师，想起您，我心里就有一朵花开放，这朵花因为您脸上的阳光灿烂的微笑而盛开。

汪彤

写于 2019 年 4 月 1 日

刘万年先生的匠心世界

麦积山连绵不断，从秦岭浩浩荡荡延伸而来，似佛国西行的脚步。刘万年先生艺术馆，在麦积山下，似一座佛塔，珍藏着西藏的山山水水。早晨太阳的金辉洒向大地，艺术馆像一座宫殿，熠熠生辉，每当靠近，刘万年先生思想的光华，便升腾而起，一幅幅西藏大美山水，则是他思想的精髓。

很多时候，艺术家到达一定的艺术水准，总会思考，在艺术史上留名的问题。这需要足够长的时间跨度和空间延展，才能沉淀辨析。而这不是普通人的自然生命所能担当的评定。历史的判断，总有恒定的法则："好的，一定会永存。"刘万年先生的绘画，已在无数绘画研究者的天平上衡量过了。

上海人民美术出版社出版，刘曦林先生著《二十世纪中国画史》第十七章"关于水墨山水画的承变，现代'新体'山水画的突起"中有："刘万年（1949 年生）壮如藏胞，写西藏山河 30 年，色、墨、肌理兼施，重质、势及动感表现……"刘万年先生在绘画艺术上，独有的绘画语言和表现形式，已彰显代表他的《神山圣水图》会存留后世的确定性。而他本人，则更似一个传奇式的人物，身高一米八，身材魁梧，面方体阔，似一尊佛像。他似乎有比一般人更多的脑容量，除了绘画艺术，他的哲学思考、建筑园林设计、对教育的理念、对医疗改革的设想……各种各样思想新颖而实用，他想象力的宽泛和学识的博大，将艺术的光辉，带入他的绘画和生活中，更洒向追求精神生活的人们心中。而他的出生，似乎也是一种使命的召唤……

莲花少年

古成纪相传是远古人类始祖伏羲、女娲的故乡。连绵起伏的青山，环抱着时而浩荡、时而羸弱的清水河，山水相伴，乃为人类栖息生存最初的地方。1958 年，甘肃省文物部门进行普查，首次发现了"大地湾"，这是可以用科学技术和考古实例证实的 8000 年前中华民族生存的起源。而就在 1949 年 4 月，古成纪莲花，一声响亮的啼哭，划破晨晓，与清晨第一缕阳光，一起升腾在大地上，刘万年在古成纪莲花的土地上诞生了。

尽可以把他想成见风就长，见光就慧的孩子。他睁开眼看世界，满世界的桃花，染红了他稚嫩的眼眸；各种鸟兽的鸣叫，唤醒了他的耳朵；他走在清水河畔，一脚踩住一个泉眼；纵身一跃，与小伙伴们在布满大青石的清水河里尽情欢畅；渴了喝口清泉水，饿了吃王家、赵家果园里的桃子和梨。刘万年 10 岁之前，他心里的世界纯净而光亮，他像一只小鱼，心灵自由而快乐，"没有见过一点丑、没有受过一点心灵的伤害"，这是上天塑造一位艺术家最初给予的造化。

尽管在他成长的 12 年里，世界发生了天翻地覆的改变。自 1958 年，一夜醒来，"大跃进"也深入到甘肃天水莲花镇，山上的树被砍了个精光，水磨、荒草、河滩消失了，甚至河里的大石头，也少了许多。但刘万年心里映照的那个美丽世界，使他第一次看到墙上的实物画，一朵棉花和一些粮食，马上便成为他绘画的启蒙。从此，他无师自通。6 岁，厨房里、院落里、田野里的器物、动物和植物，在泥地上，被他用石头画得有模有样；14 岁，他自制绘画工具：画板、画夹，给自己画自画像；17 岁，他给小木匠新娘的陪嫁木箱，画上一枝牡丹。从此，大红牡丹箱，一下便成了当时乡里待嫁姑娘们心里最幸福的梦想。刘万年还将油漆倒在报纸上，风干一些，当油画颜料……

在莲花镇，甚至天水秦安县，走到哪里，无论是墙上、门板上、学校的黑板上，大标语的两侧，都有他画的毛主席像。他画的 7 米高的《毛主席去安源》巨幅画像，在秦安县城，被十几个人敲锣打鼓地抬着游行。他得意地咧着嘴巴笑了，可就在笑着的时候，他却突然警醒了……

天地赋予使命于人，在最风光的时候，能让他冷静下来；在最痛苦的时候，能让他平静下来。他们深知"塞翁失马焉知非福"的道理，他们被"福兮祸之所倚，祸兮福之所伴"的思想护佑着。

22 岁那年，1970 年冬天，刘万年穿着破棉袄，流着泪，舍下自制的绘画工具、舍下他的《红楼梦》和苏联小说还有自画像。他心里装着绝望，眼里却是希望，以逃离似的方式，坐着西去的列车，离开了让他又爱又恨的故乡。仅仅 12 年，对一个成长的年轻人，生活给予他的就是"苦其心志，劳其筋骨，饿其体肤，空乏其身"的锤炼，然而苦与美好并存的人生，也只是刚刚开始……

西藏怪客

刘万年先生在西藏画下的第一笔，是在贸易公司"学习专栏"里的一个"工农兵"：一只手握拳，一只手握笔，周围是波浪和几朵向日葵。这之前，他在贸易公司，整天拨着算盘当统计员。但他还是用手中的画笔，改变了命运。老人们常说："你吃哪口饭，是命定的。"虽然有些唯心，但你在哪个方面比别人更有优势和特长，总会崭露头角。人生就是为一次次的机遇，一遍遍酝酿自己的力量，就等机遇到来时脱颖而出。"写表扬信、抄学习文章、画画、采访……不停地变换黑板报的内容……"这是刘万年人生中，第一次握着自己手中的画笔，使生命过得闪亮而精彩的一次。

在西藏拉萨市修水电站的工地上，一个来自甘肃、身材高大魁梧、脸庞宽阔俊朗的年轻人，他的身影无论何时，都埋头在黑板报前。他身后是无数个称赞的大拇指和羡慕、爱慕的目光。或许是因为那篇《营业员强巴》的小说，或者是"泰山"羽毛临摹画发表的缘故，这个身材高大的年轻人，于1973年，因在《西藏日报》发表文学及美术作品被赞赏，破格被调至西藏日报社工作，任美术编辑和文学副刊编辑。然而这个从大地湾——人类几千年远古土地上哺育来的精灵，他的大脑袋里从来都装着不甘落寞、不甘平庸的各种想法。在一间几平方米的宿舍里，到处贴满了他画的人物像、山水画、宗格巴大佛像、庙宇、金塔。除了上班，他没日没夜地在房子里画画。他的白天和黑夜，黑白颠倒，他自己也不知道为何这样执着地热爱绘画。他痴迷的状态，让拉萨的人们，觉得他是一个不能完全融入到西藏，貌似藏族的"怪人"。而他应是被赋予过使命的，那没日没夜的绘画基础练习，有一天一定会成就他的绘画事业，这是冥冥中注定的。

1979年因绘画创作优秀，刘万年被推荐去四川美院进修绘画专业一年，这一年是他生命的转折，他从迷茫无目的的绘画练习中，找到了自己绘画创作的道路，他制定了"10年规划"——这一生就画"西藏山水画"，让西藏山水在他的笔下成为历史的传奇和沉淀。然而，这人生艰难的规划，却是在一个偶然的机会里天然偶成的。这里需要重重地记录一笔，这是一个画家，以至每一个艺术创作者，在给自己定位之初，他们不确定的人生，最初都要经历的在艺术道路上的思想磨难。对于自己的这段经历，刘万年先生也是常常挂在嘴边的……

面对选择

拉萨瓦蓝的天空，映衬着金色的布达拉宫，可高原的天气，说雨就雨，说晴就晴。夏日里，一阵风起，阴云密布，顷刻便是一场大雨。还不到半个时辰，却又是晴空万里。每当这样的天气，只要有空闲，便有个高大孤独的身影，向拉萨城外的大山里去。拉萨城外的大山，表面有许多特大的圆石头，有的石头形成几米的大石臼，成为石坑。刘万年常常躺在浸满雨水的大石臼里，雨水被炙热的太阳晒暖，这个吸收着天地精华的年轻人，看着远处青草荒滩，碧水蓝天，风化石、盐碱滩、寺庙、牦牛……他痴迷于西藏的山水，心里便不再迷茫未来画什么。他想用特殊的方式，感悟西藏的山山水水，再用特殊的方式，将心里的西藏注于笔端。他看着眼前的山，甚至轻轻地发出笑声，他想起在四川美院的那些日子，在那个拿着画笔，迷茫不知画什么，不知怎么画的日子里，有一个人为他解开了人生的扣结。

1979 年，是 31 岁的刘万年先生此生最难忘和感到最幸运的一年。思想里装满各种绘画技巧，这是他近 10 年的艰苦磨炼；去四川美术学院进修，这又是上苍成就他"入世和出世"的方式。

实践与理论相结合，再用理论指导实践，这是每一个在艺术之路上探寻的人，所要必须经历的过程。有一天，听说重庆群艺馆有个画展，刘万年也放下手中的书，跟着同学们去看。他除了在课堂上全神贯注听老师们上课，或者在画室画画，便是在宿舍里看书，很少外出，但每次画展，他却必须要去。

他而立之年的眼睛已经能够看到画中的卓越和败笔。然而，这次，一进展厅，他震惊了。震惊之后，他失态了。他控制不住自己，浑身一阵热、一阵冷，似乎两道阴阳不同的气流，在他胸中横冲直撞，他不能控制自我，甚至不能畅快地呼吸。他泪流不止，失声痛哭，抽噎得厉害，之后又是狂笑、傻笑，不停地笑。他甚至不能再看下去，转身离开画展，回到宿舍，不再说话。他久久不能停止思考，他深深地记住了那个叫"石鲁"的人。

"他懂得石鲁，他爱上了石鲁"，他觉得石鲁让自己的世界，一瞬间变得不一样了。之后第二天、第三天，连着六天，他一次次去看石鲁的画展。他站在《吾爱华山松昂首》这幅画前，依旧泪流满面。他看到耸立入云的山巅，几棵松树直立地站在悬崖峭壁上。天虽然很高，但它们却努力向上生长，它们孤独离开树的世界，孤独地向自然界的巅峰顽强地上升。在石鲁的笔下，他还看到了黄土高原，自己家乡的影子，"那些荒芜杂乱、从不入画的山、石，从画中凝聚着一种难以遏制的激情，带着浓烈的西北山水的清冽之气直扑心中。"

刘万年从石鲁先生的画中，看到了绘画艺术的最高境界——事物置于画中"和谐统一"的精神。而石鲁也给他"示范了一个方向"，让他有所思考：西藏不毛之地，也可以画出风格，画出创新，画出传奇作品。在刘万年的艺术世界里"石鲁开辟了道路，示范了方向，创造了方法，树立了标准，冲破了藩篱，引领了时代，感召了后来者"。而在艺术世界里，确实有这样一些作品，当你与他们谋面时，便开启了智慧，你不得不创作，因为传递来的不只是电流一样的感官刺激，还传递着宇宙生生息息创造美、延续美的秘密。

自创风格

虽然刘万年一辈子也无缘与石鲁谋面，但他们的艺术追求，在灵魂上却达到了彻底的沟通。在绘画中，如何将"情感加上技巧"置于绘画中安顿精神，石鲁已经真传给了刘万年。那些来源于生活，却又在画中被升华了灵魂的山山水水，像跨越空间、跨越物种、跨越时间的沟通，让刘万年内心澎湃不能自制：他与石鲁先生精神上超时空的沟通，因喜而悲；他因石鲁先生使自己走出瓶颈，开启自己的绘画智慧，因乐流泪。在石鲁的画前，刘万年终于看清了眼前的一条"独木桥"要通向哪里，终于从自己为自己束缚的思想和精神枷锁中挣脱出来。他骨子里对西藏荒山始终充满激情，说不上理由的心结，有了一个更具体的解释：从人类始祖伏羲故乡来，他自身便带着开创人类智慧的能量，伏羲氏始创八卦、始造书契、发明音乐，而刘万年先生也要为成就人类艺术贡献自己毕生的精力。这是他存在于天地间的使命。

然而，齐白石先生说："学我者生，似我者亡。"如何像石鲁一样创新画风，而不与自己崇拜的刘国松、于志学等先生在绘画艺术上"撞车"，在艺术中，走出一条不雷同于别人，属于自己个性的道路，这是刘万年常常思考的问题。这也是每一个艺术家，最终要解决的问题。如何实践？如何下笔？画什么（写什么）的问题？怎么画（怎么写）的问题？这几乎是困扰全世界文艺家们最致命的问题。而刘万年在冒严寒、抗酷暑，忍受高原反应的艰难中，走遍了西藏的山山水水，他在艰辛的漫长行走中，寻找展示西藏山水画属于自己的方法。

无论何时，绘画艺术最终要解决的就是两个问题：一个是画什么的问题，一个是怎么画的问题。画什么的问题因石鲁得到了解决，怎么画却又是刘万年先生踏遍西藏千山万水，苦苦追寻的问题。西藏山水地处高原，却并不像人们心中想象得那么高大，它是在高原山体上存在的并不高大的群山组合。

那一天，刘万年又一次乘拉货的大卡车，向藏北驶去。这不知是他多少次深入西藏腹地。路两边的大山，变换着高高矮矮的姿态，追逐着前行的车。快到那曲时，夕阳西下，金色的余晖洒向大地，异常美丽。刘万年的额头轻靠在车窗旁，欣赏外边的风景。太阳的光辉，透过两层玻璃，从驾驶员一侧照射过来，正好映在额头靠着的窗户上。道路颠簸，窗户的玻璃，映出一层层山的投影，正好和窗户外真实的山重复叠加，好看极了。这大自然鬼斧神工的造像，让刘万年万分激动，他突然战栗：自己苦苦寻找 10 多年，找的不就是这样的重叠构图吗？这样的构图才能更形象、更彻底地表现西藏山水。这突然的觉醒，让刘万年马上返回拉萨。在报社的大礼堂，他接好 30 张纸，他的画第一次出现了山体层层重影的造像，山体的五六层重叠，使低矮的山麓叠加之后，变得崇高而伟大。西藏的大美山水，顷刻间，从人们眼里的实体，变成了画上意向的真实存在。一张大画《千山之宗，万水之源》诞生了，从此刘万年先生自创的"横断重叠构图法"诞生了，这种画风，是刘万年对中国山水画画法的一次创新；这种绘画中的"基因突变"，将会沉淀下来，代表新画风记录在美术史中。

很多时候，一个艺术家成就其所有能力的制高点，艺术的顶峰，就在于寻找10年，钻研10年，锲而不舍又10年，殚精竭虑再10年，经过千百次的失败，却在不特定的那一刻，仿佛受了神示，一切都在冥冥中解决了。一位画家说："画家的事业，就是用自己的全部天才，竭尽全力地对抗苦难。"

艰辛崛起

艺术家的事业是创造欢乐，然而艺术家本身，却经受着孤独和痛苦的折磨。刘万年先生用他最娴熟的笔墨创造欢乐，他的画追求"佛性、中性和神性"。他想用画纸，改变大地的面貌；他想用颜色，给大地以精神。然而，在最初创作西藏山水画的8年间，在一间狭小的画室里，刘万年先生每天把自己关在画室里，墙上到处贴满西藏的山水、雪峰、草滩、牧场、庙宇；画案旁叠着一摞摞晕染过的宣纸；几十支笔，被画成了秃毛；空墨水瓶和空水彩盒，摞满墙角。他专心研究宣纸与墨的关系、墨与笔的关系，"宣纸落墨，点戳，横拖竖拉，无所不用其极"。每一样绘画工具，其应用的过程，如水、笔、纸、墨色，都要摸透其秉性，让其作为一件"物质"，从"顺从"走向极端的"失败"，再转入最终的"应用自如"。

无数次的失败，无数次的尝试，几千个日日夜夜，刘万年先生的画便达到"无处不是明快厚浓的色彩"。他把西藏山水"放倒"，用红色、绿色、黄色、蓝色等各种颜色晕染……"山的骨骼外露、肌肉凸起、经络清晰，血脉流通，雕塑般的躯体里，装着佛教徒的虔诚和悲悯。"在笔法上"以肌理代替皴法，在皴法上，又填补了新的内容，如结构泼彩法、风化石法、茅草法、沙土法、裂冰法、干雪法、泥石流法、裸岩法……30多种画法，大大丰富了中国山水画技法特点。在质地上土山、土坡、土沟、土坎、土地流动而凝重，土的质地和土的色彩，被赋予了土以生命和精神，哲学的境界"。这是刘万年先生在他编著的 5 册《藏原探美》文丛之《九美堂错话》中，对自己画作的总结。

梵高的意向和抽象，并不为普通人所欣赏。而发光的、永存的不因被人看不见、看不懂，而丧失它存在的意义和价值。1987 年，台湾著名画家刘国松先生到西藏讲学，刘先生后来在《西藏的画中传奇》里写道："当他带着他的画来旅馆看我，刚一打开便立刻吸引住我，那是高原的山，西藏的山，与过去中国画家所表现过的完全不同……"很快，刘国松先生便推荐刘万年的画作参加吴冠中、黄胄、石虎、于志学、周韶华一同举办的个人画展。这对于一个仅 39 岁，正当好年龄的画家来说，是莫大的鼓励。这次画展中有 33 幅作品被高价收藏，紧接着台湾三原色艺术中心、河南美术出版社、北京工艺美术出版社、上海书画出版社出版发行了刘万年画展专辑、画集、写意山水画、西藏山水画集等。

在之后的 10 年里，刘万年先生创作成果丰硕，先后出版了《刘万年画集》《刘万年西藏山水画集》上下卷等 15 部大型画集和画册。刘万年先生的 6 幅美术作品，被中国美术馆馆藏；60 多幅作品，被天安门管委会、毛主席纪念堂、人民大会堂等单位收藏。数百幅作品被中国美术馆等专业机构和银行、使馆及个人收藏。然而作为中国美术家协会会员的他，虽然创造发明了 10 多种表现西藏高原独特自然风貌的水墨画法、技法，作品也入选全国第六届、第七届美术展览，并在韩国、瑞士、新加坡以及我国台湾、香港举办几十次展览，获中国以及中国台湾、香港水墨新人优秀奖。但他却勇于自我挑战，不甘于自我丰硕成就的现状。他此生是带着使命而来，他是为西藏的山山水水而来，他是为填补人类精神世界的一处空缺而来。

神山圣水

每一个艺术家创作的心灵空间，应该都叫作"产房"。踏遍西藏的山山水水，是刘万年先生一生执着的追求，他深知："眼里有，心里才会有。"他曾无数次，坐一辆辆大卡车，来回于拉萨和西藏各地，他唯一要做的事情，便是看一阵车窗外草长莺飞、彩帐连营、连绵苍茫的山山水水，便赶紧闭上眼睛，心里默背，头脑里硬记。没有照相机，他用自己的脑细胞，作为一个个储存西藏山水片段的"中央处理器"。他自己有了照相机的时候，又背着相机，拍下上千张照片，为后来的创作打下基础。而后来的创作，他不再翻山越岭，四处奔波写生。

2002 年至 2010 年，刘万年先生在 50 岁至 60 岁这 10 年间，由于高寒缺氧，整夜睡不着觉，心脏病、高血压、糖尿病，各种身体不适，重压着他的身体。然而西藏山水无穷的大美，那些艺术的感受，强烈地在他胸中燃烧，像一座要喷发的火山。他强烈地想要把自己心中、眼中、头脑里，所储藏的西藏山水都画下来。他给自己立下决心，一定要完成 120 幅每张 8 尺的《神山圣水图》，这好比作家陈忠实写《白鹿原》，要用 10 年时间，给自己一部留史、留世的"定论"之作。刘万年先生立志："只要活着，就完成这幅中国山水史上的辉煌巨制"，这是他存在于天地间的意义。到了知天命的年龄，他早已明白自己存在于世的使命——为一种绘画的创新、为西藏山水画的定格，献出自己毕生的力量。

8 年时间，几千个日日夜夜，积劳成疾，有几次，在画案前画着画着，突然眼前一黑，什么也不知道了，他晕倒在地上。被发现后立刻送进医院抢救，然而，休息几日，只要身体稍微好一些，他又像一座伟岸大山，站在画案前继续创作。终于在 2009 年完成了 120 幅大画。2010 年请了 5 个裱画师，用一年的时间才将 120 张 8 尺竖轴大画装裱完成。这 120 幅画并列起来，总面积达 369 平方米，是中国绘画史上的一幅辉煌巨制。

"120 幅《神山圣水图》把点、线、块、面穿插交织，使画面既富于旋律感，又井然有序。为显示大山巍峨、云雾缥缈、寺庙肃穆，画面布置搭配又有虚实、奇正、刚柔、大小、远近等诸多变化，使得作品满而不塞、满而空灵、虚实有致、文理自然。"历经 8 年，刘万年先生创作完成了长卷《神山圣水图》，而这之前，西藏的山，被称为世界屋脊，却从没用如此的手法表现过。而在刘万年先生的画里，却并不表现"英雄"主题——珠穆朗玛峰，他画的是"山的老百姓"。老百姓构成了社会，山的老百姓构成大自然的主题。

西藏的群山，在刘万年先生的笔下丰富、厚重、斑斓、有趣。山有着它们自我书写的故事，它们仿佛是自然的精灵。水，虽是高山冻土雪山的融水，刘万年先生却赋予它特别的生命寓意，在他的画里，水似乎就是他的点睛之笔。

刘万年先生笔下的水域，初看似乎是被高大、巍峨的大山包围着的狭小空间，然而当观画者真正与画之间达到精神上的和谐统一时，便会看到，所有的棕色、红色及白色的大山，他们最终衬托的便是一簇代表着生存的生命水系。在那里，有时出现黑色的牦牛，背上驮着红色经幡；有时又是几只麋鹿，寻得一汪水源，惬意地翘首远眺。而这些生命的水系，并不是被高山包围的狭小区域，它们的无限宽广和开阔，需观者定神入画，需观者站在画中适合的高度和位置，才能看到水所涵养的一切，这是生命的所在。而巍峨的山，缓缓落下帷幕，成为万事万物生命之源"水"的衬托。一线水系的开阔，需观者沉静其中，用心思量，才会发现：宽广的水面，倒映着群山，透视画的人，却站在无限远的山峰之巅。瞬间，神山圣水，魔幻般将人的灵魂，收进大美山水之中。

每当站在刘万年先生的《神山圣水图》前，当真正走进画中时，便能在精神上与西藏对话，能与西藏的自然山水作进一步的交流，便会理解大自然鬼斧神工的伟大创造——刘万年先生把西藏山水中的不毛之地，变成了沃野万里，生机勃勃。郎绍君先生在刘万年《神山圣水图》跋中写道："刘万年的山水画，有鲜明强烈的地域特征，新颖别致的表现手法，正大阳刚的民族气度，雄浑壮阔的时代风貌，肃穆淡远的宗教情怀，深邃沉静的哲理思考，虔笃完美的神性境界是中国当代山水画苑中的一朵奇葩。"

留著回归

通往麦积山的路，是朝圣的路。驱车在高速路上行驶，总会看到北山下，有一面约100米的白墙，白墙旁高大的古槐树苍翠丰茂，刘万年先生艺术馆建于此，被称为"九美堂"。从高速路旁的岔道，去艺术馆，走在乡村的土地上，要越过渭水河。虽然大路距离艺术馆仅仅300米，看上去并不远，但落脚在土地上，行走在河流旁，还是有一点漫长。当然，拜会刘万年先生，总是一件让人心情愉悦的事。

刘万年先生把通往艺术馆的路，铺成水泥路，架上小桥，方便步行和车行，其实，他的心里始终打开一扇窗，一扇人们欣赏西藏山水大美的窗，了解他艺术之路、创作历程的窗。人们在艺术馆里短短的几个小时，总会与刘万年先生在攀谈中有收获，有感悟，启迪内心。最终在刘万年先生的精神引领下，内心达到对艺术和对生活更深层次的理解和认识，或者会被启迪用另一种视角看世界。

2010年刘万年先生于西藏日报社退休，回到甘肃天水老家，便开始自筹资金，在麦积山附近修建艺术馆。艺术馆亭台楼阁的设计、一草一木的栽种、一石一泉的方位，都是刘万年先生自己精心设计，并详细绘制各处规划图。在绘画休息时，他还设计出"无红灯十字路口组合桥"，获得国家知识产权局授权的专利。

"先天下之忧而忧，后天下之乐而乐"，这是中国文人最长情的存在方式。无论是对中国教育改革的看法、对医疗制度改革的建议、对解决交通问题的想法等，刘万年先生始终站在为国、为民的角度考虑，这是艺术回归于现实的又一种表现形式。刘万年先生把感恩回归家乡，繁荣家乡文化事业，也当作晚年要做的一件重要的事情。他的山水画，虽表现的是西藏山水，但他艺术创作的根，却始终在养育他的陇原大地上。

丝绸之路，永远代表着开放和与世界接轨的远行。西藏山水画的最佳展示，建在丝绸之路上，也是为西藏山水画艺术建造一处更好为世界所了解的窗口。2017 年 11 月，刘万年先生向天水市博物馆捐赠 20 幅西藏山水画。2018 年春节，刘万年先生西藏山水画展，又在新年中丰富着天水老百姓的文化生活。刘万年先生把自己在山水画创作上的杰出成就，最终奉献给陇上大地。他源自天水，归于天水，更为推进丝绸之路文化的发展，为家乡文化事业的发展增添色彩。而最初孕育这颗艺术灵魂的故土，它的深厚，在于能够沉淀。沉淀的艺术，将挥发出震惊世人的光亮。

每到 4 月，刘万年先生艺术馆楼前檐下，盛开着上百株牡丹，色彩绚丽、香气悠悠。清晨，刘万年先生便在 200 平方米的画室，步行千步，稍适活动后便又投入到绘画创作中，这是他每天的功课。一个人的身体在晨醒后，稍适的锻炼，唤醒身体全部机能，投入到最需要有创作灵感的创作中。刘万年先生的智慧，在于科学地分析自我，分析事物，从而达到外在和内在的和谐统一。

头戴草帽，手拿锄头，弓着腰的刘万年先生，他在牡丹花圃，或西红柿、辣椒、豆角田地里除草。他缓缓直起腰，被暖阳晒得黑红的脸庞温和而又安静。刘万年先生在艺术馆大自然的花园、田地里耕作，在耕作中享受劳动带来的乐趣。绘画的劳作与田地里的劳动，一样给予人们辛劳后的欢愉。那一幅幅西藏山水，一张张西藏牦牛，是刘万年先生精神的耕种。盛开的牡丹，挂在支架上的西红柿、辣椒、豆角，又是刘万年先生物质生活的另一种收获。

人生存于天地之间，总是带着这样或那样的使命。不论你给予世界的是一幅流传千古的艺术作品，还是一颗手心里泛着红光的果实，人类存在的意义和生存的价值，早在始祖伏羲氏俯视大地，仰观苍穹时便被赋予了。人类的精神家园，是一个个被赋予使命的人，一次又一次地传递和传承。刘万年先生在艺术世界里的耕耘和收获，在绘画艺术中的继承和创新，为人类的精神家园镶嵌了一颗璀璨的宝石。

李鸣泉先生印象

一

　　无论走到哪里，鸣泉先生总背着一个黄绿色迷彩画夹。画夹很大，从后面跟着鸣泉先生，画夹几乎将他宽厚的脊背藏起来；从前面远远迎上去，他戴着黑色遮阳帽，穿着红色风衣，浓密的眉毛下，一双炯炯闪烁的眼睛总在微笑。鸣泉先生的脸颊方正，是 80 年代电影里经常出现在人们眼里的端正形象。他的神态也是庙堂里常见的敦厚、朴实；他眼神中的光芒总是温润、和蔼。

　　与鸣泉先生相识已有很多年，总觉得他是自家的一位兄长，既然是自家人，也没有必要为交往的远近和亲疏费思量，于是鸣泉先生来天水，才见上一面，鸣泉先生走了，也疏于联系，却又像盼望亲人，盼着下一次相聚。

二

鸣泉先生背着画夹，出现在你面前时，或许就是春雪莹莹的一个早上，或者又是艳阳高照的秋日午后。他走在天水西关有古树的巷道里，远远看到他，总会让人想起一位离家很久归来的游子，又会想到一位探访神秘的考古专家。于是，他放下帆布画包，从长方形小口袋里，取一瓶矿泉水、毛笔、水彩盒；从圆形的小口袋里，取出水盘；又从正方形的小口袋里，变出一只能折叠的马扎凳。一切准备就绪，鸣泉先生拉开帆布画夹拉链，取出用毡毯包裹的画板。这个画板很特别，似一个锦囊，毡毯与画板四周，用六个可以折叠的黑色小夹子固定，毡毯和画板形成一个方方正正的口袋。从口袋里早晨取出白纸，晚上放进画稿，取放之间，画板变成"芝麻开门"的神秘宝库，那里面装着鸣泉先生人生的春夏秋冬。每到一个地方，每过一个季节，每一天创作的写生稿，都曾在这个锦囊里存放过。鸣泉先生珍视画夹里的写生稿，如一位农民珍惜种子，每天播下一粒粒"种子"，它们便在毡毯里发芽，在鸣泉先生心上开花。

三

鸣泉先生走进天水秦州的古巷里，便隐没在巷子的一角。他似一个地地道道的天水人，任凭你眼光伸进巷子的尽头，还是会从他的身边擦肩而过。他绘画写生时悄然无声地融入巷子里，他似巷子里的一棵古树，一尊垂花门，又似巷子里一面斑驳的墙……

很多年以来，李鸣泉先生无数次来到天水，他很奇怪，自己为何对这片土地抱有这样深厚的情感。每次，都像回老家，每年一次，或者一年两次。但他却是地地道道的河南周口人，他甚至内心深处还曾想把家也安在这里，就在这里落户。不知什么原因，这个在他生命旅途中偶然路过的地方，却成了生命归宿中想要落脚的地方。

究其原因，还是应了那句话："热爱一座城市，因为热爱一个人。"那人，是这座城市源头的开始，是中华民族的先祖——伏羲。而伏羲氏生于甘肃天水，葬于河南周口，其中难道会有什么神秘的机缘巧合？甚至有时候鸣泉先生感觉，自己就是伏羲氏 8000 年甚至更久远之后，在现代生活中一些远古基因遗传密码的一部分。他无数次探访天水这座古城，无数次被伏羲城古巷道似曾熟悉的景物迷恋。谁又能说得清楚，李鸣泉先生或许就是几千年里每一次轮回中一些基因密码遗留的载体！

四

一个人，被上天降临在大地上，一定是要来做些什么的。鸣泉先生给朋友们留下最深刻的印象是"手从不离速写本"。他一会儿凝目远望，一会儿又低头创作，纸和笔墨从不离手。或许天降大任于鸣泉先生，他的责任就是拿起笔，通过他的眼睛，用他的心，去记录即将消失的人类故乡。

鸣泉先生笔下的线条，不拘泥于传统的笔墨，体现着自己的真实感受，从勾勒早春的朝阳开始，蘸一滴浅浅的墨，浸润苍茫大地。忽然笔下生花，白雪皑皑的土地春暖花开，一朵朵桃红色的梅花，从黝黑苍劲的枝丫上怒放生命。微风吹来，远处奔跑的小鹿，跳进三月桃雪纷飞的世界里……

鸣泉先生的画更多是来自现实中的写生，他用笔墨表现人类传统的生存状态，是对人类传统生活方式记忆的一次又一次回眸，他的画似乎在呼吁现代人的返璞归真，而他本身就是大自然里的一部分。

冬天，零下 40 摄氏度，东北一望无垠的雪地里，鸣泉老师拿着画笔一坐就是好几个小时。在冰雪即将消融的春天，他的身影又在西部丝绸之路的原野、高山上出现。他的画从表现人类文化孕育早期的地方，一直画到现代社会，和终将消失的人类现代建筑景象。他在现实生活中写生，又将自己精神世界的温暖、美好和期望，在绘画中展现出来。每次坐在一处古巷破旧的老房子、土茅屋或在陕北旧窑洞前写生，总有人会问他："这些破房子有什么画的？"可当他真正创作出一幅绘画作品时，又有人会惊叹："这就是我们家那个地方，你把它画得真美。"

在是与不是之间，在真实与虚幻之间，李鸣泉先生将自己思想中对生活、对事物美好的期望展现在绘画中，他的画以现实主义精神和浪漫主义情怀结合的形式展示给人们，而当今社会正需要"用现实主义精神和浪漫主义情怀观照现实生活，用光明驱散黑暗，用真善美战胜邪恶丑，让人们看到美好、看到希望、看到梦想就在前方"。

五

鸣泉先生常说画画是"减法"，要知道取舍和选择，人生也要"减法"生活。他在生活的摸索中，为自己定下一个看似简简单单，却需要付出辛勤和努力的"减法"——在 60 岁之前的 5 年里，用减法完成以"消失的故乡"为主题的 4 部个人作品观摩展，即西部人家、中原人家、北方人家、海外人家。每年举办一次以写生画为主的个人作品观摩展，这些展览作品，不对外销售，只是在写生稿和原画对比的创作基础上，召开研讨会，请全国及地方行家里手提出宝贵意见。之后，他自己进行再次创作，完善自我、创新自我。

2019 年 12 月 9 日，鸣泉先生在北京举办"故乡——李鸣泉国画作品展"，把这些年不断完善的最成熟、最成功的作品奉献给了人们。应该说李鸣泉先生的创作本身是对艺术虔诚的膜拜，他用笔记录现实世界中存在过的世界和即将消失的世界。他的创作，本身就是一部绘画记录史，记录了他眼里人类的昨天、今天和想象中的明天。2014 年 10 月 22 日，李鸣泉先生"《消失的故乡之西部人家》国画创作观摩展"在天水开展，李鸣泉先生说："天水是伏羲诞生的地方，这里就是人类开始的春天，把作品观摩展放在天水，是冥冥中的注定……"

六

　　鸣泉先生走遍山川大野，他的脚步，如一架测量仪，光阴从他的脚下一点点流淌，这一生拖着沉沉的脚步，背着画板，拿着笔，到底经历了多少个寒冬、酷暑，到底走过多少分分秒秒的旅程，鸣泉先生也说不清楚。他走遍了祖国的山山水水，村落、古巷，又多次到美国、英国、法国、意大利、俄罗斯、韩国、印度、埃及等 20 多个国家进行学术交流和绘画创作，曾连续 4 年在英国和美国举办个人画展。他曾多次参加各级美展、书展并获奖。绘画、书法、写作已成为他在生活中寄托思想，表达自我的三种基本方式。鸣泉先生很多年前便是中国美术家协会会员、中国书法家协会会员、中国作家协会会员，成为中国为数不多的"三栖"艺术家。然而即便是这样，他对艺术的追求，却像朝圣的信徒，默默执着而虔诚地用笔和墨磨砺着自己的人生。

　　每天早晨，鸣泉先生总会 5 点起床，顺时针、逆时针按摩腹部各 100 下，喝一杯温开水，做 50 个俯卧撑，吃两颗大枣，出门跑步一小时，之后坚持洗个冷水澡，吃完早餐，背起画夹出门写生。而到了晚上 10 点半，手机自动关机，早早上床安睡……

　　人生周而复始，由于坚持、勤奋、执着，鸣泉先生在绘画艺术中已创造了无数个辉煌时刻，已达到了自我创作的巅峰时刻，然而谁又能想到，谁又能做到，他依然回归本真，回归最初，每天坚持基础写生创作，从人生一点一滴做起，从人类的早春画向人类美好的未来……

邓大人
——记天水文化的倡导者和践行者邓炎喜先生

一

一想起他，总会想到某个雪夜，璀璨的路灯，照着雪白的大地，他从楼上到院子里来，准备去花园里散散步。恰巧碰到这个城市的父母官，他是老领导，父母官尊敬他，打招呼寒暄一会儿，便一起走出大门，去看他心里一直惦记的一座雕像……

这座雕像残缺着胳膊，一只握笔的手，不知去哪了。这是前秦才女苏蕙的雕像，在这个历史文化名城，这座雕像，一站就是半个世纪，风餐露宿、衣着斑驳、少有人问津，他怜惜她……

他心里总是怜惜那些被人们遗忘的文化，他总是做些点点滴滴这样或者那样的事情，他想让那些在人们心里渐渐淡去的，在这个城市曾经闪过光亮的，那些历史文化遗迹和现代文化现象，都能够得到人们的认识和重视。

我叫他邓大人，很多人也习惯于这样称呼他，他有自己的名字，也有自己的官职，然而不知何时起，大家更喜欢称他为邓大人，这个称呼让人倍感亲切。

邓大人名叫邓炎喜，与鲁迅先生年轻时一样，从过医，之后在民主党派"民革"任过主委，退休时为市人大主任。这样的官职，被称为"大人"也合适不过，而人们称呼"邓大人"的另一个原因，似乎是因为看到邓大人便会想到这座城市里曾经的一位历史伟人。邓大人的身形、相貌，与这位伟人相像，这位伟人是这座城市的荣光，他就是甘肃省第一任省长——邓宝珊将军。

二

1952 年国庆节，震耳欲聋的锣鼓声，伴随着一阵阵鸣笛，在天兰铁路通车庆祝会上，少年时的邓炎喜跟随叔父邓宝珊将军，第一次乘火车从天水去兰州。在锣鼓喧天的盛大节日里，年幼的邓炎喜看到邓宝珊将军被人们热烈地欢迎和爱戴，他幼小的心里充满了无比的敬佩。自此他跟随叔父到处奔走，去过麦积山石窟、双玉兰堂……记得叔父为石窟的重建、保存，及双玉兰堂的修缮，不辞辛苦到处奔波，叔父也为甘肃众多历史文化遗迹的保护、修建做着不为人知的努力。

"万丈光芒传老杜，双柯磊落得芳兰"，叔父曾为双玉兰堂题写的这副对联，尤其让青年时期的邓炎喜从内心对文化充满敬重和仰慕。青年时期的邓炎喜在兰州医学院上学，每逢休息日便去邓家花园度周末，他常常陪着叔父散步，听叔父谈古论今，叔父对祖国的热爱和对民族的奉献精神，潜移默化地深深影响着青年时期的邓炎喜。对天水文化事业的浓厚情怀和对社会的担当、责任，似乎很多也是受了叔父伟大人格魅力的影响。然而邓炎喜先生在天水人们心中，邓炎喜先生的形象不仅仅是因为他与邓宝珊将军有关，更因为他还是一位引领人们学习和进步的文化倡导者，他为天水历史文化发展的传承和挖掘，不断地贡献着自己的力量。

三

第一次见到邓大人是在天水龙城文化沙龙联谊会上，邓大人是文化主题活动的策划人。他在茗龙轩就座的宾客中显得很特别。宽阔、高大的身材，平展的灰色短风衣，灰白的头发，宽阔的眉宇，透亮的近视眼镜下，一双深邃而睿智的眼睛。那眼神有时凝重，有时淡然，有时沉思，有时也率真。他似乎把一切看得明明白白，却又似乎常常陷入深深的思考。就是这样的眼神，启发人、引领人，让旁观者的思绪，跟随着他的讲述，或跳跃，或安静，随之进入一种对事物深深的思考中……

在文化沙龙的讲台上，邓大人介绍中国传统节日"二月二"与龙有关的天水民间收藏。一副写着龙的对联，一幅画着龙的国画，一件雕刻着龙的家具……在邓大人妙趣横生的讲述中，那些带着龙符号的文化，让在座的朋友们对天水历史及中国图腾文化有了一个新的认识。

这样的文化活动，邓大人一年要参与组织很多次。有时是在新年的鞭炮声中，组织一次"书香秦州羊年话羊"文艺交流活动，与大家一起议一议关于"羊"的话题；有时邓大人会把存留在民间，关于杜甫等名人，以及与秦州有关的著名书法、绘画作品，及民间艺术收藏品汇集一起，办一个小型展示活动。这一系列的文化活动让生活在天水的人们，对天水有了更深层次的了解和认识，也多了为天水未来的发展做一些事情的思考和想法。

《陇南书院——与历史同行》是邓大人用两年时间主编的一本反映天水文化教育方面的书籍，这本书史料价值非常高。邓大人用各种各样的方式，把自己对文化的体悟，一一传递给天水本土的艺术家和普通的人们，是为了让人们更加重视这座历史文化名城，重视它过去和现在存在过的文化现象和有过的文化价值。让艺术家和普通的人们欣赏文化、了解文化，并对文化的研究继往开来，有方向、有创新，更有意义，更多地去传承。

2013 年是邓丽君诞辰 60 周年，邓大人在天水市委党校多功能厅开展了一个纪念活动。大家一边欣赏银幕上邓丽君动听的演唱，一边翻阅邓大人收集的有关邓丽君的邮票及关于两岸文化交流的邮票、书籍等。其中有一套邓丽君的邮票纪念册，是邓大人专门从台湾买来的。翻开封面，一个立体的邓丽君头像，站在百花丛中微笑，让人觉得歌声里的邓丽君此刻是如此亲近。这样的纪念活动，让天水的文艺工作者有了一个开阔眼界、了解新中国文化发展脉络的机会；这样的纪念活动，让我们更加了解和敬佩歌坛天后邓丽君，她不仅是一位爱国者，还是一位慈善家，她把自己演唱的大部分款项都用来帮助穷苦的人们；这样的文化活动，是邓大人用简单、创新的形式，挖掘文化、传承文化，把历史文化中的瑰宝，传送、传播给天水小城的人们。

四

邓大人喜欢收藏，从年轻时就有收集图书、绘画及各种资料的习惯。在他的书屋里，一本本发黄的旧杂志、旧报刊整整齐齐放在书架上。他收藏了最早的《文汇报》、最早的《读书》《当代》《人民文学》等杂志的创刊号，还有一幅幅古字画。邓大人曾在陇南书院（现天水一中）就读，他的小学语文老师在建国初期的画作，也被他完整地珍藏了许多年。邓大人常常在自己的藏品中，发现历史文化中点点滴滴的文化现象和思想火花。每天，天不亮，他书桌旁的台灯，已照亮书架上和桌子上的书籍，这些他翻阅过一遍又一遍的资料，总能给他带来许多乐趣。其实，人们随着年龄阶段的不同，去认识同一个事物，理解同一个问题，得到的结果却不一样，而邓大人是一个善于在不同年龄阶段，认识、发现和总结同一事物不一样价值和意义的人。

每次聚会或者参加活动，邓大人总会随手提一个文件包或拿一个大信封，他无论走到哪里，都踏着稳稳当当的步子，他心里安静而沉稳。看到他，人们便会将快节奏的生活步伐放慢下来；与他谈话，总能听到他的新思路、新想法，很振奋人心。若是聚会，邓大人落座，我们会很关注他手里的文件包，那里有你想象不到的宝贝。有时是一张古字画，有时是一本旧杂志的创刊号，有时又是一整套纪念活动的邮票、图片等。更多时，他会拿出一些自己在阅读的过程中搜寻到的某个专题的图片资料，将这些图片放大、复印，一一展示给所有的文化活动参与者。这些资料，有时是关于一个重要历史人物的墨迹、照片、绘画，有时是关于天水地方的民俗文化，或者就是一位作家的作品，如白桦先生写的新年诗歌，李黎先生写麦积山石窟的文章《散花楼头》。有时邓大人分享给大家的或许是一张明清古字画，但他没把它们当宝贝，展示之后，他随手放在一边，似乎在一次与大家的分享过程中，让价值几万元甚至几十万元的书画作品有了存在的意义。

五

邓大人虽已年过 70 岁，但他却是一位思想能跟上新时代、能够在新事物中不断学习和获取新知识的人。记得一次晚宴，电视里正演唱歌曲《梅花》，邓大人从口袋里掏出女儿为他买的苹果手机，对着电视摇了摇，很奇妙，歌声跑进了他的手机里。

这时大家才刚刚接触微信，邓大人说，这是女儿教给他的"摇一摇"，能把任何地方听到的好歌曲，都摇到自己的手机里存下，邓大人摇歌曲的那一瞬，让大家瞠目结舌、百感惊讶，从此大家学会了新鲜事物"摇一摇"。

邓大人每天都要翻阅大量的书籍和资料，在面对藉河的书房，他的书柜里、案头上，整整齐齐摆放着各种历史资料、文学书籍、图片画册、笔墨纸砚等。他在整理和阅读时，常常做大量的读书笔记，他的读书笔记，是用蝇头小楷毛笔工工整整抄写出来的。有感想、有认识、有灵感时，他也会用毛笔记录下来。他的文章常见于报端，曾发表《新疆印在我心上》《由寒山寺想到南郭寺》《吴作人萧淑芳在天水》等诸多散文和历史考证。他常将自己读书看到的哲理，细心用毛笔抄写下来，赠送分享给晚辈们，以激励晚辈励志。我的书桌玻璃板下，平整地放着邓大人的小楷笔记《蒙城庄子祠》："寝不梦，觉不扰，安之时，处之顺。通乎道，合乎德，生若浮，死若休……"

邓大人的知识渊博，读书翻阅资料时，总能系统地看问题，把文化现象纵横联系，加以整理研究。邓大人对事物的认识和思索，总会体现在一个"新"字上，他能从新事物中看到发展中的"新"，他能从旧事物中找到被丢弃掉的"新"。他的眼光超前而远大，他对事物的发现和总结，像一粒种子，植入人们的心中生根、发芽、开花、结果。他将各种文化的相互关联归拢、汇集、总结，分享给人们，分享给社会。他将自己在生活中挖掘到的各类知识和文化现象，用图片、资料、艺术品的形式串联在一起，展示给研究历史和文化的人们。很多资料都是邓大人亲自收集，自己掏钱复印和冲洗许多份，提供给对艺术研究有帮助的作家、画家、书法家和文化爱好者们。他将自己整理和收集到的与天水历史文化有关联的资料，分享给做文化事业的人们，他旨在能为中华文化和天水文化的发展和传承，发挥自己的光和热。

六

邓大人善于从一件事物中发现深层次问题存在的原因和价值，他虽在医学院毕业，却默默钻研，构成了自身渊博的文化知识体系。他能把看似不相关的文化事件背后存在着的必然联系找出来，他跳跃性的思维，能找到一个文化现象与另一个文化现象之间一脉相承的关系。他对天水地方文化的执着研究，总是在自己书房里默默地进行，他从不以文人自居，却对文化的态度踏实而专一，又胜过了一位文化工作者。

邓宝珊将军纪念亭，2003年还只是一个挂着斑驳匾额的旧亭子，这是天水人民纪念和怀念邓宝珊将军的地方，也是天水青少年爱国主义教育基地。时至2012年，这里已经建成邓宝珊纪念馆。而在这短短几年中，邓大人与其家族中的兄长姊妹，从资料的收集到物品的捐赠，做着一些繁杂、琐碎而细致的工作。其中邓大人又因离得近，更是在工作生活之余，忙碌而烦琐地为邓宝珊将军纪念馆的各项事务不辞辛苦地奔波着。

每次参加邓宝珊将军纪念馆的重大活动，都能看到邓大人熟悉的身影，他那花白的头发斑斑驳驳，硬朗的身躯依然笔直如一棵劲松。慧音山上的邓宝珊将军纪念馆，在半山腰上，邓大人拖着疲惫的身体，一个月不知要上下奔走多少回。一件件物品的捐赠，一件件资料的送达，都离不开邓大人亲自操心，亲自跑路，一个70多岁的老人，缓慢地行走着，但内心却装着稳稳当当做事情的踏实。

老伴对说他：为何退休后，还比上班忙？他只是沉默不语。他的心脏病时常发作，他总带着病痛的身体，为天水文化事业的发展到处奔走，但他脸上的表情，却是坚定和温和的，他在病痛中不露声色地忍耐，只为唤醒身边人们对天水文化的尊重、重视和理解。

邓大人时常需要住院调理，他住院很少告诉朋友们，有一次碰巧我去请教他，在医院的病房里，他一只胳膊打着吊瓶，却坚持从病床上起来，坐在沙发上与我攀谈。我趴在桌子上写，他一只胳膊滴着液体，一只手轻轻抚着心脏的位置，将我要请教的问题清清楚楚不厌其烦地讲述了近两个小时。他将知道的历史事件、历史知识和文化渊源都一一认真讲给我听，他就那样拖着疲惫的身体，认真地启迪对文化充满渴望的后生们。他虽是一个老人，虽然也有病痛，却让我们感到他是一个精神世界永远年轻和充沛的健康人，他乐此不疲地为文化事业贡献着自己微薄而厚重的力量，他是一位用强大的精神，去支撑天水文化事业的践行者……

杨仲凡先生印象

　　与杨仲凡老师相遇，总是在路上，我匆匆疾步，一抬头，仲凡老师正从前方迎面走来。

　　仲凡老师已 70 多岁了，但他稍稍花白的头发和大步稳健的步伐，让人感觉他还年轻。他方正的脸庞，戴着深度的眼镜，脸上始终有谦谨的笑容。

　　有一次，在路上见到我，仲凡老师远远打招呼，很惊喜的样子，我们友好地握手，我感觉他的喜悦，使握手有了分量。原来仲凡老师在当天的《甘肃日报》上，看到我关于怀念出生地天祝的文章。他有些激动地说："我不知道，你也在天祝待过，我在天祝煤矿学校教学 6 年。"

　　此时，我的激动更甚过仲凡老师，我像在一个举目无亲的城市，碰到了家乡人一样高兴，又像旧时的地下党找到了"同志"，更紧紧握住他的手说："我知道天祝煤矿，学校里有一个白富智老师，那是我爸爸的好朋友，是我们家的老乡。记得小时候，白老师和他的孩子白雪、白天、白梅，常到我家来玩。"

　　我的记忆忽然清晰起来，像打开闸门的水，很多旧时的事都涌进脑子里。仲凡老师似乎更是如此，他说去过我出生的天祝石膏矿（天祝监狱），那时，天祝监狱职工子弟学校进行公开教学，邀请天祝周边学校老师听课，天祝煤矿学校也组织教师来参加。

当听到仲凡老师还去过父亲所在的学校，我急忙告诉仲凡老师我父亲的名字，问仲凡老师认识不认识？

事隔快 40 年，当时父亲和仲凡老师也只是 20 多岁的年轻人，此时，早生华发的仲凡老师，微笑地看着我，只是点头，并不回答。他似乎更理解家在外地的异乡人，对父母亲的感情和思念。后来翻阅仲凡老师的著书《陇上走笔》，才知道，仲凡老师的家乡也在外地，是河北省一个叫曲阳的地方。

仲凡老师是省作协的老作家，1961 年便开始发表作品，坚持笔耕 50 年，1998 年，甘肃人民出版社出版了他的著书。他从天祝煤矿调回天水后，在解放军 6913 工厂学校当过老师，在甘肃省税务学校当过老师，还主编一份《甘肃税校报》。可谁又能想到，一份报纸，却在一位老人退休后，也跟着退下了历史舞台。在仲凡老师退休那年，办了 9 年的《甘肃税校报》停刊了。而仲凡老师，他因为对文字的热爱，除了每天坚持阅读自己订阅的几份报纸外，还把对文字的执着，深入到自己的退休生活中。

退休后，仲凡老师在《天水日报·教育周刊》兼职。与仲凡老师聊天，他总会看着远方，微笑着意味深长地说："我每天去报社，爬 8 层楼梯，锻炼了我的身体；在教育周刊编报 8 年，丰富了我的退休生活……"

仲凡老师对生活总是很乐观，或许生活中有这样或者那样的愁苦事情，但他都会自己默默地消化和排遣掉，他总是在文字中，找到一份属于自己的蔚蓝天空。

记得我的第一本书稿校对 6 遍时，自以为一切都万事俱备，只待出版。可打印出清样后，还需要再校对最后一遍，这是出版行业中的规矩，我正发愁。有一天与瑞琳老师在河边散步，她给我讲了关于仲凡老师的"认真"。瑞琳老师赠给仲凡老师一本新出的书，没想到不几天，仲凡便来找瑞琳，并用蝌蚪小字，写了满满两页关于书中发现的一些问题。听了瑞琳老师讲的故事，我心里很受感动，真没想到谦逊随和、说话轻声的仲凡老师，他在我们生活中，树立着一面鼓舞"真诚"与"真实"的旗帜。

而生活中，总不乏虚套和作假，即便是人与人真心付出的情感，往往都会被利用，一不小心就会陷入欺骗和虚伪的圈套；而能够真诚地为一本已经出版的书，认认真真看上几十万字，再做一次认真的校对，这样的事情，让很多人听来肯定觉得是天方夜谭。因为，在世俗人们的眼里，只要对自己有利，自己得了实惠，受了好处，就算是得到了生活的便宜。

当我把书稿交给仲凡老师时，他拿出《图书编辑校对实用手册》说：将按照这上面的规定帮我校对，只是他最近比较忙，三四天后才能校好。仲凡老师的真诚和真实，随时就在他的表情和说话的语气中，总是让人很感动。

过些日子，父亲来天水，正好仲凡老师已将我的稿子校对好，但他在电话中说：要见面给我具体说一说书稿里存在的"硬伤"和"软伤"的问题。我们约好吃过饭在公园门口见面。

在公园"水月寺"池塘边的石凳上，仲凡老师和父亲聊得非常开心，他们回忆起过去那个时代，在天祝经历过的人和事；他们聊生活中的辛酸与快乐，而我在一旁，看仲凡老师给我的校稿。我简直是惊讶和诧异地看自己面目全非的书稿。我原本想，已有六位辛勤校稿人的忙碌，这份稿子该算是很完善了。然而，每一页纸张上，除了存在大量标点符号的问题外，凡出现错字，仲凡老师就标上"见现代汉语词典"的字样，以便让我查阅时再学习。

在校稿中，处处能看到仲凡老师广博的知识。书稿中有一处我写到"西北民院"，杨老师改"民院"为"民族大学"，旁边加备注："已改名十几年了。"书稿中我写到"陇东师院"，杨老师改"师院"为"学院"，旁边加备注："至今该院未升格为师院，仍叫陇东学院，和张掖的河西学院一样。"

书稿中我写"汪曾祺 1964 年在上海找不到工作"，杨老师在旁边加备注："此时，汪曾祺已在《沙家浜》剧中担任编剧，正在开始走红。汪曾祺的'光辉顶点'是 1967 年，竟然上了天安门，和江青一起向群众挥手。"

读仲凡老师的校稿，是再学习和再阅读思考的过程，如果有他拿不准的问题，他便在旁边注明，让我再查阅资料。听仲凡老师说，他为给我赶校稿，每晚校对到三四点钟，我听了心里很难过，对这样一位上了年纪的老人，我深深地感到内疚。

校稿到最后，仲凡老师又用小字，写了满满一页关于我书稿中具体问题的详细总结。他将每一个校对出来的问题，都抄录下来，分为"硬伤""软伤""应注意的地方""需说明的部分"，并用"着重号"和具体页码标出来，以便让我校对完再进行核查。

硬伤部分如：我写"陇南地区西河县"，他纠正为"陇南市西和县"。软伤部分如："呛浆水"应为"炝浆水"，"偶而"应为"偶尔"等。

应注意的问题如："引文的最后部分的句号，究竟应在引号之内，还是在引号之外，要辨析清楚；分号要慎用，实在拿不准，就用成句号；地名、单位、部门要准确（P92，P256）。"

需要说明的部分如："我看不懂之处，或疑似有错之处，画了横线——此处请你复核、自定；书中引文最好再和原书核对一遍，免留遗憾……"

看了仲凡老师的校对，不免让人脑子里佩服，心里感动，他深度的眼镜后面，是对事、对人更深刻的认真和真实。

再与仲凡老师相见，依然是在路上，他提着一只装着书和笔的袋子，他谦虚和蔼从来不向人炫耀自己，他的身影在我脑海里始终是一幅灰白色调的水墨，与身边五颜六色的世界，有很大的反差。每次在路上与他说说话，内心总感觉又安静了许多。

山水中的丹青曲

——马京园先生的艺术人生

一

"热爱心中的艺术，而不是艺术中的我，我追求艺术，艺术也丰富了我，要在艺术中自我完善。"这是马京园先生经常告诉他的学生们的一句话。

与马京园先生相识，是在龙城文化沙龙的一次联谊会上。京园先生身穿灰色短呢大衣，走路笔挺，健步紧凑。浓黑的眉毛下，一双传神的眼睛，炯炯有神。京园先生在沙龙主持节目，口才犀利，声音洪亮，他的每个手势，每个眼神，都吸引着台下的观众们。他说话时，台下总是静悄悄的，很少有人私语交流，究其原因，是因他的每一句话，不仅通过浑厚的音频传递到听众耳朵里，其内容又新颖又风趣，也随之传达到人们心中。

沙龙是文人雅士交流的非正式场所，而京园先生却经常将业余时间，奉献给这样或那样的非专业、非正式场合，他在不经意中，增加和提升了这些场合的艺术格调和艺术魅力。后来才知道，京园先生是市歌舞团国家二级演员，他写的许多剧本，获得国家各种级别的奖项。

一说起马京园先生是表演艺术家，想起最初的见面，是在天水秦州剧院后台。那天看完《邓宝珊将军》，有朋友要约，一起去看舞台后面的"真人"。我们很兴奋地与饰演邓宝珊将军的上海演员曹毅先生握手交流。一会儿，舞台后面又走来"高军长"，他须眉威武，身材挺拔，手里还拿着作为道具的那支烟斗。他就是马京园先生，他是这场剧目中本地最专业的演员之一，我们与他的握手更加热烈和有力……

二

与马京园先生熟识后，常常在各种时间段、朋友圈、场合里碰到。有一件事让我既感动，又纳闷。每次相遇，若在沙龙里交流，京园先生会给热烈的交流再添一些精彩。他总怀揣着一张早已准备好的画，这是送给沙龙主讲人关于沙龙主题的画。画里烟波浩渺，云蒸霞蔚，一座远山，几片孤舟，一位跋涉于山水间的圣贤，正仰望远处的高山大川。这样大气象的一幅山水，是京园先生前一天辛勤的创作，为感谢在文化事业中默默做奉献的人们而画。这便又引起沙龙朋友们对艺术探讨的兴趣，大家感动着，赞誉着，喝彩着，这又为文化沙龙的交流，增添了更多文化内涵。

某次与朋友们雅聚，餐厅里垂落的水晶灯照射四壁生辉，而墙壁四周又布置了五六张彩墨的斗方和扇面。这是马京园先生用了整整一天时间，弯着腰、弓着背，为即将见面的朋友们进行的艺术创作，并作为礼物，送给聚会的每一位朋友。京园先生用他的爱心，在一次次聚会中锦上添花，为大家留下最珍贵的记忆，增加了聚会的雅兴和大家对艺术的享受。

那天，我得到一张卧石幽兰，突然想起远在芜湖的朋友，她清雅秀美、高洁亲切，多像这张兰草图所表达的内涵。我请求京园先生将这张画送给远方他并不熟识的朋友，京园先生高兴得不亦乐乎。

一幅画中的意境，能让观者想起一个人、一个场景、一个心情，我想这就是一幅画最朴素的人文情怀。而京园先生能够慷慨地将自己的艺术之作，深入人心、丰富人心，点燃人们心中对艺术的热情，这又需要多么难能可贵的爱心和对艺术诚挚深刻的理解！从此，我常常关注马京园先生的画作，也因此成为他与夫人的忘年朋友。

三

在后来的交往中，我了解到京园先生是一位善于驾驭艺术骏马的非凡骑手。他在表演艺术、声乐演唱、古器藏画，绘制中国画方面都具有很高的艺术水准，特别是在中国画的绘画当中，京园先生曾说："很高的艺术水准，需要苦练基本功，一个是职业的基本功，一个是内修创作力的基本功。"而他追求高水准的艺术之路是幸运而又艰辛的。

马京园先生于 36 岁在中央音乐学院从艺于王福增先生，学习"发声基本状态和声乐教学"。那时京园先生便明白这样一个道理："聪聪明明地学，傻傻勤勤地练。"他永远也忘不了在北京陶然亭每天一个人面对假山，苦练发声五六个小时，然后啃一个干馍，又步行一个小时回学院的日子；他永远也忘不了惜才的恩师王福增先生，怜惜刻苦、勤奋的学生，吃饭时将自己碗里仅有的肉，夹给他补身体；还将床下其他学生送来的半袋核桃，赠给他"补气"的感人情景。而马京园先生的幸运不仅如此，他后来在追求收藏奇石的艺术之路过程中，又偶然认识了秦岭云先生。

四

那年，他又一次来到北京，这是一座让他追求艺术梦想一次一次得到实现的地方。那天，大年初三，北京城正沉浸在新年的礼炮和祥和之中。京园先生走进了秦岭云先生的家，这时秦老已年逾古稀，他随手拿起自己的画集，递给京园先生看。恰巧那本画集中有京园先生熟悉的秦岭。当听到京园先生对画集中秦岭既清晰又明白的解读时，秦岭云先生很震惊，他十分赞赏京园先生读画的能力，这让他心潮澎湃，似又一次身临自己热爱的秦岭。

当时，秦岭云先生早已不再招收弟子，但这次他居然破例收了一个从未拿过画笔的学生做他的"关门弟子"。从此，马京园为秦岭云先生理纸磨墨，追随左右，深刻领悟老师如何绘画、如何创作。而秦岭云先生从认识笔、墨、纸、砚，从一石一木的立意、构图、章法开始，从中国画的虚实、阴阳、黑白等相互矛盾又协调统一的点滴开始，逐一向弟子传授。秦岭云先生还手把手地将自己几十年绘画创作心得，及用心领悟和体验到的绘画创作精髓、精神，也一一传授给自己喜爱的弟子。不仅如此，又细致地将每次教授的画稿，交给京园保存起来，让他回去后用心领悟。

从此，马京园先生奔波于天水和北京之间，刻苦练习、读画、学画。有一年曾六次去北京，用自己仅仅几十元的微薄收入，全身心地投入对艺术的追求中。

五

"学门而入，破门而出"，真正的艺术创作是在追求艺术过程中，找到自我的存在。在跟着秦岭云先生刻苦学习绘画的过程中，京园不知不觉已经掌握了先生全部的画风，京园的画"墨气淋漓有英姿飒然之势，笔意盎然具神韵悠闲之妙"。在京园学习的一张画作中，秦岭云先生于画室闻鸡楼题跋："甲午年醉石由爱画而习画入手，以余作为范，不数月意神似，如此不易也。"

但有一天，当京园去拜访住在秦岭云先生隔壁的"国手"何海霞先生时，80多岁的何先生却沉默许久不语，最后当头一棒说了一句："秦岭云活了，马京园死了。"这句话虽有赞赏却深有指意，正是京园心里苦思冥想的"问题"——"如何在艺术中找到属于自己的栖息地？"

何海霞，长安画派创始人之一，早年师从张大千，擅长山水，亦能花卉。自从认识何海霞先生后，京园便与80岁的何老结下了不解之缘。何老欣赏京园是一位识别能力很高的字画鉴赏家，而京园继承父亲的志趣，从年轻时就开始"玩奇石""藏古画"，他曾系统地学习过画史、画论、画家传记等。日积月累，见多识广。何老欣赏京园的才华和对艺术的深厚积淀，又抽出时间来指导京园从传统技法上下功夫，突破自我禁锢的意识。在不断的学习过程中，京园从表现物情、物态、物趣，认识物理入手，在不违背常理和传统的状态下，突出表现自我思想、修养和情感。

六

作品要体现作者的情感，才能使自己的作品感染观众，给人们以无限美妙的遐想和艺术享受。从此，京园先生远游大河山川，在细微的捕捉中，领悟大自然云海山势的关系、奇石怪松的特点。有时他又隐居在高楼林立的醉石斋家中，运用笔墨浓淡的变化，来抒发印刻在心中的万象乾坤。

京园先生笔耕不辍，几十年来，除了钻研从老师那里学到的绘画创作方法外，还从精神和修养上锤炼自我，他勤于书画，乐于奉献的艺术追求精神，迎来了四面八方的赞誉。多年来，他家里常有人登门造访，从名人、官员、到平民百姓。有求墨宝者，也有对声乐、戏剧艺术的学习追随者。京园先生虽在艺术上赢得很多声誉，但他始终用平淡、低调的修养和品格泰然处之。京园先生虽在艺术创作中攀上一座又一座高峰，但他用深厚的学养、高尚的品德和磊落的艺术胸怀，用手中的笔，谱写出一首首心中咏唱的丹青曲……

第三辑　警务篇

我家从警三代人

一

酒泉公安处的原址在西大街上。外公头戴有红色五角星的白色公安帽，身穿红领章的白色公安服，下身是公安蓝的确良裤子，他正忙碌着收拾家里的物件，准备举家搬去永昌红光土佛寺农场。

那时，母亲只有 11 岁，是家中的长女，她噘着小嘴："我不想搬走。"便趴在打成铺盖卷的被子上，呜呜咽咽地哭开了。

外公抱起女儿，放在膝上，让她趴在自己怀里哭。他抚摸着女儿细软发黄的头发，微笑地看着窗外院子里的一棵沙枣树说："祖国需要我们去哪儿，我们就去哪儿……"沙枣树在风中坚韧地摇摆着枝条，红色的沙枣像一串串小红灯笼。

外公要给女儿留些出生地的念想，带着女儿去酒泉照相馆。外公穿着中山装、母亲穿着小背带裤，这是母亲童年唯一一张照片。外公带着女儿去一家糖油糕店，他想让女儿在结束城市生活时，再尝尝城里的美味。

两个热油糕盛在两只白瓷盘子里，外公一口便吃下了自己那个，母亲的那只却被突然伸来的黑手抓起，一个黑影瞬时逃掉。外公追出很久，两手空空地回来了。母亲一生爱吃糖油糕，却一生都在惦念那只没有吃到的糖油糕，那时正是 1960 年。

母亲在永昌红光土佛寺农场经历了什么？只记得母亲说冬天的早晨，天微微有亮光，大雪把沙漠变成了一片银海。外公披着洗得发旧的蓝棉衣出门，他在雪地里一滑一拐，领着犯人们喊着口号向农场深处的地窝子走去。外婆总噘着嘴，望着风雪里远去的人们，愣着神。外公有文化，是文化教员，又是干农活的能手。远处有时传来犯人们诵读的声音，有时是热火朝天开垦夯土的声音。最饥饿的时候，劳改队自给自足，外婆、妈妈和舅舅们都吃过"观音土"，差点就命丧黄泉，可是劳改队的犯人们保证他们穿上、吃上。

从冬到秋，寒来暑往，土佛寺劳改支队远处的沙窝子上，有了一片片劳动耕地，有了一片片沙漠绿洲。苹果园、葡萄园、菜园和一望无际的麦田是祖国衣襟上的一角。毛主席说过：要让犯人成为自食其力的人。

那时外公的脸膛，被太阳晒得发黑。自此，外公一辈子的脸膛都是黑色的。外公和一大批在土佛寺农场管教犯人的战友们在干渴的沙漠里，管理教育了一批批罪犯。他们每天的辛劳，似乎就是在沙漠干渴的大地上种植一棵棵新生的红柳。第一代新中国的监狱警察，他们在祖国大江南北用生命植绿，守护家园。

二

我不知道那天爸妈为什么吵得那么凶。那时，他们穿着橄榄绿的警服，一下班，坐在客厅里就开始吵。我从小就怕他们吵架，一个人躲在小屋子里偷偷哭。

我紧紧捂住耳朵。紧接着父亲要拍桌子，母亲……我全然不敢想。

记忆里，父母为工作上的事、生活上的事，不知吵过多少回，他们那个年代的交流似乎就是通过吵架完成的。

父亲和母亲当了30年监狱子弟学校的教师，之后双双去了武威少年犯管教所。那时母亲在少年犯大队，每天监区的教室总会响起母亲清亮的歌声，教室楼下一排排白杨茁壮成长，它们哗啦哗啦在风里歌唱，似乎跟着迷途知返的少年犯学唱歌、学文化。大墙里母亲的识字扫盲班，一批又一批，不知教会了多少懵懂未知的少年犯。母亲两鬓的白发和她送走的那些改邪归正的孩子一样多。母亲爱那些另类的孩子们，她每天关心和帮助着那些跌倒在人生路上失足的少年们。

"马老师，我想给我妈写一封信，很多字我都不会写……"母亲给我讲过一个少年犯的故事。他的母亲因父亲常年酗酒，又因自己犯罪，一气之下回舅舅家去了，可是父亲却酒后摔断了腿。在监狱里，才体会到失去自由的痛苦，才知道人间冷暖，这个少年犯瞬时成长。他想写一封情真意切的信，劝母亲回家照顾父亲。

"好孩子，不会写的字，你空下，我一个一个给你教会……"我觉得母亲给这些失足少年犯的耐心和爱心，似乎永远比她给自己的孩子多得多。冬天家里的冻疮膏，总是拿到号子里给少年犯涂上。哥哥的棉手套也不知去向，母亲说号子里那个孩子更需要，你们在家里暖和……

父亲更像一个牧羊人，他在监狱农场里守着几百个"光头"，一边教他们文化课，一边带他们种地生产。城里大监区罪犯每天的蔬菜粮食都是农场供应，只有吃饱、吃熟，吃得卫生，监狱里的犯人才能安心改造。父亲做过学校校长，他知道怎样管理犯人们，让他们向着有光的地方走；父亲是农民的儿子，他拿起连枷举过头顶，丰收的粮食从他脚下流淌。20世纪80年代，全国各地的监狱农场支援着新中国经济的发展，一个个农场是钉在祖国母亲衣襟上的一粒粒扣子。

母亲的微笑，一直是少年犯眼中的花朵；父亲拧着眉头的严肃，是犯人们上进的力量。中国第二代监狱人，他们舍小家顾大家，一脚泥泞、一身疲惫，他们把希望的种子撒向最阴暗的地方，他们用青春耕耘，守护在祖国最需要的地方。

三

哥哥敲敲门，兴奋地走进我的办公室。他说，今天从天水市图书馆为监区争取了3000册流动图书："这次挑的书真好，有讲孝道的、有励志的、有名著小说。每本书每个犯人看一个礼拜，3000册书9个监区，能流动看一年，这下犯人不愁没新书看了……"哥哥滔滔不绝地给我描述他给犯人们配书的事情。

他只是个工人，每天穿着一身没有警衔的天蓝色制服，他每天进监狱协助干警办报纸、收集文字、校对文字，他热爱在监狱里的这项工作。我停下手里正写的文字，只是安静地看着他，听着他说，一句也不插嘴。

"今晚给犯人们放科教片，我找了些'学习强国'上的内容，分成'党史''理论''人物''时事''自然''科学''法制'，你快帮我把它们都下载下来，今天就给各监区，让他们放给犯人们看去。"哥哥说完图书的事，又赶忙让我帮他下载犯人学习的视频，他每天乐此不疲地为犯人们的教育内容想方设法。

弟弟每次打来电话，声音总听起来很疲惫，前些日子，在他所在的监狱为犯人修建灶房，一个礼拜没回家。她的爱人，我的弟媳妇偷偷给我打电话告状，她告状的方式很巧妙："姐，你能不能给他说一下，把我和孩子娘俩接见一下，我们都很久没见他的人了……"

我不知怎么安慰弟媳妇，她是交警，她边带孩子，边上班实在很辛苦，但是不在监狱那个大院子里踏踏实实地工作一回，不会理解那些整天忙忙碌碌，从监狱门里进进出出的干警们，他们的心和身体，在那座庄严大门里的小小天地不停地劳累着。

每个星期三，我在监狱办公楼上，都能听到号子里干警在组织犯人练习合唱《我和我的祖国》。有时我听到篮球场上，干警们组织罪犯打篮球，紧张激烈的呐喊和加油声一阵阵结束。我是一个女干警，我不能随便进出监狱，可那天，我还是在男干警的陪同下，带着设计监区文化的设计师，在监狱里每一个角落都走了一遍。我热爱监狱里每一个角落的每一块土地，这是无数的先辈、无数的父辈，他们一点一点开垦出来的。我知道一个人在一个岗位上发挥一点点作用和力量是有限的，我也知道一个人热爱的力量是有限的，而无数个监狱工作者，他们一代一代传承的热爱监狱事业的力量，是一种无可估价的精神洪流。这精神的力量，让监狱警察的脚步始终向着监号里面走，这巨大的精神力量建成了我们脚下这块特殊的安静而祥和的土地。

"你所站立的地方，正是你的中国；你怎么样，中国便怎么样；你是什么，中国便是什么；你有光明，中国便不黑暗。"我们第三代监狱警察，心里有这句话的分量。我们每天走进监狱大门，这是几代人奉献过力量和精神的地方，有一种情感不为很多人所理解，然而我们相信全中国一座座安全稳定的监狱，是保卫祖国安宁的强大力量。我们用心里的光亮，照亮罪犯心里的黑暗，我们用精神的力量，守护在祖国最需要安宁的这片土地上。

幸福的"我们"

早听说闫警官的性子急躁。可是每次遇到闫警官大队上的民警，他们总用这样的口气说闫警官："我们闫警官如何……如何……我们闫警官怎么……怎么。我们闫警官今天在支部会上，为这事还冲我发了一顿火，把我批评的……"

受批评还"我们……闫警官"。我纳闷：只要是闫警官队上的同事，不管是年轻的，还是将要退休的老前辈，他们似乎都被闫警官洗过脑，说起他，好像是家里的一口人，嘴上总离不开："我们闫警官……"

民警这样"暧昧"的称呼"我们"就算了，闫警官作为大队的党支部书记，队上只有十二三个民警，可是几百号服刑人员统一口径，无论是家里人接见，还是检察院调查案子，开口闭口都是"我们闫警官"。这让做监狱理论研究工作的我，心里常常纳闷。除了理论研究，我也想"研究"一下闫警官为何这么受民警和服刑人员的喜欢和爱戴。

那天，恰巧去闫警官的大队开狱情分析会，一进车间，广播里正放着阎维文唱给母亲的歌："你爱吃的三鲜馅，有人给你包；你委屈的泪花，有人给你擦……"车间里满眼绿意，服刑人员习艺工作台上，整整齐齐摆放着一盆盆绿色的花草，只要一抬头，眼里便是绿叶和各色的鲜花。身边的民警小张，看到我赞赏的样子，乐呵呵地解释："我们闫警官说：要把我们监区打造成'绿色、环保、希望'为主题的文化监区……"他的话没说完，旁边的民警小马急不可耐地插嘴说："让每一个服刑人员养一盆花，让他们从一颗种子的发芽开始观察，让他们天天在希望中生活，最后看到开花的幸福，这是我们闫警官说的……"

我努努嘴，心里想："又是我们闫警官。"推开监区会议室的门，闫警官正在给病犯家属打电话，他并没有因我是机关来的女同志而热情地招呼我，他黑胖的脸上，没有一点表情，他的声音从来都是又亮又高，有时觉得耳膜被震得难受。他对服刑人员家属说："吴亮最近转变很大，他认识到自己对家人犯下的过错，你们要多关心他，尽快来看一趟他，他的身体很好，就是心病……你们家里人来了，给他个态度，他的病很快就好了。你们放心，只要他精神上恢复健康，三五年的改造，我给你们保证他出去一定会成为一名守法公民，喂……喂……"

闫警官的话还没说完，家属那边的电话已经挂了。他每天就这样苦口婆心，找服刑人员谈话，教育服刑人员好好改造；找家属谈话，多关心服刑人员，帮助改造。"教育改造"和"改造教育"是闫警官头上悬着的一把雌雄宝剑，这两把剑，一柄向内，督促自己；一柄向外，扫平一切教育改造罪犯的难题。

闫警官放下电话，转头对内勤说："会议推迟十分钟，我给贾兵的妻子打个电话，这女人为养活两个孩子，白天晚上打三份工，就下午两点到三点有时间。"他又用铜铃一样的眼睛，看一下我，算是打了招呼。

"喂，贾兵的妻子吗？我是闫警官，你的离婚起诉书收到了，我的意思是，这个婚咱们能不能先不离，你看贾兵改造以后的表现行不行……"

终于闫警官在十分钟之内挂了电话，他却低头随手写一张便条，递给内勤小刘："今天下午就把便条送到社保局去……"原来局长是闫警官大学同学，他给服刑人员贾兵的妻子，找了一份有稳定收入的工作，贾兵的妻子答应暂时不离婚。

"贾兵已经割腕自杀过一次，不能再让他受刺激，今天的犯情分析会，咱们先说说转化贾兵这个危险犯的事。谁攻坚，大家表个态……"

闫警官的话音刚落，七八个同事，都举手，大家争着抢着要啃下这块难啃的骨头。

我默默地坐着，有些不敢相信自己的耳朵。怎么可能呢？在其他大队上，攻坚顽危犯可都是推诿扯皮的事情。

我在监狱也是小有名气的才女，可是闫警官每次见了我都黑着脸，从来不苟言笑。但有一天，他却破天荒到我办公室找我："小汪，今天我收到一封信，你看看。"闫警官掏出一根烟，点燃。

我打开信，一张绢纸上，恭恭敬敬用小楷毛笔抄了 260 字的《心经》。

我抬头看闫警官，他泛黑的脸上，有些红润，他溜圆的眼睛，微微眯起，带着笑意欣赏着这幅作品。他依旧是我不习惯的大嗓门，声音却略显得有些甜腻："这是去年释放的一名服刑人员，因和邻居发生口角，一铁锨把人打死了，被判了个死缓。他是个文盲，30 岁进监狱，我们给他教文化，教写字，没想到这家伙，虽然是个文盲，却一学就会，写一手好字。练了十几年书法，天天抄各种经书，去年出狱了，给各个寺庙抄经，也能养活自己。"

我细看闫警官，他脸上露出一丝幸福的微笑。他的表情让我想起孔子的一句话："君子有三变：望之俨然，即之也温，听其言也厉。"意思是："君子会使人感到有三种变化：远远望去庄严可畏，接近他时却温和可亲，听他说话则严厉不苟。"

我正望着《心经》，思想在抛锚，闫警官却恳切而又不好意思地对我说："小汪啊，我想麻烦你一件事。"

"你说，你说，闫警官。"

闫警官说："我想请你写一个'服刑人员出狱帮教倡议书'，发在晚报上，我们队上的服刑人员，个个都身怀技能，希望有厂家能够提前联系他们，出狱后他们也就可以自食其力了……"

我写好的倡议书，不久就在晚报上刊登了。我把报纸叠好，打电话叫来闫警官的内勤小刘。我把报纸递给了小刘，又郑重地把闫警官送给我的《心经》，也一起交给了小刘："把这个给闫警官，你就说，这是他的幸福记忆，我不能替他保存。"

小刘显得有些为难："汪警官，你就收下吧，这是我们闫警官的心意，他知道，你们才女就爱这个……"

小刘又絮絮叨叨说："我们闫警官经常夸你，说干咱们监狱警察的，要有信仰，才能不患得患失，站稳立场，才能抗住压力，把工作干好。"

"哎呀，小刘，这话是闫警官夸我的吗？这不是那天狱情分析会上，你们闫警官的发言吗？你怎么尽说好听的……"我笑着打断小刘。可小刘的话匣子似乎和他们闫警官一样长，他又说："我们闫警官平时教育我们：'一把锁开一把钥匙，话总要说到人家心坎里去……处理问题要一碗水端平……'"小刘把闫警官的话当圣经背了。我连忙笑着把小刘推出门，好了，好了："你们闫警官就是个神，我算是服了。你告诉他，我心领了，以后有要写的，还来找我。"

前两天，我去一家公司参观。看到公司的讲解员，指着墙上的标语说："这是我们习总书记提出来的：'无论何时心里要装着人民'……"

"我们习总书记"，我突然觉得这个"我们"意味深长。我也更理解了监区的民警和服刑人员，为何嘴上总是"我们闫警官"。说"我们"时，人们从心底，溢出来的都是幸福的感觉……

监墙下的守候

一

　　每次，有人问起我的故乡，我会毫不避讳地说是"天祝监狱"。天祝监狱虽是一个名称，却早已幻化成我心里的故乡。

　　我在天祝监狱监墙旁的一排营房里出生，父母是监狱子弟学校的教师。我在监墙下，到底绕着监墙走过多少次，已记不清楚。自从会跑，会记事，便一刻也没有离开过那座高大的墙。我身边的人们，也一刻不停地守卫这座高墙，起早贪黑，默默忙碌地工作、生活。我生命的春夏秋冬，始终围着监墙转，始终和一座座守卫祖国安宁的监墙分不开。

　　冬天的早上，白雪覆盖着监墙下的矿区。隔壁的罗大叔几乎和我同时出门，罗大叔总披着一件洗得发白的军绿大衣，大衣像长在他身上，任他在雪地里一滑一拐地走，披在他身上的大衣，服服帖帖跟着他。罗大叔是监区的大队长，每天比院子里其他人都起得早，他像个早起奔赴课堂的学生，总是擦着天亮从家里出来。罗大妈有时从屋子里扯着嗓子骂出一句话："那一百号犯人，又不是你亲爹……"我背着小书包，刚好从她家的窗户下走过。

二

驻监武警部队嘹亮的起床号响起来，监墙下的矿区，跟着罗大叔晨风里甩动的衣角，一起活跃起来。监墙内，带工民警尖锐庄严的号令，像一颗上了膛的子弹，翻越围墙直蹿天际，最后又稳稳地落在每一名服刑人员的耳朵里。服刑人员喊出的口号声洪亮、整齐，新的改造、新的希望、新的梦想，在大墙内随着"一、二、三、四"的口号，在每一名服刑人员的心里生根。

锅炉房的烟囱轰轰隆隆地吼叫，浓黑的烟夹杂着火星，冲上天空。穿着警服的民警三五成群，像早起的蜜蜂，从四面八方各个角落"移动"到监墙下的大门。监狱大门像中央服务器主机的入口，雪地里一行行、一串串人们的脚印，像密密麻麻的导线，从四面八方伸向监狱大门口，便"链接"进入了。于是，"中央处理器"一天改造、教化的繁重工作开始了。

粉笔厂的喧闹声；车间里缝纫机的咔嗒声；车队马达的轰鸣声；学校里孩子们清脆的读书声；邮局、商店、银行开启大门的吱呀声；矿山上的炮声……，这一切嘈杂的声音、整齐的声音、有序的、无序的声音，一切辛勤的劳作、一切辛苦的劳动，都因一座修建在海拔 2800 米乌鞘岭山腰上的监狱而生。

三

监墙下的人们，每天的生活和劳作，最终都是为了守护这所高原上的监狱，看守监狱里曾经"杀人、放火、坑蒙拐骗"的身体，改造"肮脏罪恶自我毁灭"的灵魂。监墙下守护的人们，他们相信：在这座高墙内，所有丑陋的、罪恶的，最终都能得到净化、改造和重生。为了一个梦想："祖国的安宁、社会的安定、人民利益不受侵害。"这座高原上的监狱，改造过成千上万的服刑人员。直到若干年后，天祝监狱从高原上消失，整体搬迁到武威，与武威监狱合并。成百上千的人们又开始在另一个地方，守护着另一座高墙，继续守护着人们心中恒久不变的梦想，这是个奇特的梦想，它将新鲜的血液注入一些腐朽的身体，使之获得重生，修成正果……

四

许多年来，我脑海里总浮现一个画面：去世多年的范监狱长，他生前每天吃过晚饭，总会带着白发苍苍的老伴，围着监墙一圈一圈地转。别人碰到他，他美其名曰说是"散步"。散步可以去小河边、去山湾里的树林，但范监狱长和老伴却天天绕着监墙散步。虽然缓慢行走，但他们互相不说话。老伴总跟在低头沉思的范监狱长身后，他俩更像巡逻在监墙下的两个老兵。

"监狱里跑了犯人，是天大的事。"范监狱长生前，偶有犯人逃跑，不到一天就抓回来了。范监狱长眼睛里总闪烁着亮晶晶的光，他沉着地说："想跑的那个犯人，想的啥，我清楚；监狱周围的环境，我熟悉；他往哪里跑，去哪里，我也知道。"那些年，范监狱长在监墙外散步，想的都是监墙里的事。

我背着书包，沿着监墙根去上学。暖暖的太阳，从红色砖墙上反射到我身上，红色的阳光像种子，播到我心里。我沿着监墙，拿着书，也一圈一圈地走。我大声背书，背书的声音，绕着监墙一圈又一圈，像"范监狱长"长长的沉思飘向远方，1993 年，我考上了中央司法警官学院。

五

学院以前叫"两劳学院"，它的前身是公安干校，是全国培养监狱警察的最高学府。

从监狱的监墙下，一步跨进学习管理监狱的最高学府，在那里我遇到了全国各地出生在监墙下，已经长大了的"孩子们"。我知道了北京有秦城监狱、上海有提篮桥监狱……知道全国有几百座方方正正、圆圆长长不规则的监墙，而又有几十万监狱民警及其家属、子弟，为了一座座监墙里的安全稳定，守护、守候在监墙外，生生息息的劳作生活，一辈又一辈、一代又一代。

在学习管理监狱知识的最高学府，我们学习着保卫一座座监狱的方法。有罪犯心理学、有罪犯教育改造学、有狱内侦查学等。还将手枪一遍一遍拆卸，一遍一遍组装；在炎炎烈日下学习擒拿格斗；并深入学习如何与罪犯斗智斗勇的实践警体课。这样一座为管理监狱而存在的大学，将我们从精神和肉体上，变成一座座守护铜墙铁壁监墙的勇士。

我们时刻准备着，准备着为心中那座永恒的大墙而牺牲自我。甚至若干年后，当我成长为真正的自我，有了可以应对工作和生活的能力和素质时，当地方市政府和市妇联要调动我离开监狱去当地工作时，我都一口回绝了。他们一定不知道，一座没有形状的，驻扎在"炸药包""火山口""地震区"的监狱，它们在我的心中，有多么重的分量。那是一种不舍，是没有出生在监墙下的人们，所不能体会的不舍。

六

20年后，我所工作的监狱，每到月底30号接见日，接见大厅门口的台阶上，准会坐着一位白发苍苍的老人。80岁的老人，一手拄着拐棍，一手拎着大大小小的包。看到老人，民警们都会上去帮她拿包，搀扶她去接见大厅办手续。老人除了监狱里的儿子，便是孤寡一个人，她一路上要饭来到监狱。每次她坐在台阶上，侧头望向高大的监墙，她的眼里都有一些哀戚的光，是从绝望里，又重生的希望之光。这些凝重目光，让守护在监墙下的我们，一次次下定决心，为守护这座大墙奉献自己生命的力量，直到生命的最后一刻。

90后民警小王两只眼睛又红又肿，他照顾生病的犯人，好几天没合眼了。他见到我就说："汪警官，我也能给犯人端水端饭、端屎倒尿，我也会伺候人了……"

在监墙下，每次碰到监区的教导员老徐，我都会郑重地看看他的口袋。他口袋里厚厚的笔记本，上面是与每一个犯人谈话的记录备忘。

每年过年，民警老李管理的监区最热闹。贴对联、挂灯笼、包饺子，可他总在年三十的钟声里，在大墙内犯人的欢呼声中，望着一墙之隔的家微微地笑。

听大学同学说，云南监狱的老雷是在车间里值班时走的。他坐在工作台上，安详地面对自己管教的犯人，面对眼前守护了一生的高墙，悄无声息地走了。他的心脏病什么时候发作的，谁也不知道。

七

范监狱长又和老伴在监墙下散步了，罗大叔又天不亮就出门了。无论下雪还是天晴，刮风还是下雨，他们坚定的步伐，在狂风暴雨中一刻也没有停止过。而全国几百所监狱，又有多少个"范监狱长""罗大叔"和他们的家人、子女，守护着一座座铜墙铁壁一样的监墙。

一天天，一年年，这些监狱人，他们围绕着监墙，默默地行走，默默地付出。而又有许许多多后来者、后继者，跟随着他们的步伐，稳踏着他们走过的脚印，用身体、用心灵，去守护一座座坚不可摧的高墙……

角落

　　隔离。你被隔离过吗？当然了，全中国的人，甚至全世界的人，在 2020 年新年开始，都不同程度地被隔离过。

　　只是"此隔离非彼隔离"。人们居家隔离，或许在 30～150 平方米的房间里，过着足不出户却习以为常的日子，不就是不出门吗？这个生活了几年甚至几十年的家，足以用"家的温暖"安慰隔离人们内心的失落，足以用港湾式的包容安慰被锁定在一个小小空间里的压抑情绪。更何况信息化时代，只要有一部手机，或一台电脑，还是能够联系到足够远的人们。

　　很多"宅"在家里的人，也已经习惯了，对隔离就不觉得那么可怕。更何况还能够偶然出门，去小区里溜达片刻，去超市里买一次生活用品，看一看曾经空荡荡却又慢慢热闹起来的街道。可是还有一种隔离，很多人终身也无法体验和想象这样的隔离。

　　我提着簸箕和笤帚，和单位所有机关科室的女同志，从东侧的小门，上了民警备勤楼。这个地方，也曾进出过，但被隔离 5 个月之后，竟然觉得异样陌生，甚至有些神秘。我一直好奇，想看看备勤楼二楼和五楼。这里被隔离过 200 多人的地方，每次 60 人，每次 14 天，甚至 42 天，这些监狱民警们，他们是在怎样的空间里，怎样的生活，又是怎样的心情？

隔离 14 天之后，便要走进更深的高墙，走进监狱里管理罪犯，到繁忙劳累的执勤岗位上去，继续进行封闭生活，若说隔离是与家人离别的开始，隔离后进入监狱大门里的封闭生活，更是与家人和世界一步一步地远离。

我心里隐隐约约能感觉到那种滋味，但是我还是想弄个明白，到底这些被隔离的监狱民警，是在什么样的环境，什么样的状态中生活，他们是怎样一次一次被隔离、封闭 14 天，甚至 42 天、70 天、84 天，我曾问过武汉某监狱的民警，他们在监狱里封闭执勤 100 天。一年 365 天，100 天在监狱的某个角落里，监狱民警们默默地管理罪犯，保卫祖国安宁。

我是女民警，在男犯监狱没有被隔离和封闭的经历，我最深的体会是：有一次，送隔离民警进入封闭的仪式中，当民警们从隔离备勤楼下来，将皮箱和大包、小包放到一处，又整齐列队站在监狱大门口，等待命令进入监内封闭。当点名之后，一个一个民警排队进入民警专用通道时，就在进入小门的一瞬间，突然，有一位年轻高个子民警停下来，回头看看天空，他含蓄的脸上，微笑而又无奈，轻轻发出一声感慨："让我再看看外面的天空。"

"外面的天空和里面的天空有什么不一样吗？"我心里马上回味他的话。是的，虽然都是天空，监狱里面的天空看不到更远，而外面的天空更广阔。

他说完这句话，转身进了通道，开始刷脸验证身份，而他身后，送别的战友整齐地排着队，近旁听到他感慨的几个女民警哗然笑了。而跟在他身后的一个胖民警，也扭过脸，对着我们调侃一句："只要我出来时，我媳妇不被换掉就行了……"

他虽然是调侃，却让近处的我，心上一阵阵难过。而就是这位胖干警，在他进入监狱封闭管理罪犯的 14 天里，他的母亲却突然离世了。

我曾这样想过：这个世界你烦恼的时候，对谁都可以没有耐心，但是对父母，你要尽可能地有耐心，就是装，也要装出来耐心，我们这一生或许不欠任何人的，可是我们欠父母的，永远还不清。胖警官在封闭期间，失去母亲的悲痛，他一定万万没想到，不然他或许会陪伴在母亲身边，听她絮叨，陪母亲走完人生最后一程。然而隔离、封闭铁一样的命令和纪律，钢一样的责任和担当，这是国家安全稳定看不到的角落。

想到这些，我心里总觉得别别扭扭。不是一名监狱民警，很难体会到这种隔离、封闭的心理变化和情绪变化，甚至，没有被真正隔离和封闭过，也难以真切地感受到隔离和封闭对民警们内心的真实压力。

我也曾认真地问过几个男同事："隔离和封闭的时候，你内心是什么样的感受？是不是封闭以后到监狱里，活动空间大一点，会觉得好一些呢？"

他们似乎麻木了，很多人含糊说不清楚。有一个男民警说："隔离的时候，虽然没有活动空间，但是轻松得多。封闭以后，要管理罪犯，连续14 天工作，每天忙得身心疲惫，感觉压力很大……"

在一次一次的封闭和隔离中，有的民警，没看到自己刚出世孩子的头一眼，没能为临产的妻子端上一杯水；有的民警，在监狱里听到母亲去世的噩耗；有的民警，听到父亲或者其他亲人去世的噩耗，甚至没有见上最后一面。这些在平时，或许生老病死，是人们习以为常的人间真相，或者是人之常情。可是被隔离和封闭之后，所有家里的难事，大事，大部分监狱民警家属都会克服困难，他们理解自己的亲人在监狱里管理罪犯不容易，他们理解监狱里的疫情安全更不容忽视，他们宁愿自己在监狱外面多一些苦，多一些累，也不想让监狱里的亲人们，再添一丝烦恼，心上再添一点堵。

于是很多事情就这样瞒下来，一直到真正发生大悲伤、大离别，才无可奈何地通知监狱里被隔离和封闭的民警。我不知道，接到家人离去消息之后的那个民警，被通知结束封闭生活，从监狱值班楼，收拾回家的东西，背着包，一步一步走出监狱大门，走向失去亲人的家里，心里想的啥？心里是啥滋味？这些恐怕也是没有真切体会的人，无法感受到的痛楚。但是我能想象到，眼里含着泪的那双眼睛，一定是无奈却又坚定和坚强的。

在整个疫情还没有结束时，虽然大部分城市已经调整了防疫等级模式，但是监狱 14+14+14 模式仍然继续，为保证罪犯的安全，为保证社会的稳定，为保证国家正常秩序，为保证老百姓的生活常态，监狱民警们的付出是默默的，是坚定和义无反顾的，甚至在不被理解时，仍然沉默地坚守和坚持。

失去亲人的那个监狱民警，过些日子，又屹然坚定地站在隔离和封闭队伍的一个角落里，他袖臂上没有戴黑色的"孝"字，他头顶上的警徽，在阳光里闪烁着耀眼的光……

外面的花开了吗

　　早晨一睁眼，打开手机便匆匆忙忙给爸爸妈妈发个微信："今天不能去看你们了……"

　　8 点值班测体温，下午监控班要上到晚上 8 点半，我心里默默盘算一下：12 个半小时。

　　我当然不能把这么长时间值班的事情，清清楚楚告诉爸爸妈妈，他们会心疼我。可我并不觉得累，比起在监狱里封闭 40 多天，天天费心、劳神管理罪犯的那些同事们，我坐在监控室值班，看监控镜头"找问题"，这又算得了什么呢！

　　我也喜欢运动，做体力活动的工作。替同事们测量体温，也算是活动身体，比我坐着几个小时不动，苦思冥想写东西好得多。"白头搔更短，浑欲不胜簪"，我想起杜甫诗里的句子，更体会杜甫写东西坐"冷板凳"时候的难受。

　　我脱掉警服，换上白大褂，这是一件瘦人、胖人，无论高矮都能穿的"均码"白大褂。白大褂被洗得干干净净，浆过的棉布服帖在身上，手放在宽宽大大的口袋里，感到很绵软。偶然谁还在口袋里留下一颗糖，大概是上一个值班员的零食。

疫情防控期间，监狱机关大门，除了进出运输食品物资的车辆，很少打开。同事们用门禁卡刷开电动小门，进进出出。一张长条桌，放在值班室门口，每天早上，机关科室派两个人，轮流在这里值班测体温。

穿白大褂的两个同事，在门前忙碌，一个手拿体温枪，给同事们测量，一个登记名字和温度。临近上班，两个白大褂被团团围住，人们排队测体温，都要赶去门厅刷脸签到。

今天来测体温的同事，看到穿白大褂的人，都惊讶地笑了："你们兄妹俩一起值班啊！"他们看看哥哥，又看看我，大家都戴着口罩，看不到脸上的表情，眼波里流露出一些些微笑。

哥哥总体谅我，让我坐着登记人名，他在大门口站得像一座雕塑。他做事认真，远远看到有同事进门，便帮他们打开电动门的按钮，免得站在小门外，在包里和口袋里找半天门禁卡。

哥哥测量一下体温，就会报一个人的名字和温度。有的时候他只报体温，也不报名字。我知道200多人的单位，不是全都能叫上名字的，我会手忙脚乱地仰头看一眼，赶紧把人名写在温度前面。有时候我看了也记不清名字，心里发慌着急，哥哥安慰我："温度只要正常，实在写不上名字也不要紧，待会再想……"

我心里却不甘心，抬头再看看那个新来不久的同事，他叫我一声："汪姐。"我尴尬地说一句："对不起，我又把你的名字忘掉了。"我的口罩遮住脸，脸已红到耳根。我埋怨自己的记性，都问过人家好几次了，怎么还记不住呢？

"我叫李宏伟，没事，姐，我也经常忘掉别人的名字。"穿着警服的小李，身材挺拔，性格温和。他边安慰我，边眼角流露出微笑。

"你是这次封闭后刚从号子里出来的吗？"过了上班的点，进出的人少了，我便跟小李聊聊。

"是的，汪姐。"小李进到大门里，却张望着门外，似乎在等着什么。

"听说你们隔离加封闭 40 多天了，你怎么不在家好好休息？还来单位上班呢？"我纳闷地问小李。

"汪姐，我父母在外地，我回去看过了，都挺好。我单身又没事，监狱里每天的蔬菜，需要从机关大门送到监狱大门，我每天都在这里等送菜的车。现在里面的同事们管理罪犯很辛苦，外面许多同事也被隔离在备勤楼，机关能跑腿的男民警没几个，我听说单位缺人手，我休息了几天，就来帮帮忙。"小李打开话匣子跟我滔滔不绝地聊开了。

"我要每天检查这些蔬菜的质量，不要把坏了的东西带进监狱，同事们和犯人吃了会生病。我在监狱里面封闭了 40 多天，每天就盼能吃到可口的三顿饭……"小李还想往下说，他觉得自己说得太直接，有些不好意思，停住了。

"汪姐，里面 40 多天真是把人待急了，每天上班管理犯人，从早忙到晚，很多同志家里也有一大堆事，也照顾不上。隔离备勤之后，又封闭上班，时间长了，很多同志都觉得压抑，脾气都变坏了，动不动就想发火……"小李小声嘟嘟囔囔地说。

"哦！"我有些惊讶小李的坦率。"听说执勤模式可以调整到14+N+N……"我自己对 N 有些概念模糊，所以说话的时候声音也很低。

"主要是警力不够，很多单位 14+14+14 模式的警力都很紧张，感觉轮换不过来。N 是 7 吗？汪姐？"小李睁着大眼睛若有思考地问我。

"我也不知道这个 N 究竟是'几'？是根据基层监狱自己的情况定的吧。"我含糊其词地回答小李。突然脑海里想起微信上一名广西女监的女警，她在群里发的一串眼泪和写的几句话："我和我的战友将第三次出征。说实在的，我也有 84 岁的老母亲需要照顾，我 52 岁的年龄'瞪眼值班'亦吃力……然，大疫当前，为了监狱的安全与稳定，我和我的战友将继续前行！"

我似乎被这个同行姐姐在这段话里的"亦"和"然"两个字给征住了，我有些发愣。

小李接下来说了些什么，我一个字也没有听到。我脑子里一遍一遍回想同行姐姐在微信群里写的最后一句话："如果胜利的花朵有颜色，如果花朵是五彩缤纷的话，希望奇迹在 2020 年，会有一片颜色是属于监狱人民警察的藏青蓝。"

早上值完测量体温的班，中午在办公室的桌上趴一会，看两页书，算是我最好的放松和休息。下午来到监控室，一上班电话便响个不停。各个监区都会在这个时段，准时、准确地把押犯基本情况向指挥中心做详细、具体汇报。

很多同事，我已经有几个月没有碰到他们了，他们的声音让我感到很亲切，隔离和封闭期间，只能在监控上远远地看他们执勤的身影。

"病犯情况稳定……"当一个同事在电话里向指挥中心汇报完情况时，我赶紧问一句："是晓刚吧，你辛苦了！"

"是汪姐呀，刚才没听出是你的声音。"晓刚也亲切地问候我。

"你们在里面怎样？工作累不累？"我想知道里面民警的封闭生活，我没法采访他们，为他们写点什么，抓住机会就在电话里问开了。

"挺好的，汪姐，就是 14 天值班时间有些长，觉得有些疲惫。我家的孩子也上学了，每天也没有人接送，心里有些不踏实。都快有一个月没到外面去了，汪姐，外面的花开了吗？"

"外面的花？"我有些惊讶，难道号子花坛里的花没有开吗？我心里想。

"哦！哦！汪姐，山上的洋槐花开了吗？每年洋槐花开的时候，我都带着家人和孩子去山上采花，回来母亲给我们蒸洋槐花馍吃……"

我沉默了，心里有些难过。疫情虽然好转，社会上也复工复产，但是隔离封闭的监狱民警，仍然是战斗在疫情一线顽强坚守的英雄们。

"晓刚，外面的花开了，山上的洋槐花……你封闭出来的时候也就开了……"我喃喃地对着电话说。我心里想：那些胜利的花环上，一定有监狱人民警察的藏青蓝……

执勤一线

一

我到单位门口张望许久，门房值班的同事才认出我。

我戴了双层口罩，一层蓝色，一层黑色，只要出门上班，我都做最好的防护。

单位的电动门缓缓打开，刚好一个人能通过，我急忙走进去，门又缓缓关上。门房里伸出一个头，摆摆手，让我进去。我认真看，才认出是同事郝姐，她平时穿警服，一身的飒爽、干练，今天被一身宽大的白大褂罩住身材，两只大眼睛在厚实的 N95 口罩上坚定地张望着。

看到郝姐木然的样子，我有些不适应。她手里拿着一支白色电子测温枪，正对着我，她不知在我身体的哪个部位测温，我包裹得太严，全身上下只露出两只眼睛，可眼睛上还戴着防电脑辐射眼镜。

郝姐突然扑哧笑了："今天你值班吗？包裹这么严，怎么测你的体温？"

这是郝姐过年见到我的第一句话，我心里感到还是有些不适应。像往常，年后上班，同事们见面总是一句"新年好！"今年过年谁都没有心思再想"年好"了，这个年，让大家有些慌张和闷闷不乐。

"测这里吧！这里……"我连忙用戴着手套的手撩开袖子一角，露出小半截胳膊。只见测温枪在我的皮肤上打出一个小红点，"滴"一声，"35.9度"。我都走了一身汗，我原来很怕自己的体温会因为快步走而上升。那支体温枪决定着此时此刻是否活得正常，也决定着下一刻该去哪里。

我胡思乱想着匆忙小跑上楼来到办公室，气喘吁吁打开门，我没有急着脱下大衣、口罩、手套。我打开口袋里一个装满 75% 酒精的小瓶，对准自己的面目，头发，衣服，甚至抬起脚底，全部喷一遍。顿时办公室里充满了浓浓的酒精味。我在沙发上坐了一分钟，头上的汗也跟着酒精挥发去了。这才脱下大衣、口罩、手套。我把它们一一摆放好，对准核心部位又连续喷了很多下。"病毒，我就不相信杀不死你……"我心里默默嘀咕，心里好像拧着一把狠劲。

换好警服，匆匆忙忙往楼下监控指挥中心走，刚下到四层，突然停住脚步。"我的口罩……口罩没戴，我忘记戴口罩了。"

再去取口罩恐怕接班要迟到了。"不行，得回去取口罩，现在戴口罩是天大的事情，迟到是小事，不戴口罩准保会让值班的同事惊诧。"

戴好口罩，用手使劲在脸颊上压住口罩上方白色的金属条，让它变形，与我鼻梁吻合。我推开值班室的门，两个值班的同事戴着口罩正坐在监控屏幕下。

二

A 班总值班长是狱政科冯科长，他已经在指挥中心上了一早上的班，他要陪着我和另外四位同事再上一个下午班和一个晚班。整整一天，不能离开监控岗位，A 班的总值班长像被钉在监控视频下一把磨得光滑光亮的黑色靠背椅上，他们要在这里值班 24 小时。

冯科长正拿着对讲机，指挥大批罪犯去习艺楼，行进的队伍整整齐齐。要让每一名罪犯最终成为自食其力的人，练习一门手艺是监狱执法的目的之一。然而，让很多罪犯同时进入习艺楼，这又需要先后顺序。是先让一监区进入，还是让八监区先进入，还是先让三监区进入，还是……有时候很随机，全靠监控指挥中心 A 班总值班长的调度。

我刚坐在值班座位上，电话就"丁零零"响起来。我赶紧接电话，统计各个单位的值班人数、罪犯固定位置、罪犯各种位置的具体情况。统计完人数，我又翻看监控镜头，一遍一遍看，眼睛盯着画面仔细看，特别是重点部位，要仔细检查。监狱里关押的都是社会上的三教九流，谁知道他们今天又会动什么歪脑筋。各种隐患无时无刻不存在着，我生怕发生突发事件，我没有在监控里看到。

我旁边的另一位值班员董哥，他是专门在监控室值班的工勤人员。他值完下午班，晚上 8 点半与我一起下班，但是他夜里两点还会再来监控指挥中心，上一个后半夜的夜班，直到第二天早上 8 点半下班。

董哥是我们三个值班员中年龄最大的。以前值班碰到他，他总是很健谈，聊起值班的事总是很乐观地说："没事，值班后在家休息一天，抱抱孙子也是休息……"可今天他的口罩戴得严严实实，两只眼睛骨碌碌转，一句话也不说。

疫情期间值班，除非有事必须共同处理需要交流，我们都戴着口罩封闭住自己的嘴巴。监控室里值班座椅互相之间也相隔一米多远，这是为了在疫情期间更好地互相保护。

我的好奇心很重，我很想看看已经在监狱里封闭一个礼拜的同事和在监狱办公楼上隔离一个礼拜的同事，他们都在做什么？

自从全国监狱进入封闭状态那天起，各个监狱的民警按照"两班隔离三班倒"进行备战：一班——第一批是身体健康、有工作经验、在领导岗位、是党员的民警，不由分说，没有任何理由，放弃年假、告别亲人，直接进入监狱内，关闭监狱大门，进行全封闭执勤 14 天。二班——与第一批相同数字的民警进行备勤，他们也与家人告别，在监狱外办公楼进行隔离备勤14天，不能外出，不能与外界接触，直到第一批民警封闭结束，再换进监狱继续封闭。三班——最后一批相同数字的民警，在家进行自我隔离14天，不许走出家门半步，每天及时汇报自身健康状况和家人的健康状况，直到办公楼备勤民警进入监狱封闭，再进入第二轮隔离备勤。

隔离在家的民警我看不到他们在做什么，有时候也和他们发微信聊聊天，我好奇他们隔离后的心情。今天值班，虽然心里为出门而焦灼不安了一阵，到底还是待在家里最安全，可是，我还是愿意到执勤一线去上班，看看我的同事们，在监狱一线的民警们，他们是如何坚守在祖国最需要的地方。我不停地翻动监控镜头画面。

三

监控画面的小方格里，我清楚地看到二监区的民警在开会，三监区的民警在监号里组织罪犯学习，五监区的民警在给罪犯做心理测试……有个熟悉的同事在水房旁组织罪犯打开水。这个同事虽然戴着口罩，但从他的身影中，我清晰地认得他。

"怎么是马科长？"我心里默默地想：他从生活卫生科科长的位置刚退下来，还有两个月就要退休了。

"怎么他也被封闭了？"我自言自语地说。

"你说的是谁呀？"冯科长眼睛盯着视频，头没有扭动，轻声向我发问。

"就是生活卫生科的马科长。他不是还有两个月就退休了吗？怎么也进监狱封闭了？"我也眼睛盯着视频，回答冯科长。

在监控指挥中心值班有规定，同事之间不能交头接耳，"眼睛盯着监控镜头看"，这是"工作规范和规定动作"。

冯科长停顿很长一会儿，像难以表述清楚，却又吞吞吐吐地说："马科长……前半年做了个手术你不知道吗？"

"什么手术？我不知道。"

冯科长索性把头扭过来看我一下，接着说："胃癌手术，西安做的，手术挺成功，休息了几个月又上班了。这次硬要在退休之前再值最后一班岗，向党委要求进监狱一线执勤。"

难怪前些日子经过马科长的办公室，闻到一股烤馍馍的香味，我嘴巴馋，还向他要了一块在小电炉上烤得焦黄的馍馍尝了尝。马科长当时说："烤馍馍对胃好。"

我不知道怎么再接冯科长的话头。我沉默地看着监控视频里马科长有些佝偻的脊背，但他1米8的大个子依然很伟岸，阳光把他的影子拉得很长、很长。

马科长带着100多名罪犯在水房门口打水，队伍排列得整整齐齐。每名罪犯右手统一拿暖水壶，马科长站在队伍正中间，像收住大网的一个绳结，牢固有力。

每一名罪犯都按照秩序排队打水，井然有序。以往在社会上不讲公德像羊群一样的人们，被马科长的号令声调教得整整齐齐、规规矩矩。这些监狱里学会的规矩，当罪犯刑满释放回归社会后，依然是能够指导他们，成为在社会上生存的行为规范。家庭缺失的教育、学校没有教育成功的顽劣，都在监狱这所大学校里被改造。一群游手好闲的人们，学会遵守规矩和纪律，不知让马科长这样的监狱民警付出了多少汗水和心血。并且许多罪犯还学会了"谦让"，学会了很多"处世"的方法。

马科长身患绝症，却依然在疫情最严重时进入封闭一线执勤，我被深深地感动着。我看着马科长带着打完水的罪犯，慢慢消失在监控镜头里，心里想了很多。

很久，监控镜头里只有监院水房上空两条白色蒸汽柱，缓缓升向天空。我看着空荡荡的水房门口，这里每天早、中、晚打三次开水，监狱里的罪犯，不论哪个监区、什么时候来打水，总是整整齐齐的队伍、没有哄抢、没有斗殴。把人生的路走进监狱里的人们，他们在高墙内懂得了放慢脚步前行，而这些不容易的"明白"和"懂得"，需要无数个马科长在阳光下，拉长了身影的站立。我不想更换监控画面，我看着镜头发了一阵呆。

四

我听不到阳光下、寒风里一阵阵队列行进中的口号声，我却从监控视频中看到疫情突发之后，大地上很少行进的"队伍"。

阳光照进监号的院子里，地面蒙上一层暖暖的金色，舒暖而明媚。冯科长的对讲机又开始"吱吱啦啦"地响，一阵嘈杂声中，接到监区的请示。十六监区的李监区长请示在院子里跑步，十八监区的张监区长也请示在院子里训练队列。各监区都准备整队带犯人在操场里跑步活动一会儿。疫情期间，监区长们想方设法让罪犯锻炼身体增强体质，提高对疾病的免疫能力。

冯科长把监控镜头画面调整到监号院子，看到哪个监区先把罪犯队列集合整齐了，便指挥哪个监区先进入操场活动 15 分钟。冯科长有条理地让各个监区的罪犯先后进入操场，不一会儿，各个监区的罪犯一队接一队，在阳光里跑步运动。一条深蓝色的长龙，在操场里首尾连接，形成一个椭圆。

我也把监控镜头调整到监内操场，我想不久的将来，组成这条长龙的队伍，一定会被我们的管教民警教育得懂法律、守规矩、知廉耻、会劳动，变成社会的一份力量。而今，冠状病毒疫情严重，监狱把民警们和罪犯同时封闭在监狱内，也是为了保护罪犯们，让他们的健康在危急时刻不受侵害。全国数十万监狱警察舍家离子，在最危险的时候，不能守护在家人跟前，却与罪犯们一起被封闭在大墙之内，他们在执勤一线保卫了祖国的安宁。

我在监控指挥中心听不见罪犯队列行进中的口号声，但我从监控画面里，认出带队的很多我熟悉的民警。

"听说孙小智的婚期推迟了。他也是主动申请进入监狱第一批封闭的吧？"我又询问冯科长。

孙小智带领的罪犯队列，是全监狱的标兵队列。武警们在监墙上站哨，见了孙小智都会点着头，给他竖起大拇指。冯科长眼睛盯着孙小智的身影端详一会说："这个孩子是个可塑之才，做啥有啥样子。"

冯科长端起茶杯，喝了一大口茶。他喝茶的时候，一只手却握着监控器的小鼠标不放松。他看着监控镜头继续说："孙小智推迟婚期还因为他母亲被摩托车碰倒住院了，伤得不重。小智是防暴队员，刚开始单位列出封闭名单时不知道他家里的事，只知道他婚期推迟就列上了，直到进入监狱封闭，填家庭成员情况，才知道小智妈住院。不过小智的未婚妻也不错，小智说他很放心。"

"现在疫情这么严重，普通人生病住院也不是一件容易的事。听说武汉建了雷神山、火神山医院，还征用了展览馆设立病床。这次疫情可非同小可……"一早上没有发言的董哥终于按捺不住，也加入我们"不动声色"的交流中。

五

"董哥，你看带罪犯去医务所的那个民警是谁？我好像没见过他。"我们三人各自在自己面前的监控视频下搜索画面，灵活地翻动监控镜头。

"是退伍转业新分配来的民警，团级干部。"董哥在监控室上班，对监狱民警职工了解得很清楚。

"他老婆生二胎，这几天就生，封闭进监狱时，他才在报备表上填了这个情况……"到底是狱政科科长，冯科长对民警的具体情况更是了如指掌。

"生孩子也不在老婆身边，更何况现在疫情这么严重……"作为女人，我心里有些埋怨这位新调来的"团级干部"。但又觉得这位"团级干部"也蛮有奉献精神，敬佩之心油然而生。

"当下，疫情就是最大的事，监狱关押着这么多罪犯，人员高度密集，疫情防线一旦失守，后果不堪设想。疫情就是命令！封闭防控就是责任，在监狱里打响的是一场没有硝烟的防疫战。"看着"团级干部"，我突然想起大学同学孔小志，他在微信群聊天时发了这段话。我想，下班回家后，我要拿着手机赶紧给孔小志点个大大的赞。

每次带领罪犯出入，民警都要在对讲机里向冯科长汇报，等待指示。这时全监民警的对讲机都同时响起，能清楚地听到汇报的情况内容。监狱里所有的民警都会知道是哪个民警，带着哪几个罪犯，在监狱的哪个位置活动。这个安全信息汇报，让监狱里的民警们互相帮助、互相协作，使监狱环境稳定而安全。更重要的是冯科长和当天值班的监控员会马上调出民警、罪犯活动的监控画面，能够清晰地看到监狱民警的安全和罪犯的情况。

我看着视频，思想越来越活跃，注意力也越来越集中，突然值班电话铃响起。

电话里的声音很暖心："过节你父母好吗？要多保重自己。你会调试监控视频设备吗？把一楼医务室103室，在监控视频中调成固定画面……"是闫副监狱长打来的电话。

每次接到闫副监狱长的电话，总是想把他安排的工作尽量做好。闫副监狱长平时很尊重每一名民警，无论他当面安排工作，或者在电话里安排，总是先嘘寒问暖关心人，让民警们心里很温暖。他安排工作也很有技巧和方法，总会设身处地为民警们着想，他安排的工作不但让人愿意干，还想干好。

我赶忙回答闫副狱长的问话："闫副监狱长，我能调试出一楼医务室103室的画面，可是如何固定画面，我再打电话请教一下信息员，保证完成任务，您也多保重……"

"103室现在是全监发热门诊留观室，请你给下一班值班员说明情况，

137

固定画面，加强监控。"闫副监狱长又强调了一下留观室的重要性，便匆匆挂断了电话。

监狱在封闭期间，罪犯们的吃、喝、拉、撒、生病、生活，都要闫副监狱长一个人"现场"总指挥。这次进入监狱封闭的处级领导就闫副监狱长一人，其他监狱长分批进行隔离备勤。很多监狱领导每天都上班，过年也没有时间休息。管人的单位，特别是管理罪犯的监狱，越是节假日，越需要加强管理，安抚罪犯情绪，让罪犯状态稳定、安心改造。监狱警察的工作是保障祖国"后院"安全稳定的大事，如果有一名罪犯逃脱，给社会引起的恐慌，会像病毒疫情一样严重。

六

很快指挥中心三名监控员眼前的监控镜头同时搜索到医务室，又同时调出 103 室，画面放大到全屏。

我们清楚地看到医务室穿着白大褂的民警郝大夫，正戴着口罩给几名罪犯检测体温、测量血压。郝大夫是新分配来有医科大学双学位的新民警。研究生毕业后，他被分配到监狱工作，有几篇医学论文在全国核心刊物发表，是监狱民警中屈指可数的"秀才"。我有时很纳闷，监狱工作为何会吸引这个小伙子，让他甘愿付出。有一次在食堂遇到，正好一桌吃饭，我模仿记者的口吻，直截了当地"采访"了郝大夫："小郝，你这样的学力，去大医院也是抢手的人才，你怎么选择了监狱警察这个职业？"

"姐，我从小就想穿一身警服，觉得穿上警服很威风，可是考学的时候没有考上警官大学，考到了医学院。大学毕业，我发现自己的警察梦也只有在监狱里实现才最有可能。姐，就这么简单。"郝大夫喝了一口汤又接着说："但是现在，我真的很热爱我的这份工作，监狱里缺医生，我在这里能够把自己学到的全部发挥出来，又没人跟我竞争，还能实现我个人价值最大化……"郝大夫打开话匣子就滔滔不绝……

我想起郝大夫脱下白大褂，穿着警服在餐厅吃饭的样子，很精神，很帅气。

监控画面里郝大夫给三名罪犯检查完，罪犯被留观躺在高低床上休息。郝大夫在留观室办公桌旁一边执勤看守，一边写着病历，他手旁边还放着一本厚厚的书，估计是医学方面的书籍，郝大夫走到哪里，手里都拿着一本书。

"小郝是监狱最紧缺的人才之一，这次封闭执勤一线没有他可真不行。"冯科长自言自语地说。

这时，董哥肚子咕噜噜响了一声，我想笑，又忍住了，抿着嘴继续看视频，可是我的肚子也跟着咕噜噜响起来。

"晚上食堂没饭，你们两个早点自己解决去吃饭。"冯科长也似乎饿了，他催我们去吃饭。

"食堂怎么不给我们监控一线执勤的人员提供晚餐呢？"我有些纳闷地问冯科长。

"现在只能保证隔离民警的一日三餐，大家都去餐厅，给他们传染了怎么办？这也是为了保证隔离有效，大家还要多理解。"冯科长认真地说。

不去食堂吃饭，我心里其实暗自高兴。自从疫情开始，我从不在外面买饭吃，甚至馒头、面条我都自己做，我怕"病从口入"。下午来单位之前，我就准备晚饭不在单位吃，平时执勤一线的晚饭都是食堂供应。我在家里拿了一个大苹果，拿了一盒饼干，两个瑞士卷，我平时晚上吃得少。

"我带着吃的呢，冯科长、董哥你们赶紧去吃饭。我在这里坚守'阵地'，可是你们怎么吃呢？"我开着玩笑关切地问他们。

"我去买个方便面。"董哥说着匆忙离开监控室下楼去了。

"冯科长，你怎么吃呢？"我看时间已经 18:33 分了，冯科长的屁股还像钉在监控总指挥的黑色靠背椅上似的。

"我……我看看街上有没有牛肉面。"冯科长刚从对讲机上指挥完罪犯打饭的调度，似乎也有些疲乏。

"疫情这么严重，外面还有牛肉面吗？不然你也去买个方便面。"我关切地问冯科长。

"我实在吃不下方便面。"冯科长叹息一声，他的叹息让我想起患胃癌的马科长，他工作忙的时候经常不能按时吃饭，总是一包方便面就打发了自己。

"那你去找点吃的吧。"我对冯科长说。

"好吧，你坚守岗位，有事情及时给我打电话。"

七

偌大个监控室，墙面的监控画面有四五十个，我眼前监控器上的画面也有20多个，我感到责任重大。幸好是中午，已过吃饭时间，罪犯大多在监舍内休息，执勤一线的民警也会在监舍办公室里值班，查看每个监区的监控画面，我需要翻翻各个监区值班室的同事有没有到岗尽责，这时候我就像一个"纪委书记"。

我正认真翻看画面，尤其想念被封闭在监狱里的战友们。有的战友报班听到我的声音，也会和我聊一会，说说自己的心情，问一下监狱外面社会上对疫情的管控，他们都在担心着家人的安危。他们任何时候进监狱内工作，都不能带手机，他们没有微信，不能跟家人视频，他们打电话也很不方便。每个监区就一部内线电话，电话打不出去，只能等家人打进来。

有时候家人打进来电话，又正赶上要去罪犯监舍处理罪犯发生的矛盾，或者罪犯有头痛脑热的事情要带去医务所，正好就没有接到电话。很多民警休息的时候，等在电话机旁，却一上午也不见家人打来一个电话。我正想着电话的事情，突然电话铃声响起来。

"冯科长在吗？"一听就是政治处的李主任。

"李主任，冯科长吃饭去了。"我听到李主任似乎有什么急事，声音里带着急促。

"监控指挥中心上正常班的是谁？"李主任又问。

"董伍，也吃饭去了。"我回答李主任。

"你去八楼备勤室把值班的叶阳给我叫一下。"李主任焦急地说。

"可是，监控室一个人也没有……"我停顿了一下，马上又说："那我跑步快速去，一分钟之内回来。"我不想让李主任感到为难，李主任平时说话磨磨唧唧，此时，肯定遇到了非常要紧的事情。

我三步并两步跑到八楼，小叶正好在备勤室休息。

"小叶，李主任在政治处等你，你现在马上去一趟，十万火急呢！"我告诉小叶快速去政治处找李主任。自己头也不回，脚步更没有停留一分钟。我快步跑回监控指挥中心自己的工作岗位。我计算一下来去的时间，还没有 50 秒，我一屁股坐到监控电脑跟前的执勤椅上，跑得太快，我的心"扑通扑通"跳个不停，我坐了许久还能听到自己的心跳。我的呼吸也很急促，但赶紧拽过鼠标，迅速翻看监控画面。在滚动监控画面上我找到了封闭执勤一线正在发生的紧急情况。

八

紧急情况并不是出现在 103 发热门诊留观室，而是在一楼罪犯住院部观察室，三监区一名罪犯急性阑尾炎发作。监控画面里闫副监狱长正在观察室与众多民警一起守在一旁。郝大夫和医务所的几名民警大夫正给犯人做心电图全方位监测。郝大夫给罪犯打了一针，大概是止痛药。危急时刻，冯科长赶回来了，他可以马上指挥监狱大门顺利开启，将危重病犯送出监狱，去市里能做手术的医院治疗。

我在监控视频看到罪犯的嘴巴一张一合，我也心急如焚。冯科长没有落座，给省监狱局领导打了几个电话，便又离开了监控室，大概是去协调住院的事情。

我调整一个个监控视频，将它们连成一个完整的画面。我看到闫副监狱长正带着郝大夫和几名民警，推着救护床，奔向监狱大门口。

可是，这是封闭非常时期，监狱大门自从封闭再没有开启过。里面封闭的民警按照规定是不能出去的，这些民警谁在哪个岗位工作，多少人在执勤一线执法，都是板上钉钉的事情。罪犯的人数与配备的执勤民警人数有一定的比例，这些都是按照实际情况做出的详细计划和规定。可这个生病的罪犯，谁带他去医院看病呢？

我想到了隔离备勤的民警，他们在监外办公楼隔离。我看到民警们吃过晚饭，在楼下停车场一圈一圈快步走，美其名曰：散步。单位没有条件让隔离 14 天的民警有个散步的操场，他们只能在一辆车与一辆车之间的缝隙中穿行。这样的 14 天也应该是一种坚持和磨砺吧，不能回家，不能出机关大门。14 天之后，迎接隔离备勤民警的是进入监狱完全封闭，去承担管理和教育罪犯的重任，到执勤一线再坚守 14 天。这样算来，第二批备勤民警实际在监狱执勤的时间便是 28 天。

"难道会让他们其中几个人去医院送病犯？"我看着监控画面，一道大铁门紧紧关闭着，门里边是闫副监狱长他们带着病犯；门外面站着几个隔离的民警。但是民警们只是远远地站着，像是怕把自己身上的病菌传染给门里面一样，不去靠近。毕竟封闭着那么多人，隔离才是观察，隔离 14 天没有任何病情，才能进入监狱封闭区。

而此时城市里的医院，也不是随便去的地方。武汉已经封城，我所在的这个小小城市，也出现几例新型冠状病毒感染的肺炎患者。被确诊的几个病人，他们确诊前的行踪被公示得清清楚楚：去过哪里，和哪些人接触过……听说医院已经有感染新型冠状病毒的肺炎病人正在隔离治疗。这就是说，不论谁去医院也会存在一些风险。那么谁去送病犯更合适呢？

封闭的民警绝对不能出来，隔离的民警也绝对不能去医院，他们还有后续任务，那么谁去送生病的罪犯呢？我脑子里翻滚着这些问题，眼睛紧紧盯着监控视频，一个镜头也不能错过。

这时候民警叶阳把几个在家里备勤的民警叫来，赶到了监狱大门口。人数正好是可以押解罪犯外出就诊的执勤常规人数，他们手里拿着警戒具，随时会给罪犯戴上，这样能够防止脱逃，也能够保证更多人们的人身安全。

我紧紧盯着监控视频，我在等待封闭的大门打开，赶快把那个急性阑尾炎的罪犯送去治疗。

突然电话铃响了，我赶紧接起来："报告指挥员，现在要开启监狱大门，是否放行？"这是开启监狱大门的武警哨兵的请示。

冯科长这会不在监控指挥中心，这会儿监控指挥中心就我一个人。我没再多想，也没再犹豫，在人命关天的危险时刻，我的岗位就是执勤一线："马上放行。"我斩钉截铁地对武警哨兵发出命令。

我眼前的监控视频画面上，一道白色的金属大门缓缓开启。病犯救护床被送出，监门外的民警立刻接过救护床，拉着病犯，从机关大门，小跑着消失在长长的大街上。这时，我似乎听到了监狱大门"咣"的一声关闭了，监狱进入全封闭状态。

第四辑　闲情篇

山野风 山野菜

"矿上就是个山沟子",每次回老家,总会听人这样给亲戚们解释。

我倒喜欢矿上,不只因为我出生在这里。矿上东西南北四面环山,山野风从东吹到西,从北吹到南,矿上更接近大自然,一些蒲公英的种子,被吹到马路边,生了根、发了芽,开出黄澄澄的花。

矿上北面离山更近,山延伸到旧学校,旧学校就在山脚下。我从旧学校的一条土路上,一抬腿,加速度,猛跑十分钟,就会站到最远处的山坡了。山坡上吹来一阵阵山野里的风,这些风,翻过一个山头、再翻过一个山头,才吹到矿区,矿区的春天总是迟迟地到来。

山野风吹进我的头发,吹进母亲为我新织的毛衣,毛衣里钻进一股一股的冷风,我的嘴巴"呵呵"地吸着凉气,我鼓一口气,腮帮子溜圆,憋住气,一抬腿,心里念一个"跑",一溜烟,又回到老学校的土路上。暖烘烘的太阳,晒在脊背上,顺着土路,唱着歌,走回家。

小矿区就有这样的好处,连着绿油油的麦田,连着金灿灿的油菜花,人造的小水渠,溪水哗啦啦地从楼下的石板路淌过。

有时,吃过晚饭,到麦田边走一圈,消消食。很多家属带着孩子们,拿着小铲，小篮子，塑料袋子，在夕阳下的麦田边挖野菜。

野菜，我认不全，海拔2800米的高原上，也没有那么多丰富的野菜。然而仅仅是苦苣、蒲公英、荠荠菜，我也总分不清。除非蒲公英开出金色的花，我才知道这是可以吃的野菜，也会蹲在地上，揪上几把，揣在口袋里，回家给母亲看。母亲说这么少，开水一烫，还不够吃一口，于是放在桌子上，一晚上，野菜就蔫巴了。

在我的记忆中，我们家似乎很少吃野菜，也很少去地里挖野菜，母亲教学生，与其他家属不一样，她似乎没有那么多时间带着三个孩子去小矿区的山野里吹吹风。

矿上有一种野菜，其他地方没有。叫它野菜，似乎轻视了它，它有个学名叫"小人参"。小人参就是蕨麻，它的叶子可以当野菜吃，而它最宝贵的地方是根部。

四五月份，蕨麻与其他野菜一样，悄悄从土地里冒出嫩芽儿。蕨麻的叶子像小锯齿，匍匐在地上。蕨麻的叶子调成凉菜的味道，我没尝过，而蕨麻叶下那些疙里疙瘩的小球，我擦擦土，丢进嘴里就嚼，甜甜的，脆生生的，大概这就是春天最美的味道吧。

蕨麻根部的小球，一串一串，像毛线一样的细根，把许多小球串联在一起。若是土地松软，连根拔起一棵蕨麻，有七八个，甚至十几个黑色的"小人参"串联在一起。这些"小人参"长得很奇怪，外面包着褐色的皮，里面却是雪一样的白仁，大小不一，形状不一，有的像宝葫芦、有的像圆葡萄、有的像大豌豆，千奇百怪的样子，很讨人喜爱。

蕨麻只有海拔高的地方有，蕨麻因含有丰富的镁、锌、钾、钙，具有健脾胃，生津止渴、益气补血和延年益寿的功用。藏医中常常入药，又被称为延寿草。难怪，我在书上查到蕨麻能生津止渴。

那天，我在家里三楼的阳台上，正听着从东边麦田里吹来的山野风。远远眺望、揣摩河渠里哗啦啦的春水，已被融冰壮大了多少？还是又被冷风冻成溪流？突然看到一只白色的东西在河渠边蠕动，是一只梅花鹿吗？

不可能，矿上从来也没有鹿，这是我的想象。是一只大狗在找食物吗？不可能，狗的身体没有那么大，是什么呢？中午的太阳暖烘烘地照在河渠边的青草地上，而那只白色东西蠕动过的地方，却是一大片黑色。我好奇地在阳台上伸着脖子看了老半天，最后还是决定去河渠边亲自"视察"一下"我的"青草地。

我一溜烟跑到楼下的河渠边，一只白色的大肥猪，正用一张沾满泥土的长嘴，拱抬河边的软泥，一边拱土，一边津津有味地咀嚼着，口里的哈喇子，流在黑色的泥土上，到处都是。我从猪嘴拱过的地方看，一些褐色的小小蕨麻豆，正被大肥猪吃得香。我赶紧跑到河渠边的柳树下，找来一枝干柳枝，照着猪屁股使劲打，一直把大肥猪赶出河渠边澡堂旁的大门外。大肥猪在门口犹豫不决地徘徊，我狠劲地跺几下脚，拿几块石头向它丢过去，它才恋恋不舍地离开这片可以"生津止渴"的地方。

一下午，我就蹲在春日的暖阳里，在猪嘴拱过的地方，用树枝挑湿泥，从湿泥里挖大白猪留下的美味。河渠边的蕨麻真多呀，我怎么从来没有发现这个宝地？我把猪嘴拱过没有人参果的地方，恢复成河渠防护堤坝的原样，我也翻湿泥，我也刨开新土，找那些地底下的宝贝，但我会把我挖的小坑，重新用脚踩平，我用10岁孩子的心感受山野风、山野菜，我用10岁孩子的脚，保护小矿区的小小角落。

山野风、山野菜，一些童年的记忆，总会随着一阵春天的风，在我的脑海里回荡……

春天走过的地方

才是初春，天还没那么暖，一阵寒流袭来，人们又穿上厚厚的羽绒服。漂亮爱美的女人们，不知道这个时节怎么穿衣服才合适，想早点走近春天，用颜色和轻盈接近春天，无奈穿单了怕冷，穿厚了又没有多少风度，难怪人们说："二四八月乱穿衣。"

倒是迎春花更像个爱美的女孩子，不论天气骄阳普照，还是又飘起雪花，或者天空一直阴沉沉总没个好脸色，只要在腊月里立春，又在除夕后过个热热闹闹的春节，再来一些象征性的雨水、惊蛰之前，迎春花都要把它之所以叫作"迎春"这个名儿，落实得名副其实。名字表现着事物的个性，"迎春花"最能从形式体现内容。

我的名字也不是空穴来风，父母亲对我的期望，总和早上的太阳，总和热情联系在一起。于是春天的时候，我常会兴冲冲地起个大早，沿着湖边，踩着从石板缝里钻出来的一抹绿色，寻寻觅觅地走很久。

湖边有几棵老垂柳，它们扎根在河岸上，枝条青绿，像藏族小姑娘梳理整齐的发辫，一根一根舒展垂挂在春风里。风轻轻吹起，没有完全绿透的枝，被新发的芽儿挤破了皮，只是轻轻地摇摆，像受孕的妇人，小心起来。缀在枝条上的绒芽，也似一个个马上破壳的小鸡，只露一点点鹅黄的尾巴，透亮亮的，就露出那么一点点，却诱得人心痒。

湖边的广播里正唱着胡里奥的《鸽子》，踩着鼓点，湖水轻轻荡漾泛起波纹，这似乎正是春天的舞步。湖边最接近春天的还是那些迎春花，不知哪位有心的园丁，将铁桥下的固水堤上栽满了迎春花，黄色的花蔓沿着湖岸流泻，像有眉有眼的春姑娘戴上一簇黄色的花环。而这些，也要有心人，站在铁桥中间留心观察，才能望到这个景。

沿着河岸行走很远，水流中断枯竭的河床，也被春天的脚步早早踏过去。被烧黑的荒草下，一些被施了草木灰肥料的绿色植物，生长得格外油嫩。这里恰巧正是秋天和春天不相邻的两个季节，碰撞在一起的地方。一些还未潦倒的枯草，衰败坚韧地在风里向一个方向孤傲地挺立；一些嫩绿的颜色，已经从枯草的根部悄悄生长。

谁说春天最先是从女性们的招摇中侍弄起来的。马路上，一辆人力车上拉着一盆盆金色的迎春花，骑车的花农满脸的汗水，这也是滋润给春天的雨露吧。

花鸟市的门口，聚集在一起的花农，他们一个个都是腰缠重金的赏春者。有几个花农，哪里像花农，他们端着景德镇最好的紫砂壶，泡着杭州西湖的龙井，端详着自己培植的艺术盆景，此时他们只是赏玩盆景最痴迷的艺术家。打问一盆价钱，动辄就上了千，这哪里是卖花，只是拿来炫耀自己打造春天的杰作。只有一位年轻后生，他或许是为生计困惑着，20元卖给我一盆缀满金色花骨朵的迎春，虽也没有什么造型，但我把春天端进了办公室，让春光、春花陪伴我。

小区楼下，一只大黄狗跳上长椅，与它衰老的主人一起晒太阳，他们的眼光里有脚，跟着春天的骄阳到处游走，看看这边，看看那边。楼下拐角冬青后，躺着一簇怒放的迎春花，它似一个穿着金色礼服的睡美人。更多的迎春，从别人家的窗子里偷偷伸出手脚，垂下黄色碎花的"裙子"，在风里荡秋千。

有心的人啊，只要你留心，抬抬脚，转转头，便会跟着春天的脚步走一走，把春天的画卷，印在清澈的心湖。

"诺奖"之后

2012年10月11日晚8时整，我正在图书馆的报告厅，听北大考古学教授杭侃讲《图像与文物学》，口袋里还没有焐热乎的新手机"嗡嗡"振动了一下。

此信息是上海的董小姐在天水发来的。她像是新华社的高级记者，简短地把一条震惊中华大地的消息快速地传递过来："上海快讯：中国作家莫言获得2012诺贝尔文学奖。"

董小姐的消息，让我怀疑她是潜伏在天水的"007"，她的一切都让我感到神秘，包括她发来的这条新鲜出炉的"消息"。

自此以后，我丢手机后的不适应，特别是空空荡荡的内存，便开始被"莫言"获奖的一条又一条短信充满了。

很多失去联系的人，发来短信，我又马上将他们重新存留姓名。说实话，莫言的书，我没看过一本，只在电影院看过《红高粱》，这是他"红高粱家族"中的名片。但莫言的获奖，给我带来极大好处：我慢慢从丢手机的阴影和失落中走了出来。

教授的讲座结束时，我一直在回味他的最后一句名言："为生存作证的只有时间。"

此时，手机又开始叮叮隆隆，一个陌生号码发来："近两日晚，卧榻四书连读，颇觉有趣：看明清小品一两篇，又读桐城文选半小时，续清代文字狱十多页，后诵波兰女诗人万物静默如谜两三句，伴我者，清茶也，风声、雨声也，今晚还有莫言获诺奖等信扰，而我之平静如初，真可谓莫言寂寞，莫言寡淡，平静读书，平安读书，人倦熄灯，书倦合本，梦游书中，夜色朦胧。"

这样风雅的短信，谁发来的？陌生的号码，却似乎是与我较为熟识的人。那么，这样看淡名利，将人生进行到一箪食，一瓢饮，人倦熄灯，书倦合本的朋友是谁呢？

我往远处想，想那些经常不联系的高雅之人，这样的语气像"他"，他写的小说也入围了茅盾文学奖，该是他吧！我拨通电话想要致谢，却显示着本地的号码，赶紧挂断，我惊诧，身边有奇人，我却把自己蒙在鼓中。

正在"鼓"中猜想，又来一条短信："莫言获奖，在一些大城市其著作早销售一空，我这里没一本，等会出去买一本。问家里人，谁看过莫言？答：网上看过《蛙》，一般般，不如看李学辉的。"

这是我父亲发来的短信，自此以后，我至亲至爱的父亲，为让喜好文学的女儿了解中国第一位文学诺贝尔奖获得者的情况，他断断续续发来七八条短信，其中每条短信都在 500 字以上，总计 3000 多字，是一篇短信记叙文。

其间我还接到一个陌生号码发来的有趣信息："如果您的作品能翻译过去，得奖的应当是您，我认真读了您的作品，并为之感叹。"

我正惊讶，马上此号码又紧接着发来另一条："我在北京，这是今天早上收到的一位驻外大使夫人看到莫言得诺贝尔奖后发给我的，一笑！"

此朋友，我细想之后，猜想一定是"他"，他是一位可敬的人。今年在一次文学笔会上认识，虽然没有多少交流，甚至没有说过几句完整的话，他却将所有的大部头著作都寄给我一本，我与大使夫人有同感，他一生辛勤创作，如斯诺一样对中国乃至于世界闻名的丝绸之路著述，获得个诺贝尔奖，也不为过之。

诺贝尔奖金是"炸药大王"瑞典化学家诺贝尔将其遗产的一部分 920 万美元作为基金，奖励那些"为人类的幸福和进步做出卓越贡献的科学家和学者"。奖金共有 6 种，自然科学方面有 4 种：物理学、化学、医学和生理学。另外 3 种为文学、和平事业、经济学。

看到莫言获得诺贝尔奖的消息，作为中国人应有的荣誉感，我的父亲似乎超过了任何人，他戏称自己为"追风老人"，他不光用 3000 字的短信激励我这个文学爱好者，昨晚电话中还喜悦地告诉我："莫言的长篇小说有 11 本，我这几天在各个书店、书摊到处跑，已经买到 6 本，其中有 4 本应该是货真价实的正版。"

父亲 3000 字短信，已经对莫言先生写作情况有了翔实的了解和叙述，剩下的就是花一两年的时间，和他的孩子们一起看莫言的书。

一个人的成功，一定是有其可取、可学的地方，而当下很多人对莫先生的不认可，可以理解为诺贝尔奖每年设立的次数太少，应该一天一次。或者应该理解为真正为人类的幸福和进步做出卓越贡献的人太多，中国偌大的 960 万平方公里的土地上，到底有多少默默做着"卓越贡献"，而不为人知的人呢？或者如王安忆和陈丹青的对话《拿起镰刀，看到麦田》中所说："现在这个世界充满了声音，自己都听不到自己的声音……"充斥的各种"声音"，会让人失去接触更多好"声音"的机会。

手机又响，一位至亲的朋友打来电话，让我看看莫言先生访谈的电视片，其中有对文学创作者的解读。我也告诉自己亲密的朋友和战友们：鼓励支持和关爱你身边默默奉献的人们吧，说不定您身边站着的正是"莫言"，他（她）一直在辛勤的耕耘中，只是您的忙碌和这个"声音"拥堵的世界，让您忽视了他（她）的存在。

祝贺莫言先生！我将拥有您的一本书，有一天，请您留下您手中紧握的那支笔辛勤耕耘的痕迹……

取经

　　现代文学馆西北角，瓦蓝的天空，金色的树，常绿的冬青，围绕一座耸立的石碑——"鲁迅文学院"，这几个字，印刻在这栋楼上住过的作家们的心里。大先生鲁迅，中国文学史上的一座丰碑，在鲁迅文学院无处不在。

　　南门左侧，古铜色鲁迅先生头像的石阶下，常有献花的人；东门旁，白底金字"鲁迅文学院"，常有人在那里合影留念。走进鲁迅文学院的楼门，梅花屏风后，坐落着鲁迅先生的铜像，从二楼到六楼，铜丝和铜片织成的鲁迅先生巨幅头像，仿佛注视着文学院的一切。在鲁院穿行，一楼到六楼、或者六楼到一楼；室内室外，楼里楼外，无论走到哪里，我们仿佛始终在鲁迅先生的注视中，追随着先生的思想，向着梦想的方向前进。鲁迅文学院像是一种信仰的召唤，又似精神的引领，中国以至全世界的作家们，都向往到这里来"取经"。

　　鲁院课堂的桌椅，经常变换形式。有时摆成长方形的矩阵，这是一场论坛即将开始；有时桌椅摆成半圆扇面，这是一场晚会，或者诗歌朗诵会；更多的时候，是朝着讲台的方方正正，这是全国著名的作家、学者正在鲁院授课。

2017年9月22日，农历八月初三星期五早上，是鲁迅学院第33届高研班导师见面会的日子。这天，导师们的桌椅，一字排开在北边；鲁三三的56位学员的桌椅，面对导师成矩形。这种特别的桌椅摆放位置，让大家感到很新奇，而导师见面会，更让大家心怀期盼和忐忑。

鲁院的每一届学员，都要通过抓阄确定导师。抓阄就是抽签，《说文解字》中，"阄"乃取。坐在教室里，与导师们面面相觑，这似乎是一次非同寻常的谋面。桌牌上写着叶梅、徐坤、宁肯、汪惠仁、穆涛、彭程、孔令燕、王山、师力斌。这些驰名中国文坛的名字，看着让人振奋而激动。写那么多精彩文章的人，坐在对面，而他们即将成为引领我们探究未来文学之路的"唐僧"，而每个人的"唐僧"究竟是谁呢？

看到桌牌上有"宁肯"的名字，我趁见面会还没开始，匆忙去宿舍，取来《蒙面之城》。导师见面会头一天晚上，我从一大堆新书里，挑出这本，翻看很久。也就在头一天，我又和自己形影不离的同学陈晨"撞色"了。我们几乎每天，没有商量，穿着相同颜色的衣服。我们一起谈论选导师的事，她一本正经地说：给班主任俊平说说吧，你去抽签，我们选同一个导师。我们原以为，是我们选导师，到了见面会才知道，是导师抓阄选我们。

很多导师如叶梅、徐坤、宁肯，他们都是以往鲁院的学员，对鲁院有着深深的留恋。坐在鲁院的大教室里，我们共同感受到来鲁院上学，是人生最美好的事情。鲁院启迪了我们的人生，指引了我们的文学道路，使我们终身受益。而鲁院，更是一种精神的召唤和信仰的引领，中国乃至全世界的作家们，许多都向往到鲁院来"取经"。而很多来过鲁院的人，他们都是走在文学道路上的"行脚僧"，他们从各自的"寺院"出发，或许是唐僧、或许是鸠摩罗什，而更多的，就是后来一个个"建造"一座座"庙宇"，和"翻译"一部部"佛经"的"僧人"。他们或许有的成了名，或许有的也没多大名气，但确实在鲁院真正地取过"经"。

离开鲁院之后，在全国各地，在平凡或者不平凡的日子里，用"文字"书写生活，反映生活，举信仰的旗帜，为人们创作丰富的精神产品，引领人们的精神向往。而导师们，很多就是在鲁院取过经的人，如今，他们要把在文学中取到的"真经"，奉献给鲁院，通过引领自己的学生，传播文学的浩瀚与博大。

当主持人郭艳主任宣布抓阄开始，工作人员拿来一只箱子，放在导师们面前。这时，教室异常安静，同学们都屏住呼吸，静悄悄地盯着那只箱子。箱子里有许多彩色纸条，纸条上写着鲁三三每一个人的名字，而最终，那个写了自己名字的纸条，会被谁抓到，这一切都是未知。或许很多人，这一生没有通过抓阄的形式，被选择过，这似乎是一场人生的悬念。

彭程老师微微地笑着，他的手慢慢伸进箱子里，疑惑凝结在脸上，他摸出一张绿色纸条，迅速打开，于是，鲁三三第一位被导师选中的学员揭秘了，他是军旅作家陈海强。

汪惠仁老师随意在箱子里一摸，摸出一只红色纸条，他抓到了鲁三三年龄最小的作家曾散。汪惠仁老师第二轮又随意一抓，刚念出名字，袁瑛同学兴奋得从凳子上弹起来，她大声说："咦，太好了！"她浓重的四川口音，像唱山歌。

徐坤老师每次从纸箱里抓出纸条，都要用笔记录一下，她对命运给自己安排的每一位弟子，都非常重视。当她叫到"文欢"的名字，文欢同学像中了大奖，欢呼着"噢"蹦起来，嘴巴笑成了月牙儿。

叶梅老师显得格外安静，她的手里，像有一支能织出文章经纬的缝衣针，而无数道思想的光线，此刻正静静等待，想穿过她的针孔。

宁肯老师伸进纸箱的手，有些缓慢，他似乎在一个庄重的仪式上慎重地选择，而这一切的选择，又由不得他。他抽到的第一位，是鲁三三唯一留长发、扎着辫子、面目清秀的男生周华诚。当我听到自己的名字时，还没站起来，就禁不住跟着大家哄堂大笑。宁肯老师很幽默，他一直开玩笑说要抓几个美女，没想到一个一个又一个，他抓了一个男生，五个女生。当我站起来时，我不知哪来那么大勇气，想和自己的导师开开玩笑，我按照程序自我介绍说："我来自甘肃天水，是一名警察。"教室里又一阵欢笑，我却一本正经地补充道："我是一名监狱警察。"教室里的老师、同学们更是捧腹大笑，而我的导师宁肯，他虽笑着，我想，或许他也有一些尴尬。此时，想起那天的场景，我有些后悔，我不该调侃我的导师，这是一个多么庄严神圣的时刻，我不该让我的导师，心上有一点点世俗的压力。而那天的导师见面会，就像在跟我的导师，开了一个又一个玩笑，在冥冥之中，这好像是早安排好的。当宁肯老师再打开一张纸条，叫出"陈晨"的名字时，全场又是一次爆笑。又是一个美女，又是一个警察。我禁不住狂笑，不由自主地站起来说："我们本来就想选同一个导师。"稳定情绪坐下后，我嘴里不停地絮叨："这简直太神奇了。"

导师见面会是鲁迅文学院每一届高研班学员，必须经历的一件庄重而神圣的事情。并且，那些记忆深处的烙印，有欢呼喜悦，也有轻声的叹息。其实，人生是一场有悬念的选择和被选择，而谁又能逃过命运的安排呢，从导师见面会这天开始，你将与你的师兄弟姐妹，跟着"上苍"给你派来的"唐僧"，一起去文学殿堂更高的精神世界"取经"。这座精神殿堂应是无数书籍的堆砌，应是无数思想的搭建，应是更多文字转化为精神食粮的开始。这看不着边界、走不到尽头的文学之路，是热爱文学的人们，一辈子精神的向往和追求。

《西游记》里，唐僧找到孙行者时，行者被压在山下，唐僧爬上山顶，揭过"劫咒"，孙悟空才得以走上真正修行的道路。导师见面会的每一位学员，都像孙行者一样，一生都在寻找属于自己的"唐僧"，而导师们抓阄的那一刻，仿佛揭下了一道"劫咒"，于是导师们将引领着我们深入生活，走向文学圣殿更远、更高的历程。而导师们也将教会我们对文字"敬畏"、对文学"敬畏"，引领我们追求更加卓越的艺术境界，肩负起为国家、为民族、为人民创作的历史重任……

养一只蜜蜂

　　我以为蜜蜂只吃蜜，只采花粉。

　　今年办公室的暖气特别热，清早一打开门，一股热浪扑面而来。养在窗台上的绿色植被，蔫头耷脑的，说是冬眠了，其实被灼热的空气烧得干渴。匆忙打开窗户，换换空气，给花浇些水，本应该休眠的绿色植物，却发一些新芽，努力生长。

　　可能是我窗台上蜿蜒而上的碧萝，大片大片抽出嫩叶，绿油油地茂盛，吸引了窗外冬天里一只努力维持生命的蜜蜂，它从开着的窗缝里，硬挤进身体飞进来。我坐在办公桌前翻阅资料时，蜜蜂也在日光灯旁上下翻飞。

　　正好有同事来办事，看到蜜蜂感到惊讶，问道："冬天还有蜜蜂？"我顺口说："我养了一只。"

　　同事又惊讶，又好笑，半信半疑。总之，养一只蜜蜂的事，对于我，应该是能做出来的事情，我一直就是这么特立独行地生活。

　　看到同事半信半疑，我微笑着开玩笑："不信，我把它叫下来，给你看看。"这次牛吹大了，同事根本不相信，嘴里却也开玩笑说："那你把它叫下来。"

正说着，蜜蜂却偏偏往同事头顶飞，我惊讶，难道这是一只能听懂人话的蜜蜂？同事怕蜇，连忙躲闪。蜜蜂被同事躲闪时掀起的气流惊扰，又飞到了日光灯附近，把那里当作温暖的阳光。

这一来一回，恰似有人指挥。同事盯着我看了半天，半信半疑地说："真是你养的。"

我乐了，强压着欢笑，认真地点点头："是呀！"

既然这是我养的一只蜜蜂，已经说出口了，我就不想敞开窗把它赶出去，我想办公室此刻就是春天，蜜蜂的寿命就3个月吧，这只在生命尽头的蜜蜂，就让它在温暖的办公室里多逗留几天吧。

办公室里还有一起办公的大姐，进门看到蜜蜂，很惊讶地自言自语："这样冷的天气，哪里来的蜜蜂呀？"她敞开门和窗户，等着蜜蜂自己飞出去，我也正好解围，给一只蜜蜂"养老送终"的心思全无。

出去办点事，再回到办公室，蜜蜂已经不见了，我想它已经飞走，索性就把它忘记吧。听说冬天的蜜蜂要回到蜂巢过冬，智慧的蜜蜂们想出特殊的办法御寒，它们在蜂巢里互相靠拢，挤在一起，像个毛茸茸的球体。温度越低，它们挤得越紧，使蜂团的面积缩小，密度增加，防止降温。在最冷的时候，蜜蜂团结在一起的温度可达24摄氏度，就像在春天里一样。

同时，聪明的蜜蜂们还用多吃蜂蜜和加强运动产生热量来提高蜂巢内的温度。在这个蜜蜂组成的毛茸茸的球体中，蜂球外表的温度比球心低，蜂球表面的蜜蜂，便使劲往球心里钻，而球心里面的蜂儿，也乖乖地向外转移，爬出去寻些蜂房里的蜂蜜吃饱，再回过头往蜂球里爬，它们不需解散就能各自爬出去取食，然后通过互相传递的方法，让大家都得到食物，还能增加运动热量，让球体内的温度保持不变，这样周而复始，挤进去，挤出来，蜜蜂们互相照顾，互相体贴，团结在一起，大家通力合作，便一起度过了最寒冷的冬天。

我想飞走的那只小蜜蜂，可能趁着天气还没下雪、没有冰冻，一定回去找自己的蜂巢，去与它的同伴们一起安全地度过一个冬天。这样想着，去做自己的事情，养一只蜜蜂的事，也渐渐忘记了。

第二天，依旧洒扫除尘，给花浇水，坐定后削一个苹果，苹果的香气弥漫开来，此时，电脑旁的书缝里，悄悄爬出一只蜜蜂，它懒洋洋的，像刚睡醒觉，又似受了伤，困顿地慢慢在桌子上爬。

原来那只小蜜蜂没有飞走，它躲在我办公桌上的书堆里睡了一觉。它一边爬，一边伸伸腿，一边用嘴巴到处嗅，嗅到我早上掉在桌上的小馍渣，便用毛茸茸的两只细爪抱着馍渣往嘴里塞，原来蜜蜂饿了。难道蜜蜂除了蜂蜜和花粉，还吃其他食物，我一直默默地观察着看似被我收养的一只蜜蜂。它抱着馍渣，用嘴巴吮吸很久，便开始往别处爬，这时它已经爬得很自如，似乎因吃了食物，有了力气。我连忙放一小块苹果在桌上，慢慢用一根铅笔，把苹果推到蜜蜂跟前，蜜蜂又抱着和它身体一样大的苹果吮吸一阵。我的柜子里还有一瓶蜂蜜，我又用笔头蘸一滴蜜，伸向小蜜蜂。蜜蜂闻到蜜吃得更香甜了，埋着头，几乎就将自己尖尖的头伸进黏蜜中。

同屋的大姐正在打电脑，听到我哧哧的笑，发现我正逗一只蜜蜂，她赶紧说：小心蜇到你啊！此时蜜蜂已开始在我的桌上跳跃着尝试起飞，它像一只加了油的飞机，开始试跑。它试跑的时候，似乎向我飞来，我就有些怕，我看看它尖尖的屁股，似乎有一支黑色的利箭，正蠢蠢欲动。蜜蜂飞上我的茶叶罐，又飞到我的笔筒上，始终没有离开我的书桌，它似乎就是我养着的一只宠物，但我总提心吊胆，时刻对它保持警觉。它扭头向我飞来，似是友好，但我赶紧躲藏，到底它怀里揣着一支有毒的箭啊！

大姐担心地一遍一遍看看我，眼神里都是催促的目光，我不知是打开窗户，还是打开门，正犹豫紧张，却看到蜜蜂飞进我的水杯里，趴在杯壁上，似乎想喝水。我连忙端起杯子朝屋外走，走到楼道的尽头，打开纱窗，又打开玻璃窗，窗外正有暖阳，蜜蜂一会从杯子中爬出来，爬到杯沿，仿佛攒足了劲，一个跳跃，振翅起飞，飞到窗台上落下，又飞起来向更高的地方飞去。一会儿，一点淡黄就从我的视线中消失了，可在我的想象中，我养过的这只蜜蜂，正飞向它的蜂巢，与同伴们互相抱得紧紧的，一起向冬天后的春天迈近……

壁虎先生

"壁虎先生"掉进我蓝色的饭盒，已经两天了。我轻轻端着饭盒，靠近窗根，打开纱窗，将窗户开个缝，我想"壁虎先生"应该能够爬出去，壁虎在我心里一直是飞檐走壁的动物。

我很纳闷，这只小壁虎怎么会爬进我的饭盒里呢？它黑褐色长长的身体，在白色透明的饭盒中，显得悠长而清晰，椭圆的头上，一对小眼睛，一动不动地盯着四周，似乎随时防备，又随时准备出击。

壁虎的四肢弯曲着，足上五个长趾，像人的手伸开，又像五朵梅花瓣。我喜欢得不得了，见了同事，就想夸一夸，但我又压制住自己内心的童趣，我都这个年龄了，不能再像小姑娘一样天真，我要保持矜持，但我知道那不是真的我，那个矜持的后面，我内心是个长不大的孩子。

我一边工作，累的时候，脑子僵化了，便放一段音乐，站起身，去窗边，看看壁虎还在不在。它一动不动，爬在那里，似乎从没换过姿势，我不知它为何还不爬走，难道塑料盒壁太滑，它脚底的十个吸盘，不起作用？那么，壁虎到底是怎样爬进我的饭盒里的？饭盒的盖子没有全打开，一个小小的口。我看看窗台，梅梅姐给我的压缩饼干，摆在那里，正对着窗台下装饭盒的袋子。我想，原来"壁虎先生"是从窗台上掉进饭盒里的。

压缩饼干我只咬了一小口。我听说一块压缩饼干相当于五个馒头，我咬一口，就赶紧放下了，尽管我感觉肚子还是瘪瘪的。这些日子，我办公室的抽屉里，窗台上，桌子上，放了很多零食，有苹果，橘子，大枣，可是粮食就这么一块。对于粮食，似乎是人类果腹不可缺的东西，尽管吃了再多的水果，蔬菜，但肚子里没有一些小麦和大米，似乎还是感觉没吃饱。我珍惜这块压缩饼干，我想把它一点点消化掉。这些日子，很多时间都在办公室里熬着，监狱陈列馆的工程，不像我想象得那么简单，除了干干净净的操作过程以外，工程虽小，却"肝胆俱全"。有时候工作着，忘记吃饭，我便用零食充饥。这块压缩饼干，我储存在窗台上，准备想念粮食的时候，随手拿来咬一口。

我想"壁虎先生"一定是咬了好几口压缩饼干，它绝对想不到，有些事物，体积虽小，却累积着很大的能量。我想起古人的一句话："勿以恶小而为之，勿以善小而不为。"尽管这与"壁虎先生"咬了很多压缩饼干，没有多大的关系，可是贪婪的"壁虎先生"，还是一个趔趄，从窗台上掉下来，径直落进了我的饭盒。它绝对没想到，几口好吃的饼干，在它小小的肚子里，瞬间变成了五六个馒头，它承受不住食物在肚子里迅速的扩张，一个跟头，栽倒了……当然，这些都是我看着饭盒里的"壁虎先生"想出来的故事。

辛苦劳累的时候，我总听不得有人说一句："让你受累了。"这样的话就是催泪剂。我没有想到自己所做的事情，超过了自己的能力，虽然我在事情里也得到了成长，可是我常常想要"依赖"和"依靠"。有问题需要解决的时候，我需要有个人立刻给我答案，或者解决问题的方法；问题解决不了的时候，我需要有一个依靠的肩膀，能卸下自己勉强支撑的劳累。

我不敢给丈夫打电话，也不敢在他跟前提起关于工作有多忙、有多累的事情，他会劈头盖脸数落我，说我自找的。关于加班回家晚的问题，他几乎天天"踩着我的尾巴不放"。但尽管如此，他还是炒一盘我最爱吃的干煸肥肠，从厨房里端出来放在餐桌上。肚子吃饱了，我又奔去单位的方向，继续工作。我累的时候，就去看看壁虎，于是我把壁虎称作"壁虎先生"，我有"问题"就问它，呆呆地看上十几分钟，很多事情也就迎刃而解了。还有很多朋友，我不厌其烦地给他们打电话、发微信，得到了很多帮助，没有他们我不可能完成建造一个陈列馆细枝末节的众多事情。尽管也有些朋友，根本不理会我。为了做好一件有意义的事情，我放下自己所有的尊严，也不顾及别人的感受，一切都在"强行"中坚持。我像一个不会开车的人，前行的道路虽然平坦而开阔，尽管用任何方式都可以开向目的地，但我是个从来也没有"开过车"的新手。

我看到"壁虎先生"小小的身子那么可爱，委屈地待在饭盒里一动不动，我削一块苹果轻轻放进饭盒，正好压在"壁虎先生"的尾巴上。我想这下坏了，它的尾巴该掉了，一转眼壁虎不见了，我也不敢去打开饭盒看，我把饭盒，又往窗根推近一些，我希望它能够自己爬出去，回到自由世界。

我终究还是亲手放掉了"壁虎先生"。它在饭盒里，趴在那块苹果上，一动不动，我想起壁虎是吃昆虫的肉食动物，我怕它会饿死在饭盒里。我打开窗户，将饭盒里的苹果轻轻倒在窗台上，"壁虎先生"看到了天空和楼群，这是它拥有的广阔世界。然而它却是那样沉默和沉着，它没有离开的意思。我掰一块自己最喜欢吃的枣馍，放在苹果旁边。这一生，我只与自己喜欢的人分享枣馍，每次枣馍放进口中咀嚼，都能有幸福和安逸的感觉。

我没有将办公室的窗户关上，我给"壁虎先生"留着，我希望它或许会又爬进办公室继续陪伴我。我锁上办公室的门，快速下楼，走进暗黑的深夜里，我裹紧身上的大衣，深一脚，浅一脚，急速地走在回家的路上。在暗夜里，想到"壁虎先生"，我的嘴角轻轻地微笑，心里有它陪伴，我敢把脚伸进更深的夜里……

消失的故乡

故乡总在心里时时萦绕牵绊。不知何时，故乡的一条路，一棵树，会从脑海里蹦出来，忽然影响了此时此刻的心情、思绪和记忆。

《百年孤独》中马尔克斯对家乡的怀念和记忆，有了一部影响世界的巨著，而我心中自己的故乡，永远是石膏山下小小的矿区。

冬天，白茫茫的世界。一夜醒来，开采过的石膏山，被雪覆盖得满满当当。矿区低矮的小院落和新盖的小红楼，一起被雪盖得严严实实。若不是几缕蓝烟袅袅升起，若不是几只早起的灰雀，叽叽喳喳抖落树上的白雪，谁知道这个躺在白雪里的城堡，何时才会醒来呢！

然而，总有一串小脚印，从雪地里留下最初的痕迹，那是早起的孩子，去学校生火炉做值日；也总会有一声震耳欲聋的怒吼，打破原本安静的矿区，那是锅炉房的烟囱，突然冒出一股黑烟，连同锅炉房里启动的电机声，一起打破了清晨的宁静，像个久病的老汉，终于咳出了腔子里的一个爆破音。随着那一声，矿区的人们醒来了。

星期六，穿着妈妈做的红棉鞋，踏进软绵绵的雪地里，像两朵红梅在白雪里移动。空荡荡的棉袄，裹着瘦弱的身体，我始终病快快的。手里

165

捏着母亲给的两角钱，我去矿区唯一的商店门口，买一角钱一卷的山楂片吃。我从小身体弱，母亲偏心，总偷偷塞给我零钱，让我去买开胃零食。一个冬天，两朵红梅花的脚，天天站在商店门口的雪地里，直到红梅花落在结实的黑土地上，大地苏醒了，春天来了。

春天，坚硬的石膏山与纵横阡陌的青稞麦田，环绕着矿区。学校里，孩子们的琅琅读书声，最先翻过围墙，顺着风，与青青的麦浪，一波一波，一直向东边涌去。总有个逃学的孩子，和书声一起翻越围墙，在田野里奔跑，追着春天的风，一直向远方。

这时，我去得最多的地方是药房，我的脑海里，母亲总带着没病的我，去药房看病抓药，母亲总重复一句话："这孩子，这么瘦，有没有药吃了胖些？"

其实，母亲即便不带我去药房，医院的院落，也是我们兄妹进出要去抬水的地方。大黄和枸杞树旁的水龙头哗哗地流着水，把大黄的叶片浇得肥肥大大，但叶片总是破破烂烂的。抬水的孩子们等不及水流冲满水桶，便在大黄叶子上戳了许多小洞。枸杞子稍稍发黄就被摘走，只有高处的几颗，像红石榴籽，又像一颗随时会滴落的红水晶，看得让人眼馋。大黄和枸杞子可以入药，药房里的铁药窝和铁碾子，叮叮当当，碰撞起来，从春天一跃便进了夏天。

在矿区，夏天没有明显的概念，女孩们早晨还穿着灰色的厚毛衣，中午会换上一身各色的长裙，穿不到晚上，出门时又变成灰色的毛衣。这里海拔高，早晚温差大，虽然女孩们不能尽情地展示自己带给夏天的美，却能在矿区附近的山野上，找到大山带给矿区的夏天。一场雨后，山野上一点一点的星绿，长成了红红的"鸭子嘴""草莓果"。放进嘴里，夏天的甜蜜，全都消融在舌尖上。

小河里的鱼，更是同学们早餐时要分享的美味。每到星期天，"小朱"同学瘦瘦的身体，戴着大草帽，总耐心地守着自己看好的一条河。守上整整一天，将河里的狗鱼一网打尽。之后便是一晚上料酒和酱油的腌制，之后便是星期一早晨同学们手上的油腻，和大家嘴里咀嚼的连骨头带刺的鲜酥美味！

矿区的秋天和"二蛋"的吼声一起随着西北风飘来。"二蛋"是从小患了脑瘫的中年人，但他自始至终保持了孩子的天真和无忧。他时常伸出右手对人说："给一毛钱。"一会儿，又伸出左手对人说："给一毛钱。"他完全忘记刚才左手和右手伸向了同一个人。他站在路旁近似威胁的要钱方式，让路上走的人有时候分不清是遇到了傻子，还是遇到了抢劫。

夜里，西北风呼呼地刮起来，天要变了，二蛋会准时出门，在风地里一边跑，一边"嗷嗷"地吼叫。只要听到二蛋的叫声，大家知道明天一定有雨雪。二蛋是矿区的天气预报，大人们说，天变的时候，二蛋浑身都会疼。

矿区的天地，在我离开 18 年后变化了！对于矿区生活过的人们，有喜悦也有忧愁，算是夏天来了一阵凉雨，又似冬天飘起冷冷的雪花。2000年，矿区生活和居住的人们整体搬迁到武威西郊的城里生活，结束了这里几代人居住的延续。

我心里一直惦念矿区的故乡，消失的故乡，我不知道它会变成什么样子。后来听回去过的人们说，小矿区的围墙拆掉了，山野里的羊群、牛群随便进进出出，光洁的石板街道，到处都是牛粪羊粪。小矿区的工厂卖掉了，临近村里的农民们，每天到工厂里上下班。他们似乎对封闭的小矿区，已经不满得太久了，他们随意拆掉一排房子的砖头，拉回去一车子土，再随意挖掉矿区校园里的一棵白杨树。他们似乎在泄愤，从一方土、一块砖、一棵树、一棵苗中一点点地剥离蚕食，直到将这个封闭的地方，变成踏踏实实属于他们自己的地方。

我的故乡，消失的故乡，没有人记得我，却似乎常常从远处听到她的呼唤："哎……彤……"

集邮琐记

——小纸片上的大世界

    星期六早上9点，邮局开门营业之后，我便迫不及待地走进集邮大厅。那套先一天看到的《安徒生童话》特种小本票，还安静地躺在那里。看来，我走后的一天，无人问津它，这正合我意。

    其实我先一天已经在邮局买了一本，工作人员说，这是2005年的小本票，是清库房时翻出来的。我兴奋地让工作人员把黄色的小本票，从柜台里取出来，套盒的封面上，安徒生正从童话世界里探出头来，一只黑色黄脸的小花猫，从窗边走过。

    《安徒生童话》特种票一共5张，分别是"皇帝的新装""海的女儿""拇指姑娘""卖火柴的小女孩""丑小鸭"。打开黄色的小本子，安徒生的人物侧面立体剪纸，又生动又形象。过了近两个世纪，这个丹麦贫苦鞋匠的儿子，不知给全世界的人们，带来多少童话世界的美妙幻想。他的童话自始至终在歌颂善良、表达对美好生活的执着追求。

    特种票的书页中，每一个故事设计的画面，都是我心中曾经幻想过的。并且除了邮票，还有一张张特质的卡片，是我小时候玩过的那种，上下一翻转，画里的人物也开始活起来。我非常喜欢这个小本子的设计，特意上网查找设计人，记下了一个叫"熊亮"的名字。他是自学成才的典型，从没上过大学，也没有读过专业，但却是中国知名的原创绘本大师。他的《京剧猫》《南瓜和尚南瓜庙》都是孩子们喜欢的图画。

还是说说这本《安徒生童话》小本票，2005年只卖6元钱，可到了2014年，过了9年，我却以65元的价格买来。因看了小本票的设计，实在爱不释手，我决定把库存的最后一套也买回来，我对儿子说："这套小本票，你一本，我一本，我们以后可以比一比谁集的邮票好！"

当然，我只是开发儿子集邮的兴趣，他集邮自然比不过我。我从小学一年级就开始集邮，今天在买《安徒生童话》小本票时，我又买了2013年的年册。如果在前一年11月份，预订这本年册，只需花195元，但我现在却要用280元才能买来。儿子听到邮票里有这样大的商机，蠢蠢欲动，他打算往后的年钱，都投资到邮票中去，我却让他留心看一看这小小纸片中的大世界。

起初爱好集邮，就是在拇指大的小纸片上看漂亮的图片。记得小学时，学校收发室是我每天一定光顾的地方，那里有从遥远的各个地方寄来的信。学校甚至矿区，有很多支援大西北的"支边青年"，他们从上海或北京来，他们留在小小矿区做贡献，他们身后的世界遥远而又让人充满幻想。有一天我从信件上看到一张有英国女王的香港邮票，缠着大人去给我要来，放进我的小小集邮册里，每天晚上抱着集邮册，在被窝里看一遍又一遍，不知做了多少周游世界的梦。

小时候，我集邮收藏最多的是一套14枚的《民居》邮票，其中北京的"四合院"和云南的"傣族竹楼"最多，因为当时很多信封上都贴着这两种《民居》邮票。而我喜欢邮票到了每一张都爱不释手的程度，即使多样的或重复的，也从不舍得扔掉。每次看到邮票，就从信封上剪下来，泡在水里，然后撕掉后面的信封纸，将完整的邮票贴到窗户玻璃上，等风干了，轻轻剥下来，将重复的邮票夹到一本《故事会》或者《少年文艺》里当书签。若现在父母家还存着我小时候看过的书，那里面一定会存着几张《民居》邮票。

《民居》邮票中给我印象最深的是福建的"土楼"，因我第一次看到这张邮票，就偷偷地想笑，感觉这个邮票中的图画像个"粑粑"，可又纳闷，这样圆形的房子，人怎么进去呢？这样揣摩着，便记住了陕西的"窑洞"、藏族的"碉房"、蒙古的"毡包"、山东的"马架房"等。

小小邮票里有大世界，在我们那个没有通电话，只通信的时代，邮票就是我们了解外面世界的一个窗口。从这个窗口里，我手指着地图，去过大海，去过名山，看过火箭升空揽月，也钻进地下探过油田，一张张小小的邮票，丰富了我的知识，也给我成长中的幻想增添了许多丰富多彩的颜色。

2013 年的年册中，我最喜欢的是一套齐白石先生画的《小蝌蚪找妈妈》。这套水墨画小本票，轻轻拿在手里看了一遍又一遍，从小小邮票中，静心观赏大千世界的美妙……

秘密花园

我是极爱花的人，喜欢花的状态，也是旁人无法体会的。

我从小生活在高原矿区，矿区上开得最美的花，就属马兰花，每次去山上玩，我都很开心，头上戴着马兰叶子编的草帽，帽子上插着马兰花，这样还不行，采一大把，下山带回家，插在瓶子里，屋子里香好几天。

最开心的是放暑假去奶奶家，奶奶家在兰州附近的乡村，奶奶家有一个大花园。每天早晨，还在梦中，凌晨的暗夜，爷爷的火炉已冉冉升起，满屋子是罐罐茶浓烈涩涩的茶香。然而，当太阳升起，阳光爬上白纸的窗棂，印满婆娑的树影，睡眼蒙眬中，却又闻到一阵阵花香。那是早起的奶奶，踮着小脚，在花园里剪下一大把大丽花、月季，插在供桌的两只花瓶里，满屋子又是花香。

我从暖暖的被子里爬起来，穿着背心裤头，就往院子里跑，一边去解手，一边要站到花园边上嗅嗅、看看。花香比梦乡更甜蜜，我惺忪的眼睛，彻底睁圆了，对着花儿憨笑。这时候，恰巧，头顶的杏树，一颗成熟的杏儿落下，"咚"一声，重重地砸在土地上。然而土地却松软有弹性，杏子没有完全跌破，我赶紧拾起来，在小背心上擦擦土，咬一口，酸酸甜甜的，我一夜的慵懒彻底醒来。我长久地注视着花丛里的蜜蜂，嗡嗡地落下又飞起，从一朵花蕊，跳到另一朵花蕊，这时我的心也和蜜蜂一起畅游在花海里。

每次从奶奶家坐火车回家，我都和爸爸绷着脸。我硬要带一个爷爷的酒瓶上火车。瓶子里装了水，插满了花。爸爸嫌火车挤，还没上车，就连瓶子带花，从我手里夺下，远远放在站台的地上，拉着我的手上车。我回头看着那瓶被丢弃在车站的花，眼泪流了一路。

长大后我离开矿区，我要去的就是向往中花草繁盛的地方。大学的花园里，一年四季的花，开得满满当当，冬天有蜡梅，夏季各色的叫不上名字的花，校园里走一路，路旁的花陪伴一路。工作上班后，我所在的城市也是陇上江南，同时在长江流域和黄河流域的交界，天水的花和植物，更有许多的与众不同。南方的卫矛，也在这里生长，却不是灌木，它长成了参天大树；北方沙漠里的沙枣树，也在这里开花结果，果子虽然不能吃，但发出的香气，能驱赶蚊蝇。一年四季，这个城市里有成百上千种花草，秦州区水月寺公园里，菊花展年年都人来人往；麦积区马跑泉公园的郁金香，把一个传说故事中的景点，装扮成新世界。

我爱绿色，爱花，办公室里养了绿色植物，家里的窗台上也到处是盆栽的绿色。牵牛花是我每年都要在办公室和家里必种的花，或者在开春的时候，或者在夏季最热的时候，或者就播种在秋老虎烧烤的那几天。这样一个适合人居的城市，我发现什么时候把牵牛花的种子播下去，都能发些嫩嫩的绿芽，不几日便开些有颜色的花。

牵牛花特别容易养活，记得奶奶家的花园，有一面围墙，铺满了牵牛花的枝蔓，每天早晨，满墙的花朵盛开时，我便仔细观察它们，谁开的紫色，谁开的粉色，谁还开出了蓝色。但儿时的我，始终没有看明白，这种叫"朝颜"的花，只有一天最可爱的生命。它们以"接力"的形式，用各自仅仅一天的时间，开出最美的花，装扮生命里曾经最美的季节。而仅仅就在那一天里，它们从种子的孕育，到开花时最绚丽多彩的生命，短短一天时间，它们完全将自己彻底地交给天地万物美的造物主。

知道牵牛花只有一天生命时，我已成人，懂得珍惜。珍惜眼前的拥有，珍惜使我懂得不去破坏各种形式的美，去成全生活中将会发生和发展的未来和卓越。于是每每看着牵牛花，便知道成全最美生命形式的未来，是一种美德。而对于牵牛花的美，会用虔诚的心去欣赏，只有它们生命的历程结束，开败凋零落下时，我才小心地捡起，轻轻夹在书页深处，书页上染上淡淡的粉、淡淡的蓝、淡淡的紫，一页一页的颜色，算是牵牛花生命绽放过的记录。

又是一个阳光明媚的休息日，早上起来，去伏羲庙前打一阵太极拳，赶紧四处去给我窗台上又发出新芽的君子兰找花土。正好韩姐家里有花土，她在伏羲庙旁有一座令人羡慕的四合院，她完全按照古代风水构造，精巧地摆制自己院落里各个房间和大门的方位。最妙的是她也是一个极其爱花的人，她院子里的白牡丹，被她这样称赞："从它的身边走过，它的香气会跟着人来，走上很远……"这让我想起《聊斋》里的花仙子，她虽为木本，却用善良呵护着爱花人，它愿为人们绽放，却一点也不会打扰爱花人的生活，它只是暗地里帮着人们的功成名就，即便寒冬凋谢，也将花魂护佑有缘人。

韩姐给了我花土，又给了我 7 种多肉植物，每一种都来自遥远的南方。韩姐栽培繁殖，将培育成功的植物，从土里一个个挖出来给我，有鹿角、有佛珠、有景天、肉锥，生石花等，我欣喜地满载而归，做了半天的花农，将可爱的多肉植物归进了自己的秘密花园。姐姐说："这些多肉植物不好养活。"我却边培育，边轻轻地说："一定能活……"无论任何事物，心上要有力量去努力，就一定会好好的，这是我给我的花赋予的力量：好好地活……

想念那片海

一

　　我原以为小山顶上，一座水塔崩塌之后，肆意喷涌流淌的水，使小矿区变成一片水泽，映着蓝天无边无际的水就是海⋯⋯

　　那时，身处大西北小小矿区的我，年幼无知。"海"是语文课本里的一个名词，我常常听到矿区高音大喇叭上，唱着一首温柔的歌《大海啊，故乡》："小时候 妈妈对我讲，大海就是我故乡，海边出生，海里成长，大海啊，就像妈妈一样，走遍天涯海角总在我的身旁⋯⋯"

　　那时，对大海的向往，像藏族人对拉萨的崇拜和敬仰，总觉得海和母亲一样，温柔的怀抱像摇篮。当我被送到沙漠边，在姥姥家过暑假时，每天手里总拿着一本《飞碟探索》。出门玩耍，爬到沙堆上，画波浪，画大大小小的船，我幻想沙漠的一角或许是远古的海洋。我在沙堆里，一遍一遍翻找，找沙砾中可能埋藏的一些戈壁原石和枯木，把这些想象成海洋生物变成的化石。

有一次，捡到一块手掌大的骆驼骨，放在耳边听，骨头中空的地方，在风中发出呼呼的声音，我认为那是书中描写的大海潮汐的声音。傍晚睡觉，去羊圈旁取尿盆，偷偷把藏在墙角的骆驼骨，一起拿到屋子里，将骆驼骨悄悄藏在枕头下。那一晚，我睡得特别香甜，仿佛听见亿万年前大海的呼吸。可不是吗!《飞碟探索》里说：亿万年前的沙漠，曾经就是大海。我还在梦里喊妈妈，13 岁的我，常常把母亲温柔的胸怀和宽厚的爱，与向往中的大海联系在一起。

我从小身子弱。沙漠里炎热的夏天，炙烤得我头昏脑涨，各种天花乱坠的想法，也总会从脑子里翻来滚去地出现。感冒发高烧的时候，外婆怕得很，跑去几十里的地方，给教书的女儿发电报，她怕我的命留在沙漠里，但只要外婆家红匣子的收音机播放《大海啊，故乡》，我总会精精神神的，像个没病的人一样。外婆家的红匣子，一天到晚都开着，就是为了等那首关于大海的歌……

二

书本上一个关于大海的细节描写：一个绝望的女子，在黑漆漆的夜里，径直走向海滩，径直走向与夜一样黝黑的大海深处。她穿着紫色的衣服……第二天，人们在海滩上发现了被海浪推上岸的她，惨白的脸，双目紧闭……

这是 16 岁的我，第一次看琼瑶的小说，看到其中与大海有关联的场景描写。并且，那样一个场景，伴随我终生的记忆。以至于多年以后，走在暗夜的大海边，我都会不由得感到一阵阵恐惧。即便是一位可亲的大哥，他在海滩上，借着遥远海景房里飘来的微弱灯光，在海滩写下几个一起散步女子的名字，这样浪漫的海滩散步，还是不能让我从年少时，从书本上读到的那些有关对海的恐惧中解脱出来。

于是，对于海，我由期待，变成向往中的恐惧。从儿时对母爱的期待，到青年后对爱情向往而恐惧的期待，大海在我心里变幻着爱的形式。

　　真正去看大海时，我已经 23 岁。一个西北人，23 岁还没有见过海，就像一个海边的渔人，有可能没见过真正的沙漠一样。内地的人见过这样、那样的水势，但无论怎样宏伟的水势，都不能够与大海相比；海边的人，见过这样、那样的海滩，怎样辽阔的海滩，也无法与一望无垠的沙漠相比。

三

　　第一次去看大海，我像是努力准备了许多年。无论从年龄，还是身体，一切都准备得满满当当。只是我的心里却空空的没有着落。23 岁的年龄，大学毕业了，工作分配好了，该谈婚论嫁了，我却感到人生无依无靠，迷茫而失落，于是我去看看海。

　　看海就去大伯家，他家在海边的油田上。堂哥说："心烦，就去看看海吧。"

　　堂哥开着吉普车，在一条笔直的海边公路上奔驰。两个小时的路程，我惊呆于眼前雾蒙蒙的水岸。车子仿佛直接往水里开，我分不清现实与幻觉，眼前是无穷无尽的水汽，人开着车，仿佛置身于水中。

　　8 月份，炙热的太阳，烧烤着大地和遥远的海，我们的车子，像在水雾里快速游行，那些水雾似幻似真，真实而又虚无，只有汽车的颠动，和路边一个接一个不断向大海磕头的"抽油机"，它们的朝拜，让我从梦幻中醒来，知道自己也在向着朝拜大海的方向去。我对向往中的大海，又爱又迷茫。

　　我穿着淡蓝色碎花长裙，戴着镶花边的遮阳帽，在偌大的一个钻井平台下车。海风呼啸着，呜呜地刮，我紧紧抓住草帽和撩起的长裙，站在空旷的平台上，向四周看看向往中的海。大海是暗黄色的，水浪随着风跳动着、翻腾着，一秒也不能平静。钻井平台被四周的海水包围着，海水望不到边，和灰蒙蒙的天连在一起。海浪一阵阵发出低吼，掀起海水，泼到黑色的大礁石上。我有些怕，远远地不敢靠近海，堂哥说：不怕。他让5岁的女儿月月牵着我的手，去海边礁石上拾蛤蜊。

脱了鞋子，将脚轻轻伸进海水里，海水冰冰的，当我与大海亲密接触的那一瞬间，它似乎立刻变得乖巧而温柔，一波一波的浪，舔舐着我腿上的肌肤。即便一个大浪涌来，打湿我的长裙，我也瞬间变得欢喜，像一个温顺的女孩子，第一次接受热烈而大胆的爱的拥抱。

海没有我想象得那么凶，我松开月月的手，独自一个人向靠近海的另一些礁石上走去，轻轻从礁石上取下一只蛤蜊，放在嘴边，用舌头舔，心里想：这就是大海的味道，咸咸的、鲜鲜的……

四

从海边回来，我心里鼓足了勇气，在大海从未停息的潮汐声里，我忽然顿悟："该来的一定会来，定一个人生目标，去坚持不懈地追求和努力。人生的好风景，在你不断追求的路上……"

再见大海，已经是35岁了，《黄帝内经》说，女孩子的"7"很重要，而5个7正好是女子生命力最旺盛的时候。那一年我带着8岁的儿子来到厦门。没有找住宿，没有可拜访的朋友，下了车，我和孩子直奔厦门大学白城的大海边。寄存了行李，和孩子一人带一个游泳圈，直奔大海，与大海做最亲密的接触。

这时的海是静怡的，虽然海滩上奔跑着嬉戏的人们，虽然海水里逆潮游去、顺浪游来的人们，但那些来来去去的"有"或"无"，对于我来说，就如在生活中的"好"与"坏"，无论遇到多少欢喜或悲哀，闷头睡一觉，什么都会过去。

在白城海边，我思考了许多。那时我已经有了自己人生永恒追求的目标，而我身边发生的事情，如这海边来来往往的人们，并没有对我持之以恒的前进有太多的影响。

直到孩子在海水里玩累了，天渐渐暗下来，我才背着困乏的儿子，到处找住宿。后来想想，当时不知哪里来的那么大力量和勇气，大概是想念大海的我，正是人生精力旺盛的时节，那样的年龄，什么都能够承受，什么都可以放得开。

五

再见大海，已是不惑之年。住在离海 300 米的海景房里，侧躺在白色的大床上，仰脸对着海和海上的日出，我的眼泪轻轻地滑落下来。赶紧抹去，不让同房间的女友看到。她生长在海边，或许她体会不到我们这些西北缺水地方长大的人，面对大海，心里无缘由地渴望、欣喜和激动。

先前已经早早下过海了，在海水里蹦啊、跳啊。一个有了点年龄的人，面对大海，却像个孩子。在大海面前，很少见到海的人们，常常失态，又失意；而经常见到大海的人，或许也会失态和失意。越靠近浪潮起伏的海，听潮起潮落的浪潮声，人们或喧闹或安静。在海边，在喧闹里沉静下来，思考人生想过和没有想过的问题，思考一个最最简单，或者悬而未决的问题，似乎都能得到满意的答案。

想念那片海，而海就在我的心里。当我第一次来到大海边时，我心里将海装了进去，我带着海去了西北离海最远的地方。《道德经》有："抱朴守一"，说的是"保守本真，怀抱淳朴"。人生就是修行，心里装着大海去修行，心里装着海的包容、海的宽厚、海的奉献和爱……

热炕

　　每到冬天下雪的时候，我都有个想法，这个想法在我脑海里时时萦绕，挥之不去，总想去实现，却没有合适的机会。我的想法对于80、90后的城市年轻人，他们可能不会理解。

　　白雪皑皑，天连着地，一片白茫茫的世界。驱车去麦积山下，找一处农家院落。房檐的窗台下，正冒着淡青的烟火，窗下的炕洞门，被麦草烧得焦黑，我坐在烧热的火炕上，炕上放一只小方桌，桌上摆两本书，人说"早读经、晚读史"。一本《道德经》，一本《史记》，旁边是一杯冒着热气的罐罐茶。木格的窗棂，被一根宽木条支起，窗边搭着一根细长的线，线延伸到屋外的雪地里。

　　我看一会书，累的时候，去拽手边的长线，长线一直伸向院子里白雪覆盖的空地，空地扫出一方，支起一个大筛子，筛子下面，撒着黄色的麦粒，麦粒散发着阵阵从土地里带出的香气，就等着三五只麻雀蹦蹦跳跳地来……

　　这是我脑子里萦绕了许久的场景。每到冬天下雪，我就想去天水附近的农家，坐在热炕上，去感受一次这样的生活。这是我多年的盼望，是最惬意、最美好的享乐，然而，许多年过去了，我依然只是向往，从没有实现过。

这样的想法，缘于我的童年，以至于少年。每到放寒假，父亲总会在第一时间，乘上东去的公共汽车，再换乘一个小时的火车，晚上，我们正好睡在奶奶家的热炕上。

奶奶家的热炕，是冬天我睡过的最温暖的地方。那一夜一夜的梦是香甜的。在奶奶家过寒假，我大部分时间偎在炕上。热炕最靠近火源的地方，是烧炕的洞门。晚上爷爷、奶奶总会睡在那里。大概人老了，身体里热的能量越来越少，老人们的身体，似乎并不怕那种炙热的烤。他们睡一个晚上，身体才能暖和起来，似乎就为一夜之间，聚集些白天活动的热量。

而我从来不敢睡在最热的地方，睡在那里，会像一个"烧饼"，整夜翻来覆去。农村的冬夜，漫长而寒冷，屋子里取暖的炉子，在夜里被煤炭捂起来，保持火源，却不再燃烧，这是老祖宗留下的习惯。这时屋子里的温度迅速下降，只有炕上是大家一起取暖的地方。

然而睡在热炕上，却不时觉得鼻子和脸冻得冰凉，后背却被烙得发烫，于是侧着身子睡，侧一会，胳膊和腿又感觉快要烫焦。若在炕洞门旁睡一个晚上，第二天头晕脸肿，很像是一个被烤过的"烧饼"。无奈，睡奶奶家的热炕，孩子们会各自找一个不温不火的炕角，属于我的炕角靠近炕柜，柜子下面藏几本好看的小人书，还有几块糖和一把杏皮，过年的时候，还有一块酥皮点心。每天晚上只要不关灯，我总在暖暖的炕边，像一只小老鼠，边悄悄地吃东西，边静静地看书。

白天的时候，我不喜欢去找小伙伴玩。村里的孩子，不知什么原因，他们总是用异样的目光，远远看我。我努力过，也不能让他们与我更亲近。可能这些城边的村庄，有更多的优越感，而从矿区来的我，更像个山里人吧。我总也不能容进村里小朋友的圈子，于是我只好孤零零的一个人，偎一床被子，在炕上待着。在爷爷的小方桌上，放一只收音机，在木格纸窗户上，掏一个小洞，观察着窗外刚落在杏树上的麻雀，或者看大丽花散乱的枝条。看够了，便又抱着几本翻破的旧书，再翻一遍，这时温热的炕，暖烘烘的，像一个温暖的怀抱，或坐或躺，一天，又一天，就这样过去了。

终于等到了下雪天，我央求父亲，给我设一个抓麻雀的陷阱，于是一根很长的线绳，我时刻拽在手里，就等着冬天来觅食的麻雀。

这是十一二岁，对乡村最美好的记忆。许多年过去后，我总会在下雪天盼望，再去乡村的热炕上偎一偎。

然而很是巧合，这些年我虽没有睡过乡村烟火中的热炕，却在冬日里，每天凌晨5点，也会在自家的床上，享受一阵热炕的感觉。我的热炕很特别，绝不是电褥子所能代替的。

1.8米的新床买来的时候，屋子小，憋屈得很，无奈便把床紧靠在窗下的暖气旁，母亲说了好几次，把床烤坏了，但巴掌大的地方，想要好看，只能靠的靠、挨的挨。

自从新床支起来，一到凌晨5点，锅炉房开始供暖，紧靠窗根的我，总被身子底下暖暖的温热包围着。头几天，还梦见是在老家的热炕上，像个调皮的孩子，被热炕炙烤，便开始蹬被子，或者翻身，换凉快的地方。后来，身子下面暖和起来，或者睡梦越来越香甜，或者也慢慢地醒来，打开父亲送我的枕边小台灯，暖在被窝，翻一阵闲书。

人生散淡便会安乐，在凌晨最冷的冬夜，被不经意的温暖包围着，何尝不是一种人生的享乐。有时不经意的温暖，更是心上的蜜糖，就像这每天早上不知不觉的暖气热炕。然而我还是在下雪天盼望，盼望去一次农家，偎热炕，翻闲书，一边等待觅食的麻雀……

痴心石

一

　　石头是我喜欢的东西。记得小时候，每次去河边，总会在水里找漂亮石头。我很奇怪，湿湿的水，似乎是石头的一面魔镜，石头只有到了水里，才会现出原形。尽管，刚找到的一块"绿宝石"，拿到岸上，太阳一晒，转眼工夫，石头上的花纹和图案，还有颜色，就不太清楚了，但石头里藏着什么，那些说不清的东西，一直吸引着我。

　　我住过有一屋子石头的房子。这房子在剧院的隔壁，像是从电影里搬下来的。一进门，右手是一处只能放一张餐桌和四把椅子的餐厅。餐厅周围的三面墙上，是被掏空的一个个方木格，格子里是一块或大或小的石头。若是把人缩小，这三面墙像一座石窟。坐在餐桌里吃饭，可以一面咀嚼嘴里的饭，一面用眼睛看对面造型不一、图案不一的石头，进行另一种品味。谁说吃饭看东西会忘掉，我在那间屋子里吃了一个月的饭，一块块石头都被我藏在心里，揣摩着终生难忘。

有一块青色的石头，拿着扇子，裙带飘飘的女子浮雕在上面。这是石头自然的形状，女子用扇微微遮住脸颊，尽管看不清石头上女子的眉目，但想象中，那女子该是天女下凡。从观察石头，我明白了凡事还是隐隐约约，朦朦胧胧的最迷人。其他的石头，有各种人物、花鸟山水。唐僧师徒三个、佛祖、佛祖的狮子坐骑、老虎坐骑，杜甫、李白、一脉山水、一座流星花园……

这座石头屋子，不光餐厅里有石头，客厅和两个卧室四周的墙下，摆放着一块块大小不一的石头。晚上睡觉，就睡在木地板上，地板上像榻榻米一样，铺了厚厚的褥子，睡在地上，面对着墙边立着的一块块石头做梦，梦里是各种离奇的故事。有一天早晨醒来，我正搂着一块石头酣睡，石头上是两个小小的人，似在抬头吟诵，石头被我拿到被窝里看，看着就去做了"红楼梦"。

这座石头屋子的主人，是我母亲中学的语文老师裴诗唐先生，是个写剧本、爱石头的浪漫老头。他星期六、星期日带着儿子去黄河边拾石头。

二

我曾跟着一支大队伍，专门去河边捡过石头，这支队伍都是甘肃省写散文最棒的作家。2009 年，甘肃省作协在黄河岸边办了散文高研班，我也庆幸自己混在里面，被当作培养对象。

黄河岸边的山庄殷勤而周到，但还是拴不住作家们总去外面探寻的心。每天吃过晚饭，绕过山庄漂亮的荷花塘，作家们径直往河边走，河边应该是黄河的支流，干枯的河床，到处是一处处水洼，而这里又是成千上万大大小小石头的家。

走在最前头，领头去拾石头的，是一位瘦高的作家，是石头收藏的专家，他是天祝藏族自治县的靳万龙老师。靳老师性格直率而豪爽，每天吃过饭，作家们都喜欢跟在他的屁股后面，去河滩里捡石头。他端详半天，丢弃一块不要的石头，几位女作家，一拥而上，像抢宝贝。对于我们来说，能入靳老师的法眼，能让靳老师端详半天的石头，都是无价之宝。

大而美的石头，靳老师会捧起一捧水，往石头上冲洗，给我们讲解一阵，让我们欣赏一阵，在水的撩拨中，石头一次一次显出它们吸纳天地精华的原形。但终究石头太大，我们会割爱舍弃。又做个标记，记下方位，想着学习完，用车带回去。而取与不取之间，也只是一个念头而已，很多石头被丢弃，永远就在当年做了标记的地方，长久地等待。

三

我在大队伍的后边，仔细地在河滩里找，居然从石头里淘出了宝贝。我捡到一块平如"烙饼"的青色石头，"烙饼"的中间微微凸起，凸起处明显地有一扇黑色发亮的门。黑色发亮的部分，大概是化学矿物质的聚集，门旁边，又是一只黑色发亮的小鹿。小鹿似乎要穿越时空，从那扇黑色的山洞门里走出来，又欲从石头上走下来。我看得神奇，偷偷藏在衣服里，生怕被别人要去了，带回家后，一直在化妆台上立着。

还有一块掌心大的小石头，也很特别，石头是淡淡的浅白，却在浅白石头上，有一条黑色流畅的线条，勾勒着黄河母亲的样子。这样简单、恬静的勾勒画，是大自然一笔带过的天然勾勒。我经常把这块石头装在口袋里，或握在手心里，石头被握得很暖。时不时，我会拿出来欣赏一下石头上温柔的母亲。终于，在一个冬天，一位朋友咳嗽不止，我心生怜悯，割爱将暖暖的黄河母亲石，连同一瓶糖浆，送给了朋友，盼望他早日康复。

四

我不只是送出去石头，我也收到石头。记得小时候，父亲去南京，从雨花台捡回很多雨花石，送给我。我幻想雨花台是一块用无数小小的雨花石，堆起来五颜六色的石头台。还有福州的唐希老师，寄来一块没有雕刻的寿山石印章，浅浅的黄色，兽纽方章，握在手里温润细腻。唐老师说：请天水"方家"篆刻。后来请王瑞生先生篆了"石缘"两个字。在厦门，我得到一块寿山白玉兰，这是我最珍爱的礼物，我时常放在枕边玩耍，与石结缘的乐趣都在其中。

致我的文学梦

"逝者如斯"，不觉 4 个月的鲁院生活匆匆过去。我心里常想，为何在鲁院，时光过得那样快。我在留言本上写下一句话："在鲁院，总想拖住光阴的腿，可日子却把我拽着匆匆跑……"

4 个月前，2017 年 9 月 9 日，是我人生重要的开始。从这天起，我生命中开启了新的航程，与来自天南地北的 56 名同学一起，共聚中国文学最高殿堂——鲁迅文学院，一同圆我们心中的文学梦。

有些梦想，一直在胸中涌动，却只是梦想。而有些梦想，却在不经意间成为现实。去上鲁院，我曾这样对家人说：这辈子，若能上鲁院，我的人生才算圆满，这是我的梦想。"

可没想到，这个看似遥远的梦，却在天水李杜诗歌节启动仪式的那天，在天水麦积山下实现了。那天，来自全国各地的作家，浩浩荡荡行走在石窟大佛脚下，蔚为壮观，我心生感动，默默向大佛祈愿：愿这些作家，都能写出安慰天下人们心灵的文字……"

一经许愿，起心动念或许也是一种冥冥中的力量。就在这天，我接到了上鲁院的通知。这绝不可能发生在我身上的事情，绝对只是做"梦"

的事情，却梦想成真了，我的泪水顿时溢出眼眶。我不知道上鲁院，对我真的意味着什么？我也不知道上完鲁院，对我真正的意义又是什么？然而接到通知的那一瞬间，我就想好了：我要放下现有生活中的一切，去鲁院学习。我坚定的信心，让我去鲁院的任何阻碍，瞬时化成助我北京之行的一臂之力。

在以往的文学道路上，我几度走到了创作的边缘，创作出现举步维艰的状态。而在自己的生活工作环境中，始终是我一个人的行走，甚至半年都听不到一个文学的发声和共鸣。我每天的工作和生活，过得匆忙而又孤寂，始终是一个人，迷茫又孤寂的一个人。当我怀着缺乏文化自信，以懵懂求知若渴的心情，踏进鲁院的大门，第一次在学员自我介绍的班会上，听到郭艳主任说：文学追求要"小"中见"大"，"小格局"中见"大情怀"，讲好"中国故事"。这时，我的思想瞬时像被雷电触击。我开始感受到，对自我创作道路否定的疼痛，对自己未来的创作，越发充满了迷茫和不知所措。我原以为：写好自己的"小人物"，书写个人心情和个人遇见，便是自己写作的最佳状态和完成写作使命的最好方式。而到了鲁院，每一堂课，每一次文学交流，不断为我开阔眼界，打开我文学创作的新视野。

从第一节课《打开文化视野、培育文化思想》开始，我便从思想上，对自己曾经缺乏文化自信的创作，找到了方向。作为一个作者，怎样讲好"中国故事"，作为一个作者，怎样拿起自己手中的笔，反映当下人民的物质和精神生活？如何让自己的书写，成为反映人类历史长河的记录？如何让自己的书写，成为当下及未来，对人们精神的安慰？如何启迪人们生活的目标、方向？作为一名警察，如何担负起时代赋予的反映和记录现代警务的责任……这些是我通过 4 个月的学习，从王蒙先生的《永远的文学》、叶舒宪先生的《文学人类学的中国派》；瑞秋莫莉教授的《过程、实践、游戏》；刘文飞先生的《俄国文学地图》；汪晓鹰先生的《中国意象、现代表达》；欧建平先生的《现代舞思潮百年》；戴锦华先生的《数码转型时代的文化与社会》；刘跃进先生的《文学史是如何选择杜甫的》；邱华栋书记的《谁是当代世界伟大小说家》中得来的。

在一次次文学座谈会、文学对话课、课外讲座、文学论坛、文化地理考察、社会实践，及宁肯导师诚挚的指导和交流中，和在鲁院参加运动会、在国家大剧院观看话剧等丰富的文化生活中，及与鲁院的门卫、电教管理员、甚至厨房的服务员、大师傅们的交流过程中，我逐渐明确了自己文学追求的意义，逐渐明确了自己文学创作的目标和方向——那就是用自己的笔为人民而写，记录这个闪着光前进的伟大时代。

在鲁院我每天写日记，记录下 6 万字自己学习和生活的琐事，我想这 4 个月的学习内容，和我琐碎的生活文字记录，将是我今后 3 年，以至很多年，慢慢咀嚼、消化和创作的源泉。我将把这 4 个月的课件录音，和我的 3 本听课笔记，当成我今后几年写作训练的课程，去认真学习。这让我在即将离开鲁院的那些日子，心里并不感到失落，而是在自己思想的行囊里，装满了鲁院的老师、同学们送给我的满满当当的精神礼物，我要带回去，重复学习，温故而知新。

曾有朋友说：叶嘉莹先生这一生的成就，就是在整理她的老师顾随先生上课的笔记中获得的。而鲁院给我的 4 个月的精神食粮，我将深深地种在思想的麦田里，我将用一年、两年、三年……甚至更多时间，耐心地培育，让一颗特殊的文学种子，在我的思想深处生根、发芽，让它们在我的文学道路上，成长成可以为更多人们遮风避雨的参天大树。

当然这一切，也只是我的美好向往，更多的还需我去认真地努力实践，将自己的写作，变成一个承载社会责任的历程，这需要一种情怀，更需要加倍的勤奋和努力。

在鲁院学习的 4 个月里，我不得不提起在课余时间遇见的 4 位老人。他们是我的忘年朋友：吴青、王宗仁、卞毓方、梁志刚老师。我生命中的遇见，都是偶然，我从来不想，也不愿刻意给自己的生活，强加一些精彩和伟大。然而，正是这些偶然的遇见，却影响了我的写作和生活。

我生命中的这些老朋友，他们的思想引导了我，他们的行为给了我创作的动力。在吴青老师身边，我时时感到的爱心是博爱，然而我也深深体会到：任何事情都不能走极端，即便是爱，是付出，也要有"度"的把握；王宗仁老师快80岁了，却保持着旺盛的创作生命力，他每天坚持在固定时间写作。耐心、精心地用半个月或者一个月的时间，打磨一篇文章，这样的创作精神，像一面镜子，关照着我未来的创作方式；而卞毓方、梁志刚老师，他们告诉我：每天4点钟起床是季羡林先生坚持的，创作没有捷径，就是不断地打磨文章、打磨内在的自我，让文章和自我都像明镜一样透亮而清晰。他们的观点，让我得到一个启发：一个作者需要脱离各种名誉、权力、财富和情感的羁绊，若想要"潜心创作，必得安宁"，这种安宁是一种习惯，一种从刻意到自觉的习惯，摒弃自我以外复杂、浮躁的社会生活交往，站在关心社会、关心身边人们、关心人类的角度去书写，这是我在鲁院的学习和生活之外得到的感悟和体会。

对鲁院学习和生活的总结，我不得不说说我的老师和同学们。从读书上给予我们精神引领的邱华栋书记；鼓励、鞭策我，给我创作动力的徐可院长；悉心与我探讨文学，耐心听我思想困扰，让我内心从容成长的郭艳主任；每天陪伴我们，默默关照我们学习和精神生活的张俊平班主任；为我们引导和解读每一节课程的各位老师，你们辛勤的付出，是我们在鲁院学习和生活必不可少的保障。

而我的同学们，我从你们那里得到了这一辈子难以忘怀的珍贵友情。每一个人，我都珍惜百倍，在与你们的交往中，也曾经有一些思想的交锋，但你们让我最终明白：同学情谊是一辈子的惦记和珍惜，那些鲁院生活中4个月的点点滴滴，都是我生命蚌壳酝酿的珍珠，它们为我穿起来精彩的鲁院生活。让我明白与同学和老师们在一起，要包容、要谅解，像水一样去温柔地接纳生活中的遇见。

我的同学和老师们，你们还让我明白了一个作者，一个女性作者，最好的状态就是自我充实、自我强大、不依附于任何外界环境的影响，内心纯净、干干净净地存在于文学道路上，这样的写作才能够走得长远和长久。任何一种依赖都是创作的羁绊，不论是情感、生活、理想和目标，都需要自我内心的强大去完成。作为一个女性写作者，完成自我成长、提高自我修养，是在鲁院学习后，所要独自完成的自修课和必修课。

在现实纷杂的生活中，鲁迅文学院却是一个文学的世外桃源，这里是一个能够将文学梦想，变成现实的地方。无论从写作方法和写作思路的开拓方面，鲁院都给我注入了文学的新鲜血液。这里又是新的梦想开始的地方，通过完整 4 个月的学习，我也逐渐为自己梳理了一条适合于自己的文学道路，并且也做了 3 年至 5 年的规划：一是一年之内，边温习鲁院的课程，边将自己的《人的美丽是心底的明媚》《小人物》两本书整理出版，对自己以往的写作，画上句号。二是与此同时，用 2 年至 3 年时间，创作《监狱警察故事》，写出能反映在现阶段监狱历史背景下，监狱人民警察的生存状态的故事。三是除此之外，在创作疲劳期，写一些童话及儿童文学作品。

这些新的梦想在我心中涌动时，我便对离开鲁院，并不感到过多的忧伤，我觉得离开是一次新历程的启航，在这里靠岸休养身心后，离开鲁院，必是如哥伦布去发现新大陆一样，做一次新的文学旅程的航行。

祝福鲁院、祝福我的老师和同学们，分别并不是离开，是我们各自肩负文学的使命，并肩携手前行的开始……

龙儿 17 岁

一

今是龙儿的生日，他 17 周岁了。

昨晚给他打电话，他纠正我说：18 岁。我明白他的意思，想用年龄摆脱父母的束缚，成为独立的自我。然而，我还是一贯的家长作风，我纠正他："你是 2000 年 12 月 6 日出生的，明年就是真正的 18 周岁了。"

"你想干啥就干啥"这句话，我在嘴里嘟囔了几秒钟，没说出来。我怎么能给孩子灌输不受约束的生活理念呢！人在世间，怎么能够随心所欲我行我素呢！我想告诉儿子任何一种自由，都是在自我约束的前提下进行的。

但我知道，任何一个接近 18 岁的孩子，都向往着在那个象征性的年龄里，摆脱所有的约束，天马行空任自由。我想起亲戚家的女孩，她曾对我说："18 岁，我就可以谈恋爱了，不用我爸管我，我想做什么就做什么。"我当时听了很震惊，多么相像啊，我想起了我的 18 岁，我也曾向往过"自由的逃脱"。

二

17 年了，龙儿的生日，从来没有离开我独自过，而这样一年年的生命历程，确实有些不一样的状态。自古都有"女 7 男 8"的说法，从出生到龙儿 8 岁，这是我们之间，最亲密和快乐的时光。那时候，身体很累，但心里却是轻松、丰富和柔软的。记得每天从幼儿园接龙儿出来之后，我们都要小跑着回家。我们找到了从幼儿园到家里路上所有的厕所。龙儿在幼儿园不敢"解大手"，他总是把一天的"量"，都释放在我们回家的路上。女子医院、地毯厂的厕所，金融宾馆、广电大厦的厕所，都是我们在回家的路上，间或要去一次的地方。即便是这样匆忙，龙儿还是要在街上，跟着一张雪糕纸，在风里追很久，直到拿到那张被随意丢弃的垃圾。龙儿回家路上捡拾纸皮和塑料袋，已经成了常识和行为习惯。他会一溜烟小跑，将他捡到的东西，扔进最近的垃圾箱里，他小小的年龄，已经很有环保意识，垃圾箱在一条街道上，走 10 多米，就会有一个，好习惯的培养，也需要有"垃圾箱"的服务。

龙儿的习惯，不是我刻意教给他的。我也没有在路上拾垃圾的习惯。我只是在家里告诉他：把地上的废纸、果皮捡起来，扔进家里的垃圾桶。

龙儿出了家门，他觉得，外面的世界，也像一个家。下楼梯的时候，或者在马路上，碰到年长的叫爷爷、奶奶；年轻的，叫叔叔、阿姨。于是，他觉得马路上也有亲切的人，也像自己的家里。他在马路上，随处捡拾，他觉得马路上丢掉纸屑的人，都不讲卫生。

那天，龙儿在马路上，追着一个戴着红领巾的胖哥哥跑。他手里拿着"红领巾"哥哥刚刚丢在风中"好丽友派"空袋子。龙儿看一眼袋上印着"奶油蛋糕"字样，咽了一下口水，追到胖哥哥跟前，拽着哥哥的袖子说："哥哥，你的。"哥哥转过头，看了一眼，没有理他，走掉了。龙儿在风中站住不走了，他不明白：为何哥哥不要他自己随便扔掉的垃圾袋？他站在风中想，发了一阵呆，他充满疑惑的小脸可能在想：妈妈晚上给他讲的那些书里的故事，还有我们每周都看的《佳片有约》中那些外国的科幻片……就在他沉默思考的那一瞬间，龙儿长大了，他 9 月份开始上一年级，他戴上了红领巾。

三

又是一个 8，从 8 岁到 16 岁，孩子快快长大，我的日子却过得很漫长。人们常说，孩子从出生开始，越长大与父母的距离越远。孩子的成长，是一步步与父母越来越远的过程。

二年级到四年级的时候，我还每天给龙儿读《格林童话》《一千零一夜》的故事，我和他一起在幻想中长大，他在睡梦里想故事，我在他睡着的时候，继续看故事，或者记录故事。可是有一天，我们母子同一个"频道"想问题的节拍，被打乱了。

那一天，我依然像往常一样，到马路旁边人山人海的学校门口去接孩子。

如果你在一个陌生的地方，看到人们里三层、外三层，会聚得密密麻麻。一层一层前后左右，紧凑紧挨着，却也并不觉得拥挤。这样一大群人会集在一起，这时，你一定首先要想到，这个地方就是学校门口。在这个地方，每个人内心都充满怜惜之爱，更确切些，是每个人都带着心里的爱来到这个地方。这种爱，只有亲人之间才会这样无偿地给予，且给得是那样彻底。甚至，因为这种爱的存在，站在学校门口，陌生的人们，很快就会互相熟识起来。一个孩子的家长和另一个孩子的家长，从没有见过的人们，他们会因为彼此的孩子，搭上了话，他们有共同的话题，聊得甚至很开心。或许，在学校门口遇到的人，一个真正强大的爱孩子的利益共同体，他们之间的亲密关系，就是在学校门口建立的，甚至伴随孩子成长一生。

我也与龙儿同学的父母热情地交流，交流孩子们在家里的学习情况和学习方法，报了哪个补习班，听了哪个老师的课……

说着，龙儿就从学校走出来，跟我一起过马路回家。那天过马路，与以往过马路，有些不同。这一次，站在十字路口，我第一次感觉到孩子正一点点地远离我，他有了自我的判断和思想。

以往的无数次过马路，只要身边有其他的小同学，我都会一手拉着龙儿，一手护着两三个孩子，一起过马路。不时地给过往的自行车、机动车打个手势，意思是让孩子们先过。而这次，儿子却在过完马路的十字路口，站住不走，他严肃地对我说："妈妈，你能不能不要这样多管闲事。"

我有些震惊，我脸上堆着笑，沉默了。我没有抓住机会，在那天之后，与我的儿子好好谈谈这件事，好好沟通一下彼此的想法，这或许是我一生中最后悔的一件事情。或许那天，我又沉迷在包里还没有读完的一本书；或许，我回家做晚饭后，又想着写一篇未写完的随笔。反正，我错过了与儿子交流的最佳时机。甚至，我与儿子相伴的后来 8 年里，我一次又一次错过了与儿子交流和沟通的时机，这是我此刻觉得最为心痛的事情。

四

生活中每每发生事情，我总是用逃避的方式，用沉默的方式，祈求平安与平静。于是很多错事，最终酝酿成了无可挽回的遗憾。就如与龙儿的沟通，在对与错的十字路口，孩子犹豫不决，不知对错时，我没有及时地与他交流，没有及时引导他，这成了后来从 14 岁开始，便有了我不可掌控的局面。错失最佳的交流时间和机会，我与龙儿，再有不一样的观点和想法，就没有了能够平静下来互相探讨的状态。我们发生的是碰撞，争执，甚至我会打他，他却挺着胸脯，比我高出半个头，理直气壮，在我跟前像一座大山，一座我没有变换理念和思维方式，想要征服的"大山"。

当然，那是一座不可征服的"大山"，永远不能用"征服"的字眼。去想这座"大山"，只能用欣赏的眼光，去俯视、平视、仰视这座一天天成长的真正伟岸的"山"。

而那些年里，作为一个缺乏思考教育问题和理念的母亲，我焦虑地、混混沌沌地过着自己身心疲惫的日子。甚至有一天，我与龙儿争吵的时候，突然心脏很不舒服，我躺下了，那是一种屈服，在一个 15 岁男孩面前的屈服，身体和精神上的屈服。龙儿看到我平静地躺在床上，惊吓地摇着我的身体说："妈妈，醒醒，你不要吓我。"之后，他看到我泪流满面，他也平静地躺在我身边，失声痛哭起来，他一遍一遍地说："妈妈，你不要再逼我，我们好好的……"

　　我们两个，一刻也没有分开过，走了十几个年头的两个人。上初一才分床而睡的两个人，我们平静地躺在床上，我们的思想，从过十字路口那一天便开始分道扬镳了。我们默不作声，泪流满面，心里和眼里的泪，汩汩地流淌着。我们互相不理解，互相不容忍，互相不认识。自此，自从那一天，我和龙儿再也没有发生过大干戈，我们似乎化干戈为玉帛。然而，这样的状态，却使我一天天生出丝丝白发，一天天变得抑郁而沉默，一天天看透了人生的得失。随后的生活中，我不为任何事情所感动和激动，甚至有些人性中最自然的发生，我虽诧异，却也平静。

　　有一天，我站在大海边，一阵浪潮翻卷而来，旁边的女子们，都为那些扑面而来，打湿衣服的浪潮，或兴奋、或恐惧、或狂喜、或惧怕地大呼小叫。而我，却诧异自己，遇到突如其来的恐惧、或者狂奔如潮的热烈，我都异样地平静。而生活中，只为一些些细微的柔软、温柔的感动，我便汩汩地落泪了。

　　那天，浪潮来的那一刻，我想念我的孩子龙儿，我想他 17 岁的生日就要到了，我却在 17 年里，第一次不在他的身边。他长大一岁，离我越来越远了，我爱他，永远都如昨天。

　　父母的爱是无条件的爱，是永远的爱，愿渐行渐远的儿子，永远珍惜……

18 岁成人礼上给儿子的一封信

儿子：

一晃你就 18 岁了，妈妈又高兴，又难过。

高兴是因为你长大成人了，从你参加成人礼的这天开始，你便在所有老师和家长面前证实自己：你已经成为一名真正的男子汉了。有了为自己和他人负责的行为能力，是一个能够承担责任的成年人，因此，你今后所有做出的决定和选择，爸爸和妈妈都会充分尊重你的意见，我们的话，只作为你的参考。

成人礼之后，爸爸和妈妈会清楚地认识到，你已经是一个真正的大人了，拥有和我们平等地选择人生的权利。也在一定程度上，拥有了独立，不论是精神上，还是经济上，你已经到了可以用自己的双手，去创造你美好生活的时候了。而我和爸爸，对你的选择，会一直支持你，鼓励你，在你身后远远看着你，为你祝福，为你祈祷，希望你的生活、学习和将来的工作，一切顺利而美好。

儿子，在你成人的今天，妈妈一定会流泪，因为此刻，无论多么理智的人，都会因为分离而感情脆弱。我们的眼泪，一半是因高兴和激动，一半是因为今天你将会从我们这个"母体"，彻底地脱离开去。想到从出生，你在襁褓中一点点地长大，像一颗发芽的种子，一点点长出叶子，长出枝干，长成大树。而这漫长而又短暂的 18 年，我们一家三口几乎就是同体生活，在一个家庭饮食起居，而如今，你长大了，要真正地脱离开父母的庇护，独自为追求自己的信念和理想远离我们，我们是多么舍不得你，我们难过，我们流泪、我们伤心。一本床头的书，几天找不到，都会伤心很久，何况是我的孩子。你的长大，就是和我们的远离，而只有远离，你才能真正成长。我们很难过，从今天开始，你将离爸爸和妈妈越来越远……

不知谁说过：世上一切爱都以聚合为最终目的，比如你爱一个人，就想靠近他（她），而只有一种爱以分离为目的，这就是父母对孩子的爱。就像一只生长在峭壁悬崖上的小鹰，当它长大时，鹰妈妈因为爱它，会用弯钩一样锋利的嘴巴去啄小鹰，逼迫小鹰离开温暖舒适的窝，离开家，学会独自飞行，飞向浩瀚的天空，飞向更广阔的天地。爸爸、妈妈此刻就是这只老鹰，一只忍着心里的疼，因为爱你，而要让你远离，让你独自成长的老鹰。

儿子，你 18 岁了，成人礼之后的今天，你要告别过去，一切重新开始，做一个全新的人，去迎接新的一天。尽管昨天不成熟、幼稚的思想，还会时时牵绊你，但是从今天开始，你要给自己一个新生、自新的机会，就像动画片里的机器人要进化，进化后全新的你，要有全新的状态，去面对自己的学业和生活。

你想成为怎样的人，你就能成为怎样的人，只要你，向着你想要成为的方向去努力。爸爸和妈妈对你充满了信心，我们相信，你不但在智商上，通过学习能得到进取；在情商上，也一定会在社会这个大熔炉里得到历练。只要你对身边的人，身边的事，处处留心，耐心观察，取别人的优点，补自己的不足，你一定会成为一名优秀的人才。爸爸妈妈相信你，你的聪明终将成为大智慧，而今天成人的你，要勇于向困难挑战，做一个自信、自立的人，每天不断完善更新自我。

今天在成人礼上，妈妈送你一只手表。这是妈妈在四川大学学习时买的。妈妈到了中年，才知道学习是那么美好的一件事，我希望这只手表让你珍惜生命中的每一天，让你的每一天都过得有价值、有意义。希望你早早地对自己的人生有所规划，做自己喜欢的事情，爱自己值得爱的人，做一个阳光快乐，每一天都过得有质量的人。最后爸爸妈妈希望健康、善良、快乐伴随你终身，因为这些是一个人来到这个世界上最初的目的，也是最终的追求！

爱你的妈妈
2018 年 7 月 6 日

在空中遇到另一个我

飞机升上云端，蔚蓝的天空，像一块蓝色的大布，环裹四周。飞机上升的颠簸，渐渐消失，机舱播音室里，好听的女声，开始介绍漂亮的乘务员。

每到这时，我总放下手里的杂志，或者收回注视舱外的目光，挺起背，伸长脖子，让自己坐着的姿势更直立一些，我想看看与我在一起飞上蓝天的"空中小姐"，她们的职业曾是我小时候的梦想。

这次的航班是国际航班，飞机上有七八个空姐站成一排，她们穿着白色的短袖衬衫和海蓝色的马夹、小裙，左胸口有一只展翅的金色飞鹰徽标，徽标下有金色的姓名牌。也有一个穿深红色马夹裙的乘务员，她的年龄稍许大些，她大概是人们常常说的"空嫂"吧！

每介绍一个人的名字，一个大眼睛、白皮肤的空姐，总会点头微笑，跟大家打招呼。我一个一个认真地观察她们，我听人说"女人的脸上有风水"，那么空姐脸上也该有"风水"的，那些选择空姐的秘密到底在哪里呢？我想绝对不仅仅只是"漂亮"而已。

正想着，突然播音中说到了我的名字。我对自己的名字很敏感，因

199

为姓"汪"的人并不是那么普遍，然而母亲给我起的"彤"字，选用的人也不多，两个字放到一起，似乎比较拗口，很少有人把音完全读得准确。听到自己的名字，我先是一愣，接着开始不相信自己的耳朵，一定是听错了，回头去找最后一个念到名字的空姐，却惊喜地发现，她的胸牌上写着我的名字。

我是个感性的人，看到自己的名字，一笔不少，一画不多地写在别人的胸牌上，我激动万分。我开始坐不住了，左右顾盼。这时乘务员们给大家分发早点，当"汪彤"走到我跟前，我提起勇气，心里充满了好奇，睁大眼睛，认真在她身上找除了名字以外，与我是否有其他相像的地方。

她与其他的空姐一样，头发向后梳起，整齐地盘在脑后，方方正正的额头下浓眉大眼睛，俊俏的鼻子，微笑的嘴巴，与我朝着同一个方向微笑。我在她身上几乎找不到与自己相像的地方，她更像其他的空姐，她的气质里和她们有着万万千千的联系，然而在这万万千千之外，我还是发现了自己与她一样的东西。那就是我们的眼睛，我们的眼睛里黑瞳几乎占了二分之一，我们眼睛的大小和外观，也几乎很相像，最让我感到欣慰的是"眼里的光芒"，祥和而安静，温柔里更多了些温和的善意。这或许是我找到的自己最熟悉的东西。

当她注视我时，我伸着脖子悄悄对她说："我也叫汪彤，我们的名字一模一样。"这种类似"暗号"的话，让她感到很惊诧。她应该从来也没有遇到过这样的"飞行问题"，她愣了神，盯着我不知该如何回答。

我同行去领冰心散文奖的宁夏诗人牛红旗老师坐在我的身边，他看着"一个汪彤似乎不相信又出现的另一个汪彤时"，着急地解释说："她说的是真的，她也叫汪彤。"

旁人的解释，似乎让她相信了眼前的事实，是一个同名同姓的人真实地出现在自己面前，而不是一个冒名顶替，或者身份错乱的打扰。空姐汪彤也开始激动起来，她对我说："我们留下各自的联系方式好吗？"我连说三个"好，好，好"，便急忙低下头，去找自己的手机，她也开始继续给大家分发早餐。

而我的手机早就关机了。在空中航行，该是人们最安静的时候，可以抛开地面的一切为了安全地重新回到地面，几乎每一个有理智的人，在飞机上都会暂时安静下来。唯独我不安静，我试图打开手机，却又为刚刚找到的"另一个我"，放弃了这个念头。我拿出自己的小本，撕下一张，郑重端正地写上自己的名字，尽管那也是她的名字。我又写下自己的地址，心里胡乱幻想着：有一天自己穿着警服，她穿着空姐服装，各自举着大牌子，上面写着我们共同的名字"汪彤"。

写完地址，我想起自己的那本写着汪彤名字的书，我又匆匆写下一句话："把你的地址也给我，我要寄给你一本'汪彤'的著作，能在天空中遇到'另一个自己'真是一件幸福的事。"

纸条给她的同时，我也把自己平时记日记的小本子递给她，请她留下地址。

吃完早餐，等一切服务的工作都停当了，空姐"汪彤"拿着本子递给我，可以在她脸上同样看到兴奋和幸福，她问我老家是哪里的？我说甘肃，可能更早或许是山西洪洞"大槐树"人。她说自己是济宁人，今年21岁，她小时候的梦想就是当一名警察。我惊喜：我们现在彼此的职业，正好是我们小时候都曾经向往的。

我打开她在笔记本上的留言。"汪彤"两个字和我写给她的几乎一样，也在最顶格。她的地址"航空大厦"下写着一小段话："缘分注定了我们的相遇"，这段话的后面画着一个开心的笑脸，笑脸后是一串手机号码和微信号码，写着常联系，祝旅途愉快的字样！

旁边的诗人牛红旗老师看到"汪彤"在空中找到了"汪彤"，他拿起我的日记本，趴在小桌板上写下一首诗歌《写给两个汪彤》——

"在西去的机舱里，汪彤发现了自己，她和她惊诧，原来这世上还有另一个我……"

能有一个诗人在天空中为我写诗，这是我的第一次。我让牛红旗老师抄了两份，一份自己珍藏，一份送给空姐汪彤，她说要裱起来好好珍藏。

我们是带着万分激动的心情，从空中落到地面的，我们约好，飞机一停，我们就一起合影留念。

我们并肩站在一起的时候，另一位空姐举起手里的相机，对准我们，只听咔嚓一声，那一瞬，两个汪彤的头，紧紧挨在一起，我们像是两个连在一起的整体，而这个相连，是一个代表了我们自己的符号——我们共同名字的完整相连。我几乎是一步一回头地离开机舱，她也站在机舱的红地毯上久久凝望着我。我说："进去忙吧，以后我们常联系。"

她告诉我自己的男朋友也是山西人，她要一回家就告诉她遇到了另一个自己。

走出机舱时，穿着红衣服的空嫂最后目送人们离开，她知道另一个汪彤要离开时，微笑地伸出手，与我握手分别，我紧紧地握着她的手，嘴里却说了一句自己也没有想到的话："请你照顾好她。"说完这句话，我眼里立刻充满了泪。我也不知怎么才能解释清楚，此刻一个陌生的与自己同名同姓的人，为何像自己的亲人一样，让我这样放不下，而我想到了曾经的自己，她或许就是年轻时的我，我希望她快乐阳光地生活，祝福她就是祝福我自己……

第五辑　悼念篇

忆金庸　忆往昔

　　儿子发来一条微信："金庸去世？？？"

　　怎么可能，我心里并不知道金庸多大年龄，但觉得他这样伟大的学者、作家，似乎一直在世才对。他的武侠小说，不光我喜欢，儿子喜欢，一直影响着几代人。在我心里金庸先生永远都是照片上笑呵呵的样子，怎么会突然去世呢！我心里犯嘀咕，给儿子回微信："是李咏，不是金庸，你弄错了吧。"我还加了一句："就是我喜欢的非常6+1砸金蛋的明星吧。"然而，即使我非常喜欢的明星去世，我心里的惋惜，也只是一阵阵就过去了。

　　"妈，你上网查查。"儿子说。我打开网页，百度"金庸"，页面是灰白色的，94岁，驾鹤仙游的年龄，顿时，我心里非常难过，一阵阵扎心的"痛"。我给儿子发了一串流泪的表情，儿子说他也很心痛。他才18岁，他怎么会有我如此心痛的滋味呢。我索性推开刚吃过饭的碗，最后咽下的饭，哽在了喉头。

　　我心情不好的时候，总上床躺着，这次，依然这样。打开手机上关于金庸的网页，听那些熟识的武侠小说改编成电视剧的主题曲，我的眼泪不停地滑落。我没有想到自己心里竟然如此伤感，回忆往昔，这位写出那么多好作品的作者，他从我少年时，一直陪伴我到青年，中年……

一

运动会的那些天，是学生时期最欢乐的日子。学校的大喇叭，一直点我的名字："请汪彤同学参加女子 100 米决赛……"可惜，这喇叭里的声音，不能翻过学校的围墙和铁门，不能穿过篮球场，直接进入放电影的大礼堂。我趁买雪糕的机会，跑进大礼堂，呆呆地看小电视里正播出的录像。是黄蓉给洪七公和郭靖做饭的那一节，黄蓉每做一样好吃的，就骗馋嘴的洪七公给郭靖教降龙十八掌。我也想练降龙十八掌，运动会上谁拿第一还是第二，早被我抛到九霄云外去了。大礼堂里《射雕英雄传》的录像，一直演到中午吃饭才结束，我心里充满了继续看下去的渴望，若有所失地回到家。在学校当教师的妈妈生气地呵斥："大广播里一直喊你的名字，你跑哪里去了？"

我听不见妈妈的声音，我想的是黄蓉和郭靖玩玩耍耍，相亲相爱的场景。我那时不知道这么好看的电视剧是金庸先生写的，他把黄蓉的侠义精神，写进了男女的情感中："为爱人的利益牺牲自己，那是一种伟大的爱……"黄蓉和郭靖侠义的种子，从那次运动会之后便种进了我的心里。

二

小书房的灯，一直亮到深夜，妈妈又来敲窗户："关了灯快睡，作业写不完，明天再写。"这时，我生怕妈妈闯进来，我的耳朵向后伸，静静地听……卧室的门有些变形，我只等门被推开时发出拖拉地面的声音，马上把放在书桌里的《倚天屠龙记》，用身子挡得严严实实。

虽然是高三，但是我依然不慌不忙，我知道父母对智力平平的我，没抱多大期望。同学"曼德拉"答应从村子里抓一只鸽子送给我。我又去翻他的书桌，这次翻到一本没有书皮，发黄而古旧的书。我心里有一个念头："禁书。"我把书装进自己的书包，任凭"曼德拉"如何要，也不给他。

这本《倚天屠龙记》不知陪伴我多少日日夜夜。我喜欢张无忌的傻，我对赵敏的善良和诡计又憎又爱。我讨厌周芷若得不到时的阴险狠毒。晚上睡着时，我手里依然抱着《倚天屠龙记》，它似乎就是我在梦里拥有的"倚天剑"和"屠龙刀"。现实生活中的我总是柔弱，但在梦里，我可以拿着这两件宝物，潇潇洒洒闯一回江湖。并且作者金庸先生，从我17岁开始，便在武侠小说里给我上政治课，他让我明白："一个人如果大权在握，就会肆意妄为，不论有多大威力，也会有像'倚天剑'一样的事物，站出来与之抗衡。"于是，书的最后一页是皆大欢喜，张无忌辞掉了明教教主之位，和赵敏远走天涯……

这本在当时被认为是打打杀杀，影响青少年成长的书，却悄悄为我树立了人生观和价值观。且这个叫金庸的作者，是我非常佩服的作家，书里的每一首诗词、每一个场景，我都想抄下来。

我正看得入迷，书房门突然被推开了，这次进来的不是妈妈，是当校长的爸爸，他一个箭步，从我的书桌里抽出了我的"倚天剑和屠龙刀"。爸爸沉着脸，声音像有内功的"玄冥二老"，震耳欲聋："你哥高三就看这些闲书，我一把火烧了，现在你又看……"

之后，爸爸说了什么，我耳朵里"嗡嗡嗡嗡"都没听到。爸爸没收了我的《倚天屠龙记》，我沮丧得跟丢了魂似的。我每天都会发呆想起书里的情节和故事，清清楚楚、历历在目。这本金庸的书，竟然让我的健忘症减轻了许多，却也仅仅是这本书，让我头脑明晰。中学课本里的内容，我还是东拉西扯，学不清楚。

三

我手里握着一本大学语文课本，书上除了我的名字，就是扉页上的一首诗："飞雪连天射白鹿，笑书神侠倚碧鸳。"

课本的其他内页，干干净净，一片空白。不只是我的课本这样，全班同学的课本，也很干净，没有像其他书那样勾勾画画，用红笔做些考试重点。但是大学语文课，却是我们班最爱听、最满堂的课。大学语文老师头发花白，人很清瘦，和蔼、庄重却很严肃，他是个金庸迷。那一学期的大学语文课，同学们都非常喜欢。

上课时，老师手里拿着课本，翻开内页，刚讲一节内容的开头，介绍一篇文章的作者，几乎是"无痕过渡"，总会又说到金庸先生和他的15本小说。老师把那首金庸先生的诗，郑重地抄在黑板上，一个字一个字地讲给我们听："这是一首藏头诗，飞：飞狐外传；雪：雪山飞狐；连：连城诀；天：天龙八部；射：射雕英雄传；白：白马啸西风；鹿：鹿鼎记；笑：笑傲江湖；书：书剑恩仇录；神：神雕侠侣；侠：侠客行；倚：倚天屠龙记；碧：碧血剑；鸳：鸳鸯刀。外加一部越女剑……"

我们的思想总会随着老师对金庸小说的解读，被带到快意恩仇的江湖之中。在语文课上，我总感觉自己是腰里佩剑的侠客，两节课的时间，我一会儿去华山论剑，一会儿去桃花岛欣赏美景。正值青春梦幻时节，总幻想与自己的青春爱侣，骑着郭靖和黄蓉的大雕，云游四方。后来我文学上的想象力，全是语文课上不知不觉练出来的。

下课打铃的时候，同学们才如梦初醒，从想象中回到现实。大家"醒来"的第一件事，就是一窝蜂地向门口冲去，冲去同一个地方，直奔图书室。

金庸的书，被一借而空。而我们这些刚刚还做梦的女同学，刚从"桃花岛"下来，身上像中了"十香软筋散"，柔柔弱弱地走到图书室柜台旁，只有望书兴叹。但既然看不到金庸武侠小说里的浪漫情怀，我也要借一本《简·爱》或《呼啸山庄》，去"细嚼慢咽"。虽然金庸先生和夏洛蒂·勃朗特的小说，背景环境、书写方式，是截然不同的风格，但大学语文老师培养了我们爱去图书室，爱读书的习惯。

兴趣是最好的老师。虽然借不到金庸先生的书，但我心里装着乔峰豪迈飒爽、智勇双全的侠义情怀，眼里看着罗切斯特多情又善良的绅士风度。看两种完全不同风格的书，欣赏两个完全不同的完美男性，让他们都在我心里占有一席之地，这完全不冲突。百年经典，永世流传的经典，它们在世界中共同存在，共同影响人类的效果，一点也不冲突。

"侠之大者，为国为民"这句出自郭靖之口，是大学时期，金庸先生给我的启迪和教化。

四

我的梦境那样清晰：一条清澈流淌的小河，一座红墙碧瓦的庙宇。我蹚着河水，逆行而上，庙宇近在眼前，却怎么也走不到跟前……

这是30岁那年某天晚上的一个梦，醒来后梦境清晰可见、历历在目。我赶紧找来纸笔，顺手将枕边的《射雕英雄传》垫在纸下，一口气写下了《南柯旧梦》。

枕边的这本《射雕英雄传》不知是我第几次看了。只要我有闲暇，只要我心里感到迷茫无着落的时候，我总会从书架上找来金庸的书读读，我读武侠小说的初衷，就是为了散散心。

孩子已经上幼儿园，我身心劳累的状态，可以稍稍缓解一些。中午不用接孩子回家，我吃过饭，便埋头看书；晚饭后和孩子玩一会儿，早早上床，我读着故事，孩子睡着了，我手里的童话书马上变成金庸先生的武侠小说。

这次读和以往读不一样，人生每个年龄阶段读同一本书，认识和感悟会大不一样。每个年龄阶段，对人生的同一件事物的看法和想法，也会大不一样。而金庸先生的武侠小说，也应该是在不同年龄阶段，对人生感悟的一些具体的文字反映。一个个活生生的人物性格，或许是当时金庸先生内心的反观。起初是郭靖、杨过……后来的韦小宝，这些人物形象，无不是作者内心那个翻来覆去的自我。

30 岁这次读金庸，对我影响很大。我发现自己对书中的诗词产生了强烈的兴趣。"青山相待，白云相爱。梦不到紫罗袍共黄金带。一茅斋，野花开，管甚谁家兴废谁成败。陋巷单瓢亦乐哉。贫，气不改！达，志不改。"这是《射雕英雄传》中黄蓉答樵子时所唱的曲子。曲中视富贵如浮云的豪气，隐居山林不求功名的洒脱，都在最后一句"贫，气不改！达，志不改。"曲中弦外之音，我当时的理解是警醒人们：不可因环境的变迁而改变自己的心志。

很敬佩金庸先生，一首小曲，有陶渊明的"一茅斋，野花开……采菊东篱下。"有孔子的学生颜回"陋巷单瓢亦乐哉"的潇洒。可见金庸先生虽然写的是热热闹闹的武侠小说，却把中国从古到今，禁得起时间考验的经典名篇一一解读。似乎也像是武功里的拆招，你得有深厚的传统文化素养，才能真正读懂金庸先生每一句话，每一句诗词中的深刻含义。书里虽然看的是刀光剑影的厮杀，却不仅仅演绎着打来打去的热闹，那里演绎的是中华五千年的文化传承。

但是，当时 30 岁的我，却看不懂其中众多寓意深刻的意思，我只觉得："妙哉，妙哉！快哉，快哉！"我沉迷于金庸武侠小说中，这次沉迷其中，并没有像年少时荒废了学业，这次我读到了身临其境的美。并且"看书语顺"，不由得把我的一篇篇日记，变成了一篇篇独立成章的文字。这不，做了个梦，写了开篇之作《南柯旧梦》。我对这篇文章非常满意，从而有了自信，随之一篇接一篇的文字，从我的笔端流淌，竟然一写就是10 年。感谢金庸先生，他的武侠小说，竟然启发了我写散文，竟然让我开始了自己的写作生涯。

怀念一个人的方式很多，想念一个人的方式也很多。我想念一个人，总想让那人为我买一本金庸的武侠小说作礼物。2018年深秋，金庸先生与世长辞，我想念他、怀念他，我想要买金庸先生所有的武侠小说纪念他，这是我想念他的方式。怀念一个人，就去读有关他的文字，读金庸先生武侠小说里的各色人物，仿佛感受到金庸先生正手持笔墨，在夜灯下密密书写，那些书写的内容，从笔端一跃进入我的脑海里，为我演绎一场金庸先生笔下写过的轰轰烈烈的人生。

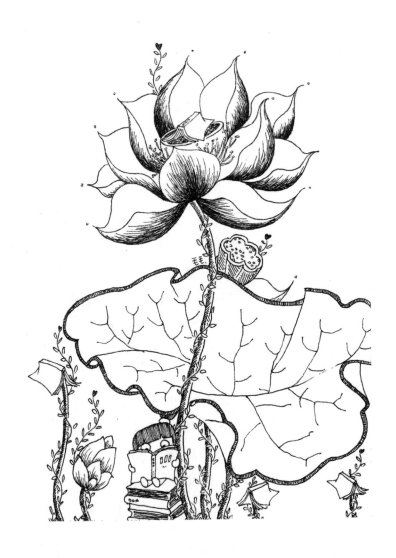

将军的女儿

——悼念邓团子先生

　　我听到关于邓团子先生最多的四个字是"团子大姐"，这是故乡甘肃天水的亲人对她的敬称。2013 年 8 月 22 日"团子大姐"在北京去世，享年 87 岁。她的逝去，对于故乡天水是静默的，在远离北京千里之外的内地，人们对邓团子先生的怀念是默默的哀悼。正如她从北京出生到离去，对内地亲人们的思念，也是伫立在窗前，安静地向远方望去，看看远处淡蓝色的天空，瓦蓝瓦蓝的一直伸向无边的天际……

　　邓团子先生是爱国将领邓宝珊将军的女儿。1924 年 10 月冯玉祥将军与京畿警备副司令孙岳等秘密策划倒戈反直，发动了"北京政变"，没费一枪一弹，没惊扰一个北京市民，北京一夜之间发生了重大变化。邓团子就在这个时期的北京出生了。她出生后一直在孙家坑 51 号，留在姨夫孙岳将军和姨妈崔雪琴跟前。之后母亲随父亲转战上海又到兰州居住，从此，邓团子童年的梦中，总会出现一个地方，那个地方既模糊又清楚，她记得母亲和父亲住在兰州广武门的"慈爱园"（现为邓家花园）。

　　"慈爱园"，多么美好的名字，园内有假山、池塘、照厅、佛堂，有父亲种植的珍品牡丹和芍药，于右任先生为"慈爱园"题写了门额。但也就是在这里，1941年母亲崔锦琴和3个弟妹，被日军飞机轰炸罹难葬于此园中。而团子因在北京上学幸免于难，那时团子才刚刚15岁。

一个孩子失去母亲，如何悲哀、如何惶恐，心里有爱的人们尽可以展开想象。后来，长大的团子，也经常回兰州"慈爱园"的家中祭奠母亲。每当她跪在母亲的坟前，泪流满面，却总咬着牙默默不哭出声来。很多时候，她会一个人静静坐在母亲坟旁，看园子里一棵棵顽强生长的花木，这时，她总会想起父亲写的一首诗："髫龄失怙走天涯，荆花憔悴惨无家。马蹄踏遍天山雪，饥肠饱啖玉门沙。不屑佣书伏剑行，枕戈终夜气纵横。"

这首诗是父亲邓宝珊将军13岁父母相继去世，家道中落，被迫辍学，从年少开始饱经风霜的人生写照。或许就是因了父亲的经历和鼓励，团子的眼神中始终有一种坚定和坚强的目光。在后来看到的很多团子与父亲的合影，及一些公众场合的照片中，团子一直保持着向后梳理紧贴于耳根的短发。她总抿着嘴微笑，微微翘起的嘴角，多了坚持、忍耐和顽强。

母亲去世后，父亲更加疼爱团子。团子聪慧、能干，懂大事、明道理，父亲非常喜爱。邓宝珊将军外出时经常带着团子同往。有时甚至出席正式场合，或者会见重要人物也带着团子。他想让女儿多去践行生活、了解生活中的人和事，从生活中学会做人做事的道理。有一次，去齐白石先生家，邓将军带着两个女儿团子和引引一起去看望老人。那天团子特别开心，她喜欢齐白石老人农民般朴实、孩童般天真的性格，她更喜欢老人"妙在似与不似"大写意画风。她安静地观察老人水盂里蓄养的长臂青虾。她在一只虾前进后退、急游缓游、打斗跳跃中感悟着生活的哲理和情趣，她更为老人画虾所付出的执着精神所感动。

那天大家合影时，团子笑得特别开心，她此生最幸福快乐的日子，也是和父亲在一起的日子。人们常说邓宝珊将军是北平和平解放的一把"钥匙"，如果没有邓将军，北平千年古迹和200万市民，将遭受炮火殃及。邓将军也常说："只要有机会，当为人民革命事业尽一番力。"邓将军还说："团子也是参与北平和平解放的见证人。"

然而，邓宝珊将军忙于国事各处奔走，与孩子们散多聚少。1949 年 9 月 21 日邓宝珊将军作为特邀代表，参加了第一届中国人民政治协商会议。开国大典后，邓宝珊将军又被任命为甘肃省人民政府主席。在邓团子先生的一篇文章《人民政协与我的一家》中，团子写道：至今，我还能记得父亲参加第一届全国政协的激动情景。父亲从绥远回来，一辈子从不穿皮鞋的父亲特意嘱咐我去给他买一双皮鞋。我问父亲："你从来不穿皮鞋，今天这是怎么了？"

父亲说："这是全国解放以来第一次人民的盛会，我能不庄重些吗？"

那时，团子还在北京上学，她说："由于想念父亲，就特别盼望每年的政协大会早点开，开长些时候。因为，这时父亲就会来北京，而我也就有了与父亲见面的机会。"

邓团子先生有一张珍藏的照片，是 1953 年邓宝珊将军来北京开会时，正赶上团子刚参加工作不久。"父亲十分高兴，鼓励我工作勤奋，要虚心向老同志学习，争取尽快熟悉业务。那次，父亲还兴致勃勃地拉着我照了一张合影，近半个世纪，这张照片成为我怀念父亲时的最好纪念。"

邓团子先生 1950 年毕业于华北人民革命大学，后去北京俄语专科学校学习，1952 年在第一机械工业部对外部工作，1961 年调入中国报道社，她曾翻译过大量稿件，从事过国际世运调研和读者调研，她继承父业，曾是全国政协多届委员，她提出很多议题率直地在政协大会上发出老百姓自己的声音。

团子受过高等教育，娴静端庄，也继承了父亲的坚强、勇敢和忍耐，更受父亲影响，好学不倦，对工作学习持之以恒，坚持而执着。然而，虽为名将之后，在常人眼里是可以荣耀的资本，却在"文革"中，成了一场噩梦。因此团子也失去了很多婚恋的机会，直到 1968 年元月，在北京家中，一位穿普通蓝布棉袄，宽腿布裤，神态拘谨的中年人走了进来。从此这位毕业于上海交大，后留学美国，创建并出任美国高等热工研究所所长，在核物理方面取得了突出成就的谈镐生先生走进了她的家，也走进了她的心田。

谈镐生是中国著名的力学家、应用数学家，他在自由分子流中弹头形状的优化、激光光腔稳定性、地壳板块运动规律等方面取得重要研究成果。虽然这些关于力学的科学研究，对于邓团子来说都很陌生，但在1968年11月27日，父亲邓宝珊将军去世后，当团子即将被下放农村的前一个晚上，团子考虑再三，为了不拖累爱人，她忍着痛苦提出与谈镐生分手。然而，这位著名的科学家却放弃在北京的一切，毅然陪着邓团子下放农村，到河南省汲县庞寨插队落户。从那以后，42岁的邓团子与52岁的谈镐生再也没有分开过，团子时时想起父亲的话："一个人朴素诚实的品格，是可以托付终身的最好理由。"

与丈夫谈镐生一起度过的36年，是团子最幸福和快乐的日子，那些年，团子依然是卷起的短发，但她的微笑里，时常流露出对生活的希望，感悟到了生活的甜美。

1991年8月，邓团子先生与丈夫谈镐生陪同全国政协副主席钱伟长到甘肃视察，来到位于酒泉的导弹基地，来到邓宝珊将军的故里天水；2000年天水"西交会"，邓团子先生又送来王光英写的"西部商品交流会"会标，并在第九届政协会议上就西部开发、干部监督、少数民族地区发展等问题提出议案。1988年在北京举办的"天水首届风情艺术展"上，邓团子积极为展览筹备做工作，请来全国人大副委员长习仲勋参加展览活动，至今南郭寺邓宝珊纪念馆中还陈列着展览时的珍贵照片。

生活或许对邓团子先生很苛刻，但却又在苛刻中给予另一种平衡。由于早年失去母亲的痛苦，邓团子在磨砺中比常人更能够体会到一个人内心最深的苦和最重的辛劳。从此无论遇到什么样打击和噩耗，她始终抿起嘴角坚定、坚强地直面人生。她热爱人民、热爱家乡，不辞辛劳地一次次为老百姓和家乡的人们四处奔走，默默做着奉献。

虽然，将军的女儿邓团子先生永远离我们而去了，可她对生活的执着追求，在任何困难面前表现出的顽强精神，将像灯塔一样照亮我们前行的路程。

写一篇从没见过面的老人的悼念文章，桌子上放着她年轻时的黑白照片，我好像她故乡的孩子（她一生也没有孩子），我又似最虔诚的悼念者和守灵人。我的手里紧握着一支青花瓷的笔，它给我最近的一些温暖和一些力量。我甚至希望她就到我的梦里来，告诉我她此生经过的故事，让我不再去猜想和幻想，让我也在她的生活中走一次。

悼念陈恕先生

站在冰心先生颔首沉思的汉白玉雕像前，我们深深鞠了三个躬，含着眼泪，默默地告诉她："愿您在天堂，一切都好，您的孩子陈恕，今天陪您去了……"

耳边又响起一阵轻柔、缓慢的《月光曲》。在解放军 304 医院地下告别室，一间不足 20 平方米的房间里，吴青老人花白的头发，闪着银色的光，整齐而干净。她挑着眉，撇着嘴，像个无辜的孩子，安静地睁着大眼睛，看着躺在鲜花里的陈恕先生。她不舍的眼里，不时泛起阵阵泪花，她自言自语，平静却坚定地说："不要哀乐，就放他生前最喜欢的《月光曲》……"

在陈恕先生的告别仪式中，人们耳边，始终响起手指叩击键盘，流淌的音乐声。《月光曲》如泉水漫过秋天的原野，静谧、清纯而淡雅，一声一声，拨动着前来悼念人们的心弦，那淡淡的忧伤，渐渐化成浓浓的哀愁，随着音乐，人们陷入了深深的怀念和悲痛中。

通往遗体告别室的走廊，窄而狭长。一排排发亮的顶灯，照得墙壁惨白。这条通往告别室的道路，像一个人，一生要走的路，进入的一端，人群熙熙攘攘；走到末端，便看到已经结束的场景。通往告别室的走廊中间，放着一只罩了白布的桌子，每个前来吊唁的人，在留言簿上，写下自己的名字。这些名字，有些是陈恕、吴青先生的亲朋好友，有些也不熟识，来自遥远的地方，赶到北京，参加陈恕先生的悼念会。会上，发给每一位来宾加了黑框的"陈恕先生生平简介"，上面写着陈恕先生的生平及对社会和国家的贡献。

陈恕先生生前是国内举足轻重，研究爱尔兰文学的先行者。生平简介上这样写着："生前为国内爱尔兰文学研究奠基人之一……创建国内最早系统开展爱尔兰文学研究的学术机构——北京外国语大学外国文学研究所凯尔特文学研究室……改变了国内研究者长期将爱尔兰文学混同为英国文学一部分的误区，使爱尔兰文学研究逐渐成为我国英语文学研究乃至外国文学研究领域中的显学。"

一个学者，倾其一生在世界文学的研究中，为一个混同在其他民族中的文化现象，立名正身，这是何等的胸襟，何等的功绩。不仅如此，先生从事英语教育与英语文学研究，为我国高级英语人才的培养，花费了毕生的心血。

《冰心全集》第七卷中，有一封冰心先生《致陈恕》的信，其中这样写道："亲爱的陈恕：你走后不但吴青想你，我们大家也都想你……我最不喜欢英国那种阴雨天气，但草木是绿的……"这一篇写于1984年至1985年间的信，正是作为访问学者的陈恕先生，赴爱尔兰进行实地研究的那个时间。这封信冰心先生最后的落款，这样写道："匆忙，赶赴早邮，望多保重！娘十、六晨。"

听与冰心先生交好的晚辈说：冰心先生最喜欢的孩子，是二女婿陈恕。陈恕先生谦和，温良，十分孝敬。他与妻子吴青等家人，陪伴冰心先生走完最后的余生。不但如此，在陈恕外出，不能照顾冰心先生时，他请来远在浙江新登老家的大姐，陈家一家人善良而体贴地照顾着冰心先生的晚年生活。

在另一封给陈恕的信中，冰心先生这样写道："亲爱的陈恕：今天已是圣诞节前夜了。正好李素英给我寄来美金廿元，我就给你贺礼吧，省得你几个P的、几个P的舍不得用。家里都好，你不在家，大家都想你……你自己保重，完了事早早回来！祝你一切如意！娘十二、廿四。"这一封封信，足以看到冰心先生对女婿的爱护，而陈恕虽为女婿，却像儿子一样孝敬老人，他的顺从、温和、体贴，是冰心老人晚年舒心而美好的亲情关怀。

在追悼会场，陈恕先生的遗像，是一张穿着蓝色衬衫白色外套的彩色照片，先生发如白雪，一张微笑的脸庞，眉端在笑，嘴角在笑，先生给人们的印象，始终是爽爽朗朗的稳重和踏实。曾在济南见过先生一面，他温雅谦和，嘴角含笑，却没有更多的言语，他不离不弃，始终陪伴在吴青先生左右，像是妻子的守护神。

每年一次的冰心散文奖，冰心先生的女儿吴青都要亲临，每次陪伴在她身边的都是陈恕先生。很多时候，对于逝去的人，最好的方式，便是随着时间的消磨，淡化深深的思念，让心里好过一些。即便是清明的追思、悼念，也是个人家里私下的怀念，轻柔地触动内心一层层的伤痛。而每年一次的冰心散文奖，两个老人却要引领全国的优秀散文作家，一起对冰心先生进行缅怀和追思。那些深刻揪心的牵念，无限地在内心放大，那一刻，全部记忆都被打开、唤醒，对于已经上了年龄的吴青先生，每次站在怀念母亲的讲台上，她泪流满面，伤心地回忆和诉说着，而那个坐在人群里默默听、默默看的陈恕先生，他是吴青全部的依靠，他默默地搀扶，默默地陪伴。陈恕先生与吴青，一直默默地继承着母亲冰心用整个身心去爱人、关心人、引导人的事情，他们在有生之年里，践行着冰心先生"有了爱，就有了一切"的美好愿望。

每次出门，陈恕先生都会将装有冰心先生照片的镜框，擦拭得锃亮，再装进行囊里，他和老伴吴青像一对孩子，把母亲的照片随身带着。吴青先生时常会替陈恕先生表达他的情感，她说："自从母亲走后，我们一直带着母亲的照片，走到哪里，就带着，我们爱她，她爱我们。"

在陈恕先生遗照两侧的灵堂，挽联是冰心先生为女婿陈恕早就写好的两句箴言："谦卦六爻皆吉，恕字终身可行。"而在陈恕和吴青先生的家里，唯一能见到的冰心先生的痕迹，也是装在镜框里，写给吴青的"天地有正气，江山不夕阳"，这句话也用在了灵堂上的挽联里。这些都是陈恕先生立身躬行，待人接物遵照了一辈子的遗训。

如今他安静地躺在花海里，身上盖着白色的绸缎，似乎是他清白一生的最好写照。而身下的花海，最上面一层白色菊花，也该是他一生干干净净、老老实实做人的映照；一层金黄色的菊花，是他这一生辉煌事业和成就的颜色。这不只是在北京外国语大学事业上的辉煌，也是与妻子吴青研究整理《冰心全传》《冰心书信全集》等著作，为广大读者了解冰心，为专家学者研究冰心，提供了宝贵的资料。这些资料，在历史长河中，应该是金光灿灿的颜色。陈恕先生身下的花海中，还有一些排列整齐，零星点缀的红色康乃馨，这该是他一辈子舍不下的亲情。有些对亲人的爱，因事实的变迁，总会有所搁浅，然而，那却是一生放不下的爱，无论离得多远，无论经过多少时间的消磨，血液里流淌着相同的基因，却常常会在各自的脉搏里，一个节奏地跳动，这就是永远撤不下的亲情。拥簇着先生遗体最下面伸展开的绿色叶子，像是一对对绿色的翅膀，它们带着陈恕先生向遥远的天国飞去。

吴青先生在追悼会最后的发言，让很多人流下眼泪，她谈的依旧是爱。她说：感谢陈恕先生的陪伴，今天陈恕先生穿着母亲冰心用毛笔写的"有了爱就有了一切"的背心走了，他虽然走了，但他依旧希望人们知道爱是一种责任，人要做真、善、美的人，要爱人类、爱自然，用心去爱，让世间充满爱，有了爱就有了一切……

陈恕先生一路走好，温柔的母亲冰心，她在天国等着你。

陈恕先生一路走好，你的爱人吴青先生，她回忆着过往你给予的爱与温存，她回忆着与你并肩携手走过的千山万水，在母亲给她的坚韧个性中，秉持着爱的烛光，顽强地在这个有爱的世界里继续前行。

　　陈恕先生一路走好，你所有在这个世界中曾经历的爱与不爱，此刻都已成为过往，送您远行的人们，愿您在有光亮的天堂里永恒地微笑。

季承便是继承

——悼念季羡林先生之子季承

一

"父亲爱书如命，六亲不认，他的书，我们从来不敢借阅，偶尔翻阅，也会遭白眼。父亲节电成癖好，一家人在屋里谈天，他进来就把电灯和电视关掉，意思是你们谈话就谈话，不要浪费电。"这是季承先生在往年的季羡林读书会上，对父亲的怀念。他拿来季羡林先生生前的物品：一份先生清华大学毕业论文《荷尔德林的早期诗歌》的英文手稿；一个挂在先生书房里多年的纸条："不得从本屋随便拿走书籍。"这些对父亲的怀念，都在激励着参加读书会的人们，他们热爱季老，看到季承先生更觉亲切。

2017 年 12 月 23 日，是季承先生最后一次参加季羡林读书会。那天，季承先生身着深色羽绒服，苍白的头发，在米黄的灯光下，泛着金色的光。他的额头开阔，面容微宽，却酷似季羡林先生，脸上一直带着饱满平和的笑容。季承先生提供一些父亲生前的照片、纪录片和资料，他认真地感谢季羡林读书会，多年做出的工作和努力，推广传播经典作品和优秀文化，引导更多的人进行优质的阅读。

作为季羡林先生唯一的儿子，他一次一次见证每年热爱先生的人们，用朗诵父亲的文字，书写父亲的文章，探讨父亲的生平，用一支支怀念的歌纪念父亲。他常常被感动，眼里充满泪花。当季承先生看到10岁的儿子宏德，穿着黑色的小西装，打着小领带，在读书会上坐在有父亲照片的投影下，拿着书读爷爷的作品《咪咪》时，他脸上的泪水，早已填满脸庞上沟沟壑壑的皱纹。看着现实中的儿子，天真可爱，还那么小；想想虚幻中的父亲，已在天堂。"故人离去，后人继承，故花枯萎，新花开放，生生不息，代代相传"，这是两代单传的季承先生写的文章《又是二月兰开花的时候》，是写给父亲的，是对父亲的文章《二月兰》中"世间悲欢离合的质问"作出的回答。人生中一幕幕过往，便又在眼前：

父亲是1935年8月去德国留学，那时姐姐婉如两岁，季承只有三个月，他们姐弟，完全在没有父爱的环境中长大。幼小的他们，不知道父亲是谁？在心灵深处，季承从小就反感"外国"，似乎是那个遥远的地方，把父亲拴住了。小的时候，季承第一次看到父亲从德国寄来的照片："一个穿着西装，穿着皮鞋，打着领带的人"，感觉父亲是那样陌生。他不同于自己见过的任何一个人。父亲的与众不同，直到自己也上了年龄，直到父亲去世以后，季承才更加理解：自己面对的不是一个世俗的怪人，而是一个为国学，语言学，文学，佛学，奉献终身、超然物外的大师。"大师总是与现实有很大距离，行事总是有很多怪癖，他们是生活在另一个世界，他们常常不食人间烟火。"父亲的见解、对事物的看法、感受世界的态度，远离人群的孤独都与平常人不一样，这是又一个层面的人生。

二

当年过半百的季承先生，每每坐在存放着父亲书籍的书架旁，他感觉与父亲越来越近，越来越亲。那个幼年时的孩童，最终会与父亲一个频率地呼吸。尽管，过去的往事，他埋怨过、他痛苦过、他远离过、他纠结过、他后悔过。可这又是人间的常态，至亲的人们，总为世间的俗物和俗事所羁绊，生出一些比没有干系的人更为激烈的矛盾。然而毕竟是骨血，牵连着说不清、道不明的密码信息，是任何事物、任何人、多大的空间和多久的时间，都无法隔离的血脉亲情。

2008 年 11 月 7 日，应是季羡林先生作为父亲，内心得到宽慰的日子。在 301 医院的病房里，73 岁的季承一见到父亲，就跪下来，泪水涟涟，伏地久久哭泣。父子间隔 13 年，一对耄耋老人，终于相见了。又一个季氏家族的新生命，季羡林先生的孙子宏德，被尚在病榻上的老先生高高举起，老人开心地笑了，久久合不拢嘴。他心里的安慰，是没有经历过长久亲情分离的人所无法体会的。季羡林先生去世前，最后两年的日子，常常有季承和家人们的陪伴，使一个世纪老人颐养天年，没有在尘世最后的日子，留下亲情背离的遗憾。

季承先生也早就继承了父亲的习惯，他每天天不亮起床，始终与书为伴，戴着老花镜，手里握着笔，边看书，边做笔记。一本书，一沓稿纸，一天，一年，一辈子。季承先生退休前，是中国科学院高能物理所高级工程师，他也像父亲一样，为了事业，远离故国，漂洋过海，在美国芝加哥费米国家实验室，执行中美两国高能物理合作议定书，管理 200 余位访美学者和科学家，在与同人们的辛勤工作中，落实着中美两国的合作项目。季承先生还像父亲一样，对自己热爱的事业，兢兢业业、执着追求。1978 年，北京正负电子对撞机建立，季承先生担任该项目建设指挥部负责人，因有突出贡献，被授予特等奖。季承先生，为国家经济建设和核能利用事业，奉献着自己毕生的力量。曾任李政道先生主持的中国高等科学技术中心顾问，这些事业上的巅峰，对于一个平常人来说，已经是不平凡光彩的一生，然而父亲季羡林 94 岁那年，还给刚刚退休的学生卞毓方说："我很多事儿，都是 80 多岁做出来的，你现在才 60 多岁，一点也不晚。"

父亲做学问执着的态度，激励着季承先生，虽然他在物理学上很有建树，但还是利用闲暇时间，写了两本书：《诺贝尔奖中华风云——李政道传》《我和父亲季羡林》。作为父亲血脉的传承，他也希望能为人们做更多的事情，直到生命的蜡烛燃尽。

三

元土城遗址公园，是一座700余年前的遗存。冬天的树木葱郁而黯淡，最初16米的土城墙，现已坍塌成一座小土坡。我带着母亲，与季羡林先生的弟子梁志刚先生，在元大都土城公园散步。我们刚刚结束与季羡林先生的另一位弟子卞毓方先生的会面。我虽是卞毓方先生在天水收认的学生，但我的性格与梁志刚先生更接近，我与梁先生交流得似乎更多。在忽必烈雕像前休息，梁老师说第二天去看季承先生。梁老师说我是卞毓方先生和他的学生，也算是季羡林先生的徒孙辈，去认个门也好。我从来也没有想过要去国学大师季羡林先生的家，虽然老人去世，但儿子的家，也该是他的英灵常常要回去的地方。

季承先生住在北京蓝旗营。高楼林立，却总有一些旧式的楼房依存，它们好像新事物的根基，然而一切新，都是从旧中成长起来的。

敲开季承先生家的门，一个中年长发女子，卷着袖子来开门，看见家里来客人，她显得格外高兴，梁老师称她为"小嫂子"，她的微笑阳光而热情，急匆匆去里屋，请在书房看书的季承先生。

季承先生取下老花镜，手里握的笔放在桌子上，他穿一件湖蓝色 T 恤。虽然满头银发，却脸色红润、精神矍铄、身体健朗，与梁志刚老师寒暄时，常常笑声朗朗。梁老师称季承先生为"大哥"，对于父亲的学生，和学生的学生，他显得格外亲切。而季羡林先生的学生看到老师之子，怀念老师的心情也更加深切。

客厅里，沙发对面有两组书柜，书柜里放着季羡林先生的全部著作。

书柜前，单独放着一把靠背椅，季承先生常常坐在这里看书、查资料，他对父亲渊博学问更多的了解是在父亲去世之后。想念父亲的时候，他便在这里翻看父亲写的书。一抬头，会看到妻子忙里忙外，儿子宏德在玩耍，在这个其乐融融的家，季承先生安享着晚年生活的幸福。

那天梁老师与季承先生的对话，我听得很认真。梁志刚老师怜惜季承先生，让他保重身体。季承先生似乎对一切都释怀了，他说："诸多的事情，已经看开了。"他依然带着一些山东口音。

当提起季羡林先生时，梁志刚老师说：8 月 10 日，曾与张保胜（季羡林先生的弟子）一起去万安公墓，给先生上坟，天空下着瓢泼大雨。梁老师很风趣地说："老天照顾，不用找管理员借水桶。直接拿抹布，把墓碑擦得干干净净。"听到这里，季承先生哈哈大笑，他虽然笑着，眼里却蒙着泪水。当听到梁老师说这次有个收获，发现婉如姐姐的墓时，他沉默许久。季承先生一定时常怀念亲人，父亲、母亲、姐姐已在天堂团聚；而妻子、女儿、两个儿子，又是耄耋老人不能割舍的人间情怀。

四

2018 年 2 月 8 日，一大早，收到梁志刚先生的微信："季承先生今早突然去世。"我心里一紧，原本疏朗的心情，一下低落。

梁老师说："季承先生走得很急，两点钟觉得心里难受，让叫救护车，车还没到，人就去了……"说这些话的时候，梁老师万般悲痛。我也难过，一个人的一生，就是这样匆匆结束了。而他这一生，作为国学大师季羡林先生唯一的儿子，他所承受的人间沧桑、悲欢离合、世俗变故、精神压力又是常人所无法想象的。那些未尽之事，是他突然离世，永远也割舍不下的惆怅。而梁老师发来前几日的合影，以及不久前在季羡林读书会上，季承先生与我们的合影，他笑得很灿烂。无论人生充满怎样的曲曲折折，一个 82 岁的老人，他面对人生的最后是平静的接受和开阔的微笑。

225

今天季承先生已远去天国，他一定是与父亲季羡林先生团聚在一起，再也不会分开了。有一张照片，父子俩同是白发，却同是一脸舒展而爽朗的笑容。在人们心里，亲情发自内心的笑，将永恒定格，亲人们互相搀扶着陪伴，也将是永恒……

悼庞瑞琳先生

一

那天早上，我去了殡仪馆参加她的追悼会，我又去了墓地，看着她被安葬在能够看到整个城市的北山公墓。那天上午，我被伤痛折磨着心，默默地承受着。眼泪汩汩地自顾自流淌，泪腺失控似的，泪水间或流到脖颈上。隐藏在身体里的心脏，难受的程度被深深地压抑着，压制着，一遍一遍地遗憾和后悔。后悔在她临去的最后一刻，也没有写一篇关于她生平的文章，能让她脸上最后带一些些欣慰和喜悦的微笑。

最后一面，我是自顾自的，因要满足内心的小我，去看望了病中的庞瑞琳先生。那天我带着一本书，我不想让她留下牵挂，那是我借她的书。

很长一段时间，我都保存着庞瑞琳先生的《沈从文小说选》，这是一本用铅印的报纸裹着的发黄的书。报纸上当天的新闻有两个大字"后果"，那些报纸的空白处，留着她的笔记。她用端庄的字迹，写了书的名字。那些字迹不是女儿家的娟秀，而是男子的洒脱和宽厚。在她的字迹里，看不到一个女子存在于文字世界里的纤细柔弱，而她永远是骑在马背上，带着弓、拿着剑，驰骋在文字风雨里的战士。

她应是一个文字的天才，自幼酷爱文学艺术，自从上天水女子中学开始，她便小有名气。我心里一直存着这样一幅场景：她与同学们在墙壁上画了一只只大白猪，和一些金色的向日葵。她曾告诉我：文革时，她和同学们曾在围墙上画宣传画，那时她就喜欢画画。而她的文字也是从1972年便开始发表，有短篇小说、儿童文学、散文、报告文学、评论、纪实等文学作品70余部，作品曾获得国家、省、市级奖励11次，且她头上永远戴着一顶桂冠，她不但是甘肃省的知名女作家，而且是天水文学圈的"五朵金花"之一。她把根始终牢牢地扎在生养她的土地上，并且持之以恒地要为这片土地的文化事业做一些开天辟地的事情。

每次想到庞瑞琳先生在文学创作中跋涉的步履，我都会始终想起夹边沟的戈壁滩，想起杜甫携妻带子艰难行走在陇山之间的路上。或许一个作家，每一次伟大作品的创作和完成，都要经历身体的磨砺和心灵的矛盾、纠结直至痛苦。难怪孟子有："天将降大任于斯人也，必先苦其心志，劳其筋骨，饿其体肤，空乏其身，行拂乱其所为，所以动心忍性，曾益其所不能。"

二

想象中，庞瑞琳先生与同行陪伴的贾先生，深一脚、浅一脚行走在巴丹吉林沙漠边缘，他们手里拿着路上拾来的两根木棍，这木棍与他们的双脚，时时刻刻感受着夹边沟村龙王庙原址上修建起来的一座劳改农场的悲凉历史。

1958年至1960年中国大饥荒时期，有3000名右派分子被关押在夹边沟劳动改造。去夹边沟之前，庞瑞琳先生已经走访过天水所有从夹边沟那段苦难里煎熬过逃出来的老人们。她曾握着那些老人的双手，深切地感受着他们内心的痛苦与酸楚，她与老人们一起流泪，天昏地暗地回忆过往。那些深刻的、绞着心痛的记忆，让她鼓起勇气，拿着笔，拄着木棍在"右派"们开垦的荒滩上，在古长城被填埋的土地上，用心去体谅和感悟了一回曾经发生在这里的悲惨历史。

这样的感受之后，便有了一部与贾凡先生合著的 57 万字的《苦太阳》，这部巨著曾获得第四届敦煌文艺奖。并且这本著作曾成为天水文学青年爱好者的必读作品。我曾不止一次在自家楼下的古树旁，为这本《苦太阳》的借阅和归还，久久地伫立，我那时就把自己当作传递和驻守庞瑞琳先生作品的一个忠实守卫者。

《诗圣行歌——杜甫陇右踪迹探寻》也是庞瑞琳先生用脚步一寸寸丈量了杜甫从秦州去四川的艰难路程后，创作的一部著作。那时庞瑞琳先生已经 60 多岁，但她对自己的创作要求，却是每天一段文字、一年一部作品。《民国秦州商事》该是庞瑞琳先生挖掘天水民国历史、记录天水商业发展的一部具有收藏价值和参考价值的史学著作。

创作这部作品时，她已是 65 岁的年龄。而之前她的小说《清明时节》《秋叶》《约法三章》《李子熟了》，报告文学《水，城市的血液》《风景这边独好》《美丽的天水》等优秀作品，已经让庞瑞琳先生功成名就，甘肃省优秀女作家的名字里庞瑞琳先生首当其冲。并且在 2003 年至 2004 年，她曾赴定西、兰州、临洮、岷县及会川、九甸峡、古城等地考察采访，于 2005 年 5 月完成长篇纪实文学《幽灵飘荡的洮河》。这本书忠实记录了甘肃省于 1958 年 6 月至 1961 年 6 月历时 3 年，进行"引洮"工程的一段历史，折射出在大跃进年代，不尊重自然规律，盲目冒进的风气，给人民和国家带来的深重灾难。这本书是庞瑞琳先生创作中耗时最长、出版最费周折的一本书，是一个有历史使命感和责任感的作家，用手中的笔，记录社会现实的一次伟大壮举。

三

庞瑞琳先生在创作生涯中始终用敏锐和犀利的目光，去关照生活，去关照社会，这与她从少女到暮年，所读的一部部巨著分不开。我们同时喜欢沈从文的作品，而瑞琳先生却精读莎士比亚、川端康成，直到花甲之年还在读刘再复、朱光潜，读大量的美学与哲学著作，以此来陶冶自我内心文学的芬芳天地。

庞瑞琳先生的书房是最有亲和力的文人书房。书柜占满一面墙，旁边却是一只美人榻。午休后或者深夜里，她时常就在美人榻上戴着眼镜，靠着厚实的垫子，手握心爱的书，凝神专心地阅读。阅读是她年少到暮年，人生最惬意的享受。她写字的书桌，也很大气，可以练毛笔字，可以画大幅的花鸟鱼虫，写累的时候，她就在这张桌子上又提起毛笔进行绘画。

庞瑞琳先生教给我们珍惜时间的方法，不是在创作劳累的时候，腾出大量时间去娱乐，而是从一种创作状态转入另一种创作状态，从一种阅读方式转入另一种阅读方式。多年后我也渐渐体会到这种特别的"创作休息"法：读哲学书籍累了，便读一会儿武打小说，当精神得到暂时的放松后，再投入创作中去……

学习对于庞瑞琳先生来说，就是个无止境的欢喜和乐趣，先生的书桌对面，放着一张电脑桌，我曾也当过先生的小老师，我有耐心给老人们讲解如何操作 Word、怎样发邮件、怎样建博客。

今天，当我打开已经离开我们的庞瑞琳先生的新浪博客时，我流着泪水，不住地哀叹，却发现她博客的链接好友，就两个人，辛启荣老师和我。在教会她之后，她又创新地学习，这是她的优点。而如今这个博客再也无人打开了，再也无人把一篇篇关注天水、关注生活、关注历史的文字贴到上面。

2012 年 11 月 9 日，身体患病却依旧关注文化事业的庞瑞琳先生，为了挖掘、弘扬天水优秀传统文化，反映当代妇女的新文化、新思想、新气象，成立了标志天水妇女文化研究的"苏蕙文化研究会"。作为天水市文联主办杂志《花雨》（后更名为《天水文学》）曾经的副主编，庞瑞琳先生不知发现了多少年轻人，又培养了多少年轻人，而她在年老后依然老有所为，以"苏蕙文化研究会"为根据地，为天水的作者们创办一本女性文学刊物《织锦台》。为了这位前秦时生活在天水，创写不朽回文诗的才女苏蕙，庞瑞琳先生到处奔波、到处化缘，为的就是使天水文化历史中闪光的一页，永恒地在人们心上落地生根。

四

庞瑞琳先生与我住得很近，隔着东步行街一条短短的路，不用 3 分钟就到她家。我们常常在步行街散步，她不时地用温和的，充满深邃的目光看着我，给我讲一些值得写和可以写的故事，她鼓励我说："我觉得这个故事，你写个小说，肯定能写好……"她就是这样鼓励着无数个文学爱好者，用母爱一样的情怀去感染和鼓舞着我们。

庞瑞琳先生家在一楼，楼下路旁的花园里，有她种的美人蕉、牡丹和各种草本。我曾不止一次，在她家楼下的窗户旁大声喊："庞老师……庞老师……"

老人家耳朵不好，经常不看手机，也听不到电话，我就这样大声地喊，庞老师准能答应一声"哎……"，然后楼道里的电子门"啪嗒"一声便开了。

而今天，无论我怎样大声喊"庞老师……"，再不会听到她温柔清脆的回应声了。

授业者如斯

——汪都先生二三事

每天下午 3 点，他会准时坐在客厅茶几旁的沙发上，一杯新沏的茶，白烟袅袅。脚跟前一只木凳，放着一盘跳棋，无论对面有没有人对弈，每到这个时候，他都会安静地坐着，一身中山服，上衣口袋插着一支钢笔，饱经风霜的脸上，布满欢喜过和惆怅过的时间印记，白发苍苍的额下，一双深邃的眼睛从黑色的镜框下凝视前方，眉宇间褶皱成的川字，似在深深地思索。

他就是汪都先生，一位执着于教育事业的知名教育家，在天水教育界，一提到汪都先生，无人不知，无人不晓。汪都先生有一句发自内心的感慨："我活着就是为了我的学生。"

汪都先生一心扑在教育事业上，在他的思想里，"一个好的教师，首先自己'功夫要深、底子要厚'，才能教出好学生来"。汪都先生 1924 年出生于武山，1946 年同时考上兰州大学、西北工学院、西北农学院三所大学。在兰大物理系毕业到离休回家休息，汪都先生从来没有一刻放松过对知识的渴求和学习。

在他的家里，一进书房门，一面墙的大书柜里，各种门类的书籍很齐全。最醒目的是一套黑色旧皮纹封面的《马克思恩格斯选集》《列宁选集》《毛泽东选集》《邓小平文选》，书脊上已经磨得发白，那 10 多本书，是被他一页一页翻阅过的，这是书作为书的价值，也是一位读书人的快乐。在书架最容易伸手取阅的一层，放置了《现代英语惯用语法词典》《精通美国英语语法五千题》《国际英汉成语大辞典》等，这些书可算是汪都先生的挚爱，在兰大物理系，他不光专业好，还一直坚持学习英语，是兰大理学院唯一获得张治堂奖学金、兰大学生奖和甘谷县资助高等院校奖金的学生。

在兰大物理系上学期间，汪都先生加入了中共地下党组织；大学毕业后 1949 年 8 月被党组织派往接管武山中学，曾在武山中学、清水中学、天水一中、天水长城子弟学校当过校长，从过教；在武山县委、天水地委、漳县县委等政府部门当过书记、宣传部长、县委副书记等。1981 年，汪都先生荣升为甘肃省教育厅副厅长，分管普教工作，1985 年退居二线，回到家乡，任天水市人民政府顾问，为他所执着追求的教育事业继续发光发热奉献力量。

在汪都先生的一生中，他最留恋的是在学校当校长的时光。每天跟着学生们在操场跑步，做完早操，沏一杯清茶，站在窗子跟前，发声练习一会英语口语。汪都先生奉行著名教育家陶行知先生的话："生活即教育，社会即学校。"作为一名校长，他也言传身教，除了繁忙的公务，他对自身的学习从来没有放松过。回到家里，每天一进门，他也要和孙子们用英语说一阵话。

孙女问爷爷："Grandfather, please recommend a book."（爷爷，请推荐一本课外书。）

爷爷说："Golgi childhood."（高尔基的《童年》。）爷爷还告诉孙女，要看英文原版。汪都先生的案头，一直放着一本英文原版的《莎士比亚全集》，他告诉学生们："学习英语，要看英文原版名著，不能断章取义地去理解。"

在天水一中当校长时，汪都先生同时还带着语文、英语、物理等课程。理科、文科的老师们都佩服他的教学方法，汪都先生主张：任何教育部门、学校的领导人员，必须接触实际，深入基层，了解学生，因材施教。

汪都先生给学生编写过一首《劝学歌》："清早起书声琅琅，晚自习金笔沙沙，进课堂专心听讲，上操场展翅翱翔。"在他的循循善诱下，教师的教学方法和学生的学习兴趣有了很大提高。

1977年恢复高考时，在天水一中，学生们对学习有理解、有方法、有兴趣，他带过的28名参加高考的天水一中老三届毕业生全部考上大学。因汪都先生革新教育，以超前的教育理念办学，发展培养教师和学生潜能，在高考中，天水一中"敲开"了各个高等学府的大门，把天水人民优秀的儿女纷纷送到北大、清华等名牌大学，提高了天水教学在全省的知名度。汪都先生也因此声名鹊起，他教过的学生，有高级干部、教授、工程师、医师、经济师、企业家、科学家、文学家、艺术家等，在祖国的各个岗位上发挥着重要作用。

但是在文革中，他也受过毒打，遭到冲击被打断两根肋骨，阴天时总会隐隐作痛，但是他的思想理念总是超前，他总安慰家人：要坚信社会和历史总是朝着更美好的前景发展。"文革"刚刚结束，他在办学上便大胆用人。他组建天水一中教师队伍时，聘请了各地名师来天水任教，在讲阶级斗争的年代，他不怕担风险、受牵连，让真正的人才，站在讲台上有了自己的用武之地。对学校的教师们，他在生活上关心、政治上信任、工作上支持，思想上帮助，他所领导的教师队伍之强，曾在全省名列前茅。

汪都先生曾说："一个人在某方面达到一定的高度，在其他方面也会一通百通。"即便退休在家，汪都先生还是干啥像啥，想做啥就成啥。他80岁时还在坚持练习书法，在他家的客厅，挂着他撰写的《岳阳楼记》，他的书法作品："万代常新"，曾参加过全国大型书法展；2007年，他还担任中国书画学会理事。他喜欢打篮球、打乒乓球，每逢过节，家庭朋友

234

聚会时还会唱一段京剧《四郎探母》，他说："一个人要全面发展，要以中国博大精深的民族文化作支撑……"

去拜访汪都先生时，看到家里到处都是他的荣誉奖杯，客厅音响上有"2005 年度中国书画创新人物"奖牌；客厅墙壁上是"关心下一代工作先进个人"挂表。他还被共青团中央授予"一级星星火炬"奖章；1999 年被国家教育部评为"全国教育系统关心下一代工作先进个人"；他撰写的格言被编入红旗出版社 2006 年《新时期中国共产党人优秀格言选集》一书。他的各种荣誉证书有厚厚几摞，那些鲜红的本子，都是他付出的心血而得来的，荣誉后面的辛勤耕耘，是常人所无法想象的辛劳和坚持。

"修身明理如严父，释惑解疑是良师"。2013 年 8 月 20 日汪都先生与世长辞，享年 90 岁，在他的追悼会上，天南地北的学子、同人、朋友纷纷吊唁汪都先生。汪都先生虽已逝去，但他的宽容、大度、坦荡、率真，一直留在人们心中，他执着的教育理念和精神，会伴随天水的教育事业一直向前发展。

后记

存在的理由，是因为有你们。

很多时候，我并不知道自己往哪里走。正如那天鲁院同学建芳说："你知道自己想要的是什么，我是那时候不知道想要什么，只好朝着不想要的反面前行。"

我对她说："建芳，我到鲁院后也不知道自己想要什么，可是有一种说不来的东西，把我推着前行。"

建芳说："接受命运的馈赠，努力前行。"

这些命运的馈赠是什么，我埋头沉思很久，眼里依稀模糊的光晕中，我看到了"你们"，"你们"是我不曾停歇，一直存在下去的理由。

爱自己想爱的人，做自己想做的事，从不需要多一份心思考虑这个世界的感受。可是我终究不能，我除了直起腰杆，理直气壮地前行，除了心中有一线"火苗"动辄蹿上脑门，让我不得不停下手里的活，停下行走的路，停下与人们遇见或者擦肩的经过，我要将这些"火苗"捕捉起来，噼里啪啦在键盘上挥动十指，或者就写在一个随身的小本子上，让那些心里的"火苗"燃成黑色的字。

这些字代表着各种不同的意思，是从小在字典里翻看过的，现在已熟记于心，只要我大脑的一根神经加以指挥，那些火苗便"突突突"奔绕在我的胸前脑后，直到燃出一篇小文。

这多像是烧瓷的过程，一窑窑烧出来，不知道预先会不会有窑变，只是"十年如一日"地去做了，那些窑里最终出来东西，有我需要的，也有不需要的，精美四射的几个，残缺破碎的许多，而毕竟是出了"一口窑"的文字。

这些文字，先前还让我挥汗如雨，让我心惊胆战，但最终却在心里升腾起一丝甜甜的美。我知道，我的写作欲望得到了满足，我心里那些升腾起来的"火苗"，有了另一种形式的存在。而接下来，面对这个世界，我又胆怯，那一个个读懂人间沧桑的行家里手，谁又能忍耐看下去我那些不是精品的一行行文字呢。

要让这些文字最终得到肯定，发表是一个重要途径。很多时候，找不到阅读之人的文字，便像一件件找不到买家的"瓷器"。

无论任何事物，最终都要有个归宿和去处。于是我将发表和没有发表，示人和没有示人的文字，最终收集起来整理成册，便有了这本《人的美丽是心底的明媚》。而你们——我的父母，我的亲人，我的朋友们对我的鼓励，对我的鞭策，是我能够写作和整理这本书的理由。从你们身上我体会到：我要把每个支持我、认同我、鼓励我、鞭策我的人，捧在手里当"珍珠"。

我从来不敢说自己是个作家，也不敢把去中国作家最高殿堂4个月的鲁迅文学院学习、生活经历，当作一种能写出优质文字的肯定。我始终是一个一直"在路上"行走的写作者。

我坚持我所爱，我坚守我所爱，我永不放弃我所爱。因为这已成为一种习惯，或者像长在我身体里的一件看不见的隐形器官，它就在我的身体里，维持着我生命的继续和存在。

我愿让天降一些"火苗"，更多的、更旺盛的"火苗"，随着我生活阅历的充实，随着我阅读的丰厚，这些"火苗"再燃烧得猛烈一些，再宏伟一些，最终在一口好窑里，烧出一些让人们赏心悦目的"青花瓷"。

2019 年 10 月 30 日于碧翠阁